盛可以 作品

私人岛屿

湖南文艺出版社
HUNAN LITERATURE AND ART PUBLISHING HOUSE

博集天卷
CS-BOOKY

图书在版编目（CIP）数据

私人岛屿 / 盛可以著 . — 长沙：湖南文艺出版社，2018.3
ISBN 978-7-5404-8532-0

Ⅰ.①私… Ⅱ.①盛… Ⅲ.①短篇小说—小说集—中国—当代 Ⅳ.①I247.7

中国版本图书馆 CIP 数据核字（2018）第 017961 号

上架建议：畅销·文学

SIREN DAOYU

私人岛屿

作　　者：盛可以
出 版 人：曾赛丰
责任编辑：薛　健　刘诗哲
监　　制：蔡明菲　邢越超
特约策划：蒋淑敏
特约编辑：蔡文婷
营销支持：张锦涵　李　群　姚长杰
封面设计：尚燕平
版式设计：潘雪琴
出版发行：湖南文艺出版社
　　　　　　（长沙市雨花区东二环一段 508 号　邮编：410014）
网　　址：www.hnwy.net
印　　刷：固安县京平诚乾印刷有限公司
经　　销：新华书店
开　　本：880mm×1270mm　1/32
字　　数：196 千字
印　　张：8
版　　次：2018 年 3 月第 1 版
印　　次：2018 年 3 月第 1 次印刷
书　　号：ISBN 978-7-5404-8532-0
定　　价：45.00 元

若有质量问题，请致电质量监督电话：010-59096394
团购电话：010-59320018

目录
─Contents─

1.

成人之美

事实上，潘小不记得这是他们第几次在榕斋相聚了，但任何一次都比
不上新年晚上的独特，她心里的骚动在暗示着她，会有大事发生。

一

"椰风屋"铺着深蓝色地毯，到处是绿色植物，藤蔓攀爬，叶子一掐就有汁液，绝不是塑料做的。这里基本算报社职工的饭堂，物美价廉，咸猪手的味道尤其好，很合潘小和刘家的胃口，只是她俩一个偏爱黑椒汁，一个独喜薰衣草。这种嘴上的口味差异在爱情中也各有体现，比如潘小爱三十多岁的成熟男人，他们事业有成，经济基础牢固，可惜鲜有打光棍的钻石王老五；而刘家对青春少年着迷，并且低龄化趋势越来越明显，比如她的第N任男友崔建，不到二十的粉嫩大学生，模样简直是嗷嗷待哺。

"德国咸猪手是吧？"系着蕾丝边围裙的服务员面对老主顾满面笑容。

"没错。老样子。"她们回答。潘小直发长垂，穿着黑色V领连衣裙；刘家满头短卷儿，一身桃红。

咸猪手是一盘扎实的肘子肉，瘦多肥少，吃的时候左右开弓，刀子叉子乒乓作响。

"我们是食肉动物，属于觉醒、主动、攻击型的。"潘小念着她们的饭前祷告。

"我们是豹子，是鹰，是你的猎人，是你的冤家……"刘家加入新的内容。

"……我们是自己身体的主人。阿门。"

"刘家，郊外那杀夫的女人你采访到了？"潘小把黑椒汁浇上去，一阵细密的炸裂声。

"嗯。那个女人很配合，讲他们如何共度患难，创业发迹后，她男人三番五次地找女人，这回还和别人有了私生子……说实话，这种当代陈世美，就该千刀万剐。"刘家愤愤不平。

"你准备这么写？"潘小问。

"……我可不想被炒鱿鱼。"

"女人是被恨冲昏了头脑，权衡得失，实在没有必要动刀子。不就是一个男人吗？他既然已经变心，那副臭皮囊，又何足挂齿。"潘小开始嚼肉。

"她咽不下这口气吧……据说那个第三者跟你一样，偏爱二手男人。"

"爱二手男人有什么错？为什么非得认为那就是狗男女呢？谁能说婚外就没有爱情？"潘小辩驳。

"把浪漫建立在别人的痛苦之上，总是自私的，你设身处地地想一想……"

"女人退一步也能海阔天空，成人之美胜造七级浮屠……"

"你太有才了，我说不过你。"刘家开始对咸猪手大刀阔斧。

"阻止春天开花，那是违背自然规律的。"

"我相信爱情，也相信浑水摸鱼。"

"今天上午，洪七的老婆打电话把我骂得狗血喷头，估计我真要和洪七有什么的话……"潘小做出惊恐的样子。

"我真搞不懂你，潘小，小男孩身上才有爱情、热情和痴情哪。"刘家舔着嘴唇，似乎还在品尝爱情留在嘴上的甜头。

"小男孩被你调教好，从你这里毕业了，结果往往是到别的地方参加工作去了。你远不如找个别人调教好了的、有工作经验的省事。"潘小说完就笑，长发差点掉进盘子里。

"天才。"刘家喝下一大口柠檬水。

"就说你那个酒吧小歌手吧，从你这儿一毕业就跳槽了……"

"留得身体在，不怕没衣穿。"刘家说道。

"男人确实如衣服，质地好，款式新，料子上乘的，穿上身也许一辈子舍不得扔弃。不过，也有看着华丽的衣服，开始穿着还挺新鲜的，没两回就不喜欢了，就压了箱底，或送人……"

"你有多少压箱的衣服？"刘家乐了。

"别打岔，我灵感来了……这么说吧，像你喜欢的那种毛头小子是廉价胸罩，不定性，易变形，穿起来毫无水乳交融之感。老男人就不一样了，老男人是名牌乳罩，正如我身上的'黛安芬'，既可矫正乳房，还可塑形，那种贴心的呵护……你是想象不出来的。"潘小拖了几下刀子，又起一块肉，果断地填进嘴里。

"潘小，你可真是穿出经验来了。"

二

大剧院迎新春的文艺晚会规模不小，市里的相关领导都到场了。晚会的舞蹈全部由黄金海岸舞蹈团承担，年轻的陆月作为领舞光鲜夺目，艳压群芳。

她体形纤瘦，两腿修长，设计师们正是受陆月这样的身材启发获得灵感，设计出了迷人的可乐瓶子。

像大多数舞蹈演员那样，陆月爱惜自己的身材，讲究饮食睡眠，每天坚持练功。她身高一米六八，体重从来没超过一百斤，即便和孙石山结了婚，也没见有哪里鼓起来。

舞蹈是形体艺术，也是人体艺术，是人体的，自然也就是肉体的，肉体包括乳房、大腿、屁股，甚至隐蔽的生殖器，只是有的人看到了艺术，有的人看到了肉体。陆月的一个弹跳并不到位的动作，惹得某人两眼大放神采，并优雅地鼓起掌来。他就是本市文化官员李涵章，身材高大，有着儒雅和官场世俗的混合气质。李涵章在本市文化建设上功不可没，上任后求贤若渴，四处挖掘文化人才，文艺界说起他都要竖大拇指的。

李涵章尤其关心像陆月这样的文艺女青年。

彼时陆月简单卸了妆，假睫毛还没摘除，李涵章就到后台来了。

"小陆啊，你今天的表演相当出色，给这台晚会增色不少哇！"李涵章的语气吊在官腔和白话之间。

"李部长不批评，我们就心满意足了。这次时间太紧了，我们只好加班排练，姐妹们的确吃了些苦头。"陆月不失时机地替大伙拉功。

"好，马上摆庆功酒，犒劳你们，如何？"好一个"如何"，那语调忽地低了，似乎是要和陆月单独消夜。

"如何，你说如何呢？李部长的旨意，谁敢违抗呀？"陆月低头妩媚一笑，她当然懂李涵章那点心思，只是暂没打算红杏出墙。此时她倒想到丈夫孙石山，仍有点生他的气，他本该来看她演出的。她哪里知道，孙石山正和另一个女人在画室里辞旧迎新。

三

　　新安大学在后海湾，像一个天然公园，有湖泊山丘，花草树木，有别墅，食街，还有超市，是个宁静的世外桃源。在这里头生活，自然远离了浊世，骨子里会清高几分，甚至像孙石山这样，偶尔会表现得不合时宜。

　　孙石山与陆月结婚后，一年卿卿我我，一年恩恩爱爱，一年缠缠绵绵，转眼间进入婚姻的第四年。之前孙石山一直尊重陆月的意见，暂时不生孩子，每次都采取安全措施，倒也心甘情愿。可到第四年，孙石山就有想法了。

　　那天，适逢结婚纪念日，两人吃了晚饭，去园子里散步，在湖心的亭子里坐了下来，说了些婚前的浪漫与婚后的琐碎。人到中年，孙石山总算理解了"平淡才是真"的意义。妻子美丽，生活稳定，彼此有点名气，尚不完美的就是膝下无子。于是，面对那一方夜湖，孙石山心潮起伏，踏着月色回到家来，便要与陆月全身心接触，拒绝任何隔膜。

　　"我正是排卵期呢，万一怀孕，就麻烦了。"陆月时刻保持清醒，也不管此情此境，坚持要孙石山戴套。

　　"你都二十七了，再不生孩子，变成高龄产妇，会难产的。"孙石山偷袭不成功，并不气馁。

　　"难产就不产嘛，丁克夫妻多着呢。再说，你看那些生了孩子的女人，妈呀，那体形，那时，你哪还有兴趣和我……"陆月嘴里说的和心里想的并不是一回事。

　　"陆月，看你说到哪里去了，那个是次要的。天底下这么多女人都生了孩子，不都好好地过着，成双成对地活着？再说，人到一定岁数，体形终归是会变的。至于丁克夫妇，那是别人的生活。"孙石山比陆月大七八岁，几乎事事迁让，在生孩子这件事上，他有点不想让步了。

"山，没有孩子，不是挺好吗，把自己一生的精彩活出来，不就足够了吗？"陆月谈起大道理比身体还光滑。她离开孙石山的怀抱，坐了起来。

"不生孩子，一个人的一生，怎么也算不得精彩了。孩子，才是真正的作品啊。"孙石山把赤裸的身体摆出来，好像那就是一堆真理。他这辈子差的正是这件作品，可这件作品一个人根本创作不出来。

"你埋头画画，我要表演，孩子生了谁带？到头来还不都是女人的事？再说了，不能给孩子一个极好的环境，生下他，不是害人害己的事吗？"陆月转换角度，显然，她早准备好了说服孙石山的理由。

"你是指咱们没有私人飞机，没有别墅，不能今天到欧洲，明天到美洲，随心所欲地享受是吧？"孙石山似乎发现了陆月在搪塞。

"你还是一个有知名度的画家呢，居然不懂得利用资源致富，动不动就拿出艺术家的清高来……"陆月一时圆不了话，越扯越远。

"请你尊重我，尊重我的画，尊重我的艺术追求。"孙石山气了，往身体上套睡衣。

"那你为什么不尊重我的艺术追求？舞蹈演员的舞台寿命本来就短，我现在正是最好的时候，你却要我生孩子！"陆月的倔劲上来了，她披上睡衣，踩着跳芭蕾舞的八字脚走到阳台。

海风呼地围住了她。

"南海酒店"的灯火，把那一壁山坡照得明亮辉煌。那里正出入着红男绿女。她在想象中寻找着那个窗口，窗边的那张餐台，餐台上青花瓷瓶里的满天星，满天星后面的一张男人的脸……那是三个月前，李涵章第一次单独请她吃饭，他对她无比欣赏，他聊到了她的事业前程，聊到好玉都需要打磨。

陆月听见孙石山在背后吼了一句什么。她没有理会。因为海风，因为关于"南海酒店"的回忆，她的情绪忽然柔和了。她第一次发现，一个人要是上"南海酒店"那样的餐厅，真比上舞台还扎眼。只有崭新且昂贵的衣服，才经得起那里灯光的映照，否则，会显得十分寒酸。餐厅面海的墙壁全是玻璃的，窗外是一望无际的海。香港就在对面。渔船停泊。人仿若在海上的空中楼阁，看邮轮翻着白浪，渐渐消逝，就有点忘记自己姓甚名谁了。

那次很文明地用餐后，陆月蓦地觉得，自己其实可以活得更体面，更有价值一些。

孙石山在书房抽烟，弄出噼噼啪啪的响声。他实在没有料到，陆月在这个问题上，会跟他如此对立。哪一个女人，不渴望给自己爱的男人生孩子？岂止生一个，是生一串呀。前几年，她还小，还说得过去，但眼下已是人到中年，生孩子是合情合理、迫在眉睫的事情。——难道，她不爱我了？

"陆月，你过来。"孙石山掐了烟，朝屋外喊了一声。

陆月一声不吭地走进来。"干吗？"

"你到底还爱不爱我？"孙石山说了一句让自己脸红的话。

"……这跟爱不爱有关系吗？"陆月愣了一下。

"请你正面回答。"

"……我讨厌生孩子，婆婆妈妈，一把屎，一把尿。"陆月终于说了心里话。

"你知道，我非常想要孩子，你说怎么办？"

"孩子还会影响我们的感情。"

"废话！不生孩子才会影响我们的感情。"

"左右都会影响。"

"你就不怕我去找别的女人生？"

"好啊，你找呀，你想了很久了是吧，你等了很久了是吧，成全你，我现在就成全你。"陆月抓起一本书朝孙石山扔了过去。

孙石山知道自己说错话，不想因为自己的小错掩盖了陆月的大错，让责任反倒落到自己头上。于是向陆月道歉，事情暂告一段落，孙石山心里却没法安宁了。他本来只是用激将法刺激陆月，没想到话一出口，突然就想到了潘小，他觉得那个眉宇间有些孤傲，目光锐利的漂亮女孩，其实是很温柔的。只不过她像一只甲壳虫那样，把自己藏在硬壳下，凭借纤细敏感的触须来触摸并感知外界。

潘小忽然在孙石山的心里占了一点空间，这点空间像一堆发酵粉，慢慢地膨胀，也就上洗手间排便的工夫，便柔韧地抵在孙石山心头，他萎下去的身体，又坚硬起来了。

借着这股莫名的冲动，他把抽屉里所有的套子收齐了，全部扔进了垃圾桶。

四

半年前，孙石山的版画获了大奖，潘小找他做人物专访。

画室靠近海边，深藏在一片茂盛的榕树林中，林中除了风摇树、浪打浪，四周静谧无声。画室空旷明亮。中间摆着巨大的画案。室内的椅凳一律是古典的木雕，看上去却很陈旧，那是孙石山从安徽民间搜集回来的。木窗雕刻着相当复杂的图案，用手推开它，便发出吱呀的声音，像从某个遥远的年代传过来的。海风灌进画室，撩起画案上的宣纸，一阵哗哗地响。

还没开始采访，画室的一切，已经令潘小感觉文思泉涌了。

"你先随便看看，看完了，咱们到楼上榕斋边喝茶边聊。"见潘小流露出由衷的喜爱，孙石山很高兴。他非常爱自己的画室，无形中便感觉亲近了一些。作为一个南方人，孙石山不矮。他穿着相当朴素，白色T恤套咖啡色的休闲裤，头发有点长，边分，随意而不凌乱，个人气质和作品很像。

"榕斋？"潘小看见了屋中屋，靠窗边搭了一个小阁楼，楼前牌匾上刻着"榕斋"二字。

"榕，和包容的容音同。有容乃大。"孙石山解释。

"孙老师，'榕斋'真是别出心裁。"潘小没想到，不久后"榕斋"竟会成为她和孙石山的温柔之乡。

"你看的那些作品，都是近两年创作的。你有什么，尽管问我。"孙石山在她身后微笑，用手指抹去画框上的灰。

"如果我没记错的话，中国新兴版画的发展，是在鲁迅先生的倡导下，在没有人走过的土地上，开辟出一条光辉的大路。这种精神对于今天的版画发展，甚至整个艺术的发展显得尤为重要。我觉得，在你的作品中，很容易看到你对这种精神的继承。我很喜欢这些作品。"潘小由衷地说。

"尤其是这一幅。"潘小停住不动，她有点惊异，孙石山用的是稳定的黑色框架，有种源于蒙德里安的冷抽象，但却将这些平面构成赋予了新的空间，画中假想的廊柱似乎有远近之分，而框架中远处的房屋显得空灵而遥远，颇得传统山水画的意境。

"我将制版和印制难度极高的技法延伸至水印版画中，我喜欢大块黑色滋润而厚重的感觉，这样比较容易突出局部肌理的丰富与细致。"孙石山的手似乎在空中作画。

"是，仍是明净典雅，同时更显亮丽。我真想住到这个村子这些房子里去。"潘小开了个玩笑。但她忽然有些难过。她从画里既看到了古村落的封闭和凋残，也看到了孙石山一刀一刀雕刻生命深处时的痛，而画面背后，那一片浓得化不开的乡愁，使她蓦地想到自己的家乡。

"没想到潘小姐是版画内行。"

"哪里，我哥也是搞美术的，我从他那儿学了点皮毛。"

"这个村子、这些房子都在，随时可以去观光，真要是待在那里不想走，可以考虑买一间。不过，价钱可不会比这儿便宜了。"孙石山叼上一支烟，四处找打火机。

"只怕住进去，就不是这番滋味了。乡愁只能回味，回味变成审美，如茅盾笔下的乌镇、沈从文纸上的凤凰，都描写过这种鱼鳞瓦的家居，我喜欢有关的建筑细节，你看这花窗、飞檐、雕梁和屏风，这种指向古典、唯美，指向东方的文化精神，总让人有不顾一切的冲动。啊，不好意思，有时候，我总觉得自己与大都市脱节。"

"我完全可以理解你。其实，那也是我为什么跑到这个村子里生活两年的原因。乡愁是中国文化中最动人的章节，甚至可以说是中国文化的根。"孙石山找不到打火机，叼着没点燃的烟，仍然有烟熏似的，皱紧了眉头。

潘小点点头，陷入沉思。

"哎，上来吧，尝尝村里的茶叶。"潘小听到打火机的声音，孙石山在楼上喊，他的嘴像刚射击完的枪口，直冒青烟。

比起楼下的宽敞，榕斋显得略为局促，但由于摆设紧凑，布局合理，没有任何的逼仄感，倒觉得异常精致，有格调。地面是铺了地毯的，一张木雕茶几搁在地毯中间，茶几上摆一套茶具，已经有清香从茶壶里飘散出来。茶几底下那一层，零散地放着一些报刊，比如《中国美术》《读书》《收获》《版画》等，可以看出主人的阅读兴趣。而靠最里边，有台十七英寸的小彩电，墙上还挂一幅小版画，画有民居一角，依然是鱼鳞瓦、飞檐，色调灰白。

"潘小姐来深圳多久了？"孙石山泡茶，水冲在小青花瓷杯里的声音，细碎悦耳。

"两年多了吧。"潘小笑，左边嘴角有个很细的酒窝。

"来，喝茶。工作生活都习惯吗？"孙石山一口把杯子喝空了。

"茶不错。你在采访我吧？"潘小略有拘谨。

"呵呵，随便聊，因为，我更喜欢和朋友说话。"孙石山暗示。

"我想，我们已经是朋友了。"潘小抿口茶，不打算做任何记录，而是像一个朋友那样，把孙石山的每一句话记往心里去。

五

事实上，潘小不记得这是他们第几次在榕斋相聚了，但任何一次都比不上新年晚上的独特，她心里的骚动在暗示着她，会有大事发生。

"我爱上他了？他爱我吗？"潘小的心怦怦乱跳，她像一口钟，被撞得嗡嗡地响，失魂落魄。在南京读大学时，潘小看过不少成人影片，性虐待、强暴、轮奸、畸恋、偷窥……无所不知。一个人长期浸淫其中，却能出淤泥而不染，这是个奇迹。潘小还好为人师，经常为其他女生指点迷津，纸上谈兵，室友暗地里称她为"性学博士"，潘小笑纳。

"我是用医生的眼光来看那些东西的，你知道吗？医生眼里只有临床、器官和症状，他们都是我的病人。"潘小对刘家说过自己大学时期的"荒淫"，她说那时她看男生，总觉得他们是她的病人，她看不上那些嘴上不长毛的小家伙，所以也没有正儿八经地谈过恋爱。谁会相信有"性博士"之称的潘小还是处女？即便是刘家，也会大声嚷道："潘小你不是吧，咱俩死党一场，你连我也要骗一把？"

榕斋有七种颜色的灯，孙石山根据自己的心情来更换灯的色彩。潘小一路上揣测这个晚上他会用什么颜色的灯，当她看到那窗粉红的瞬间，立刻被一股热浪冲得晕头转向。

榕斋充满洞房花烛夜的暧昧。

孙石山一句话也不说，将潘小拉进门，什么也不干，只是怔怔地看着她。

潘小知道孙石山还在和自己做斗争、和道德做斗争，她也知道，只要她发出一丝细微的信息，就能轻易将他击溃。

情感越是抑制，爆发力就越大。潘小喜欢看到孙石山这种即将崩溃的情感状态，她认为爱和欲望就是这么紧密相连。

一束粉红的光亮投射在画室中央，潘小在粉光里。

孙石山的胸脯像一堵墙，胸部以下在粉红光线以内，脸在阴影里，这使他的瞳孔格外闪亮，而这种光亮又几乎不是灯光的缘故。

他的身体在薄毛衣里颤抖，他的每一个关节都在使劲。

潘小一阵眩晕。

"冷吗？"他问。

"一点点。"

"到楼上去。"

榕斋的电暖管烧得正热。粉红笼罩。

"潘小……"

"嗯……"

"我……"

孙石山忽然站起来，把横在他和潘小之间的茶几往旁边一拖，空出的地毯像张床。这片突然呈现的空间让潘小一怔，孙石山的这个动作，使她把几样不相干的东西串联了起来。比如，横在他们面前的茶几，她想那是孙石山的妻子，他突然决定，甩开她；而这空出的地毯，是孙石山的态度，他是问她愿不愿意和他一起在这上面疯狂？还是告诉她，这是他们有限的情感发展空间？

不容潘小多想，孙石山以迅雷不及掩耳之势抱住了她，又在半秒之内吻住了她的嘴，堵住了她胡乱飞舞的疑问。他像从监狱里释放的饿汉，一阵狼吞虎咽。潘小像煤气灶一样，"嘭"的一下被点燃了，冒出蓝色的火焰。

"我们正在成为狗男女，是吗？"吻了很久，当孙石山松开嘴，潘小说道。

"别乱说，我真的非常喜欢你。"孙石山还没得到释放，像爬了几十层楼梯那样，直喘气。

"我也是。"

"潘小……愿意和我生孩子吗？生一群孩子。"

"一群……违反计划生育政策。"

"那，就生一个……"

"嗯……"

粉红灯光下，可以文明，也可以野蛮；可以像个舵手，也可以是个浪人。刀耕火种，挥汗如雨，都是这片土地，还是亚当与夏娃。尖叫与呻吟、喘息与力量，海鸥在大海上疾飞，风与雨从天边一路狂逐而来。

"啊！潘小……我是你第一个男人？！"

六

甲壳虫闻到稀薄的水的气息。它抖了抖翅膀，尖声喊叫。听到根茎内汁液的疾走与冲撞，像海浪拍打礁石，如地底下翻滚的岩浆，它无法获取。它爬上了潘小的茶杯，闻到一股草莓味的清香和来自雄性的香烟和咖啡味道。

"这才几天哪，叶子就全落光了。"潘小比刘家迟到几分钟。

"风水不好，不养了，养不好，人还跟着倒霉。"刘家有气无力。

"我看到有甲壳虫，会不会是虫子闹的？"潘小端起光秃秃的盆景，反反复复看了几遍。

"凡有虫子闹，就不是好事。虫子闹牙，牙痛；小精虫闹肚子，麻烦更大。咳，我算是完了。"刘家压低嗓音，拿起崔建的照片往抽屉里一塞，啪地关上了。

"怎么了，小两口又闹别扭了呀？"刘家的这个动作，潘小都不知看过多少回了，她知道，不出几天，两人准又嘻嘻哈哈的了。

"我……我又怀孕了。"刘家的重点落在"又"字上。一双小眼似乎载不下这么多愁苦，索性眯了起来。

"你可真行，还遇上个神枪手……结婚算了，结婚生孩子，不也是件挺应该的事吗？"潘小绕过来，面朝刘家，屁股顶着办公桌。

"我上次怀孕，这盆景是不是也掉光叶子了？"刘家似乎要从盆景的枯荣里找出与怀孕的瓜葛。

"好像是。奇怪，别人办公室的都养得绿油油的，咱俩不会养这东西。"

"扔了养富贵竹，那东西贱，有水就能活。"刘家说完叫了一声，甲壳虫从抽屉缝里爬出来，仓皇逃跑，她迅速操起一张旧报纸，挥手就要把甲壳虫灭了。

"哎，别打，女施主请勿杀生。茫茫人海，芸芸众生，哪里有这么漂亮的甲壳虫？物以类聚，连咱们办公室里的昆虫，也是独特的，你有什么理由完蛋呢。"潘小用手指头摁住甲壳虫，把它捏到光秃枝丫上。

"漂亮，也只是昆虫嘛，两指头就能掐死。"刘家好像在说自己。

"谁要你和一穷二白嘴上无毛的家伙……你承认二手男人的优点了吧……"潘小看见甲壳虫受了惊吓，顺着枝干骨碌碌一通乱爬。

"好男人，都是别人的老公了，照你这么说，是不是得准备好锄头铲子？挖墙脚才是唯一的出路？"

"二手男人的好，估计你还没体会到。对他们来说，女孩、女人已经没有什么秘密，但他们更懂得爱。"

"潘小你真没有职业道德！如果别人挖了你的墙脚，你怎么办？"刘家笑了。

"通常来说，有过一次婚姻的男人，如果再婚，他会特别珍惜，外界的诱惑会自动降低。所以，再婚者的那堵墙是万里长城，万里长城永不倒。"潘小似乎花了不少时间研究二手男人。

"当然，我不赞成搞破坏。比如说，那是堵好墙，你偏要挖，你就是自讨苦吃。你说，苍蝇能在一只好鸡蛋上面捞到便宜吗？"潘小一句赶一句，有些口若悬河了。

"潘小，我向领导推荐，调你到《男欢女爱》版去，然后，你就等着已婚的女人们握着大铲子来追杀你吧！……不贫了，先尿尿再干活。"刘家霍地站起来。

"刘家，那你们到底怎么办？"潘小其实和刘家一样着急。她毕竟比刘家大一岁，以大姐自居，这个时候，她得做刘家有力的支撑。

"做了。以后，再也不算什么安全期了。"刘家又一屁股坐下来。原来她早就有打算，只是恐惧医生和那堆铁器。

"也只能这样了……以后再谈恋爱，还是试试二手男人吧。"

"二手男人？好啊，聊聊二手男人正好！"《男欢女爱》版的女编辑江丽英走进来，接上潘小的话。江丽英是陕西人，长得牛高马大，手脚却很节省材料，非常小巧，五官也怕冷般，挤在一堆，像排版结构没掌握好，脸上空余出大块的版面，却又用青春痘填充了。江丽英每周给版面安排一个话题，而她自己的观念与意识又总是滞后，所以版面从没引起什么反响。这会儿又进了潘小的办公室，肯定无米下锅，只好到全社有名的"敏感中心"取灵感来了。

"江姐，二手男人，绝对是个好话题。"潘小说。

"她已经大放厥词一上午了，没找到共鸣。"刘家嘲笑。

"那接着聊，看来，我来得是时候。"江丽英把快要发福的肉体塞进椅子里，兴致勃勃地看着这两个年轻女孩。

"刘家，不许胡说八道，先前那些是跟你瞎贫的，要跟江姐聊的话，就得认真些了。"潘小怕刘家把挖墙脚的言论搬出来，那江丽英听了，心里肯定会有想法。尽管她的墙脚，潘小和刘家下辈子都不会有兴趣去挖。

"瞎贫好，认真了就没有几句是真话。"江丽英有时候总想和年轻女孩子闹一闹。她对年轻人越来越不理解了。比如好端端一个女孩子，愣是和比她大一倍的男人搅在一起，或者，一个男孩，娶了一个离异，且比他大七八岁的女人。还有潘小，条件这么好，居然不找男朋友。

"江姐，二手男人是个宝啊！"潘小发出一声慨叹，真真假假。

"课本上说猪全身都是宝，敢情这二手男人就是猪了。"刘家笑道。

"呵呵，刘家，听听潘小的高论，咱们洗耳恭听。"江丽英坐直了，肘子抵在桌子上，手托着下巴。

江丽英这副纯真的模样，让潘小想吐，她想，全世界的女同胞，到了这个年纪，千万不能这样扮。

"你听吧，我耳朵起茧了呢，我的天哪。"刘家上厕所去了，她也是见不得江丽英这副娇模样，一见就尿急。

"江姐，我们可以从二手家具、二手电器谈起。二手货廉价、实用。比如刚成家的人，手头一时没钱，可以上二手市场呀，花些许的银子，就能买回全套家具用品，实在是贴心划算。我的意思是说，二手货，能让人很快进入家的体验。还有，二手货上面，本身就带有家的气味，只不过，是别人的家。所以，我觉得找二手男人，基本不需要什么磨合，别人用顺了的东西，他本来也就顺了。"其实潘小也不知道自己在说什么，和江丽英这样的女人谈话，她随时可能对号入座，她要暗地里闹点情绪，就不知背地里会整出些什么事来。

"那么潘小，如果是你，也愿意买二手货，找二手男人吗？我相信你的观点应是代表一部分人的。"江丽英打着工作的幌子试图挖点隐私，她托着腮部——两手交叉叠在桌子上，再把下巴搁上去。

"其实，一手男人也好，二手男人也罢，都是男人。结婚不是污点，离婚也不是罪过，走过刀山火海，男人才成其为男人嘛。"潘小泛泛而谈，自己的心迹，滴水不漏。

"后一句有点哲理，你让我看到了新一代年轻人的思想啊，二手男人不但不掉价，相反还镀了金，哎哟，有意思，真的有意思。我下期的话题有了，谢谢你啊，潘小。"

"呀，叶都黄了？来来来，先把我办公桌上的那盆给你们，这盆我端过去，我保证呀，十天半个月，就能恢复原样啦。我们家的花花草草，都是这样，凡经我手的，死了的，也得活。"江丽英正要走，蓦地发现落光了叶子的盆景，觉得于情于理自己都应出手相救。

"哎，江姐，上面有只甲壳虫，很漂亮的，千万别把它搞丢了。"潘小说道。

江丽英走后，刘家也解决了自己的问题进来了。

"咦，那盆倒霉的枯东西呢？你扔了？"刘家发现桌上的盆印，还有些泥沙。

"江丽英说她有妙手回春的能耐，救活了再给我们。"

江丽英进来的时候，甲壳虫迅速地躲进了盆景的泥缝里，它不喜欢江丽英身上那股味。江丽英对年轻女孩子既羡慕，又妒忌，看不得领导赏识她们。

泥土松动，一根铁棍戳到了盆底，发出刺耳的声音，甲壳虫从泥缝里钻出来，慌里慌张地顺着枝干往上爬，腿差点断在土里。

"哎呀，小贱货，原来躲在这里，还穿得花花绿绿的，想招谁呢！"江丽英边说边拿铁棍戳它，甲壳虫摆动细脚，绕着根茎跑。江丽英戳了几下，怕戳坏了树，便抄起一双一次性筷子，"叭"的一声分开了，要去夹它。甲壳虫"呜"的一下飞了，悄无声息地落在江丽英的头发上，呼哧呼哧直翘屁股。

"这地方是你来的？不自量力的家伙，我看你能活几天。"江丽英指桑骂槐。

七

"经典"与"椰风"相邻，二者的装饰风格迥然不同。"经典"呈典雅、古朴之风，有亭有阁，水榭楼台，凡有路的地方，两边必有一溜盆景，至于窗台及各种边边角角，也是绿意盎然。桌上的餐布，椅上的坐垫，一律是深绿色，所以屋子里流淌着一股绿色的幽暗。"经典"只播西洋音乐，不提供烈性酒，却有世界各地不同口味的咖啡，任你选择。唯一遗憾的是，"经典"的食物却不如"椰风"，只适合喝咖啡聊天。

刚下过一场雨，街道干净透亮，黄昏的太阳从云层里钻出来，余晖铺在路面上，使街道明亮得有些耀眼。街边的榕树，挂满岁月的根须，似乎正面含微笑。浅绿色的短装套裙把潘小的屁股裹得很圆，白色高跟鞋一尘不染，随着圆屁股扭动的身材，也很是好看。单肩挎在腋下的皮包也是白色的，很大，可以塞下几天的换洗衣物，一头长发不断被风翻起，像只飞不起来的风筝。穿过马路的时候，潘小看见洪七正推开"经典"那扇有些厚重的木门，背影很有型，挺拔、洒脱、健壮。潘小暗想，这样的背影起伏起来，也是很具观赏性的。

"今天才知道我老婆找过你，我给你赔罪。"说话间，洪七把手机关了。

"咱俩说什么客气话。我倒没觉得她有错，错在你是别人的老公。"潘小说。见洪七把手机关了，想笑，又见洪七长得糊里糊涂的五官，想起刚才对洪七背影的想象，又想笑。

"我真的觉得很不好意思，希望她没有伤害你。"洪七眼睛一大一小，大眼和小眼里的真诚却是一致的。他把餐牌递给潘小，叫她随便点。洪七与潘小一直是清聊朋友，潘小也觉得，洪七是个知识比较渊博的人。比如他会谈罗马建筑、希腊神话，还有各种主义，但在男女问题上，他却发现潘小比他精明得多。

"只有有爱，才能构成伤害。你老婆孟加拉和我没什么关系，当然没有伤害我。你试想，我对着满大街的人骂他们是婊子和嫖客，他们会受到伤害吗？顶多以为我是个精神病而已嘛。"潘小唇红齿白，言语平和。这是个小包间，玻璃墙外面就是四海公园，一对年轻男女相拥在草地上，大腿相互摩来擦去。

"不生气就好，我以为失去你这个朋友了。看来，担心多余。"洪七咧嘴一笑，露出一嘴千奇百怪的牙齿，心想这丫头嘴厉害，说得轻描淡写，还拐弯抹角骂了孟加拉。孟加拉在潘小这里没占到便宜，把气全撒在他的身上了。洪七哄了一天一夜，发誓和潘小断绝一切关系，孟加拉才肯罢休。

"你肯定对孟加拉说了，不再和我联系，你骗她。"潘小知道婚姻里的谎言是个雪球，将会越滚越大，而背负谎言的男人，精神负担也在不断加重。

"她也知道不太可能。不过，好像唯有那样，才能证明我对她忠心。女人这东西，哦不不，婚姻这东西，你不明白。总之，谎言是善意的，你不至于会认为我是个伪君子吧？"洪七觉得说"女人这东西"不妥，赶紧纠正过来。

"婚姻这东西，要我来说，就是相互拉个垫背的，壮胆。"潘小又是嘻嘻一笑，洪七肚子里想什么，她一清二楚。银质咖啡壶纤细高挑，像一个清高的女子。她端起来给洪七添了半杯咖啡。此时公园里暗了一些，草地上的男女已经走了，有些霓虹灯已经亮了起来，倒映在不远处的湖心。

潘小对婚姻的说法，使洪七一愣，觉得她总把男人看得很清楚，有点可怕。他仔细回想了一下，觉得是那么回事。以前，他也不想结婚，交过一些女人，但是，始终没有一个完全属于自己，心里很不踏实。后来结婚了，当时的心态，真有点"拉个垫背"的意思，虽然孟加拉算比较优秀的女人。

因此，洪七只有不置可否地笑，他的笑腼腆得像个孩子，纯真、憨厚，这使他忽然变得可爱起来。

"你别笑啊，难道婚姻是因为爱情吗？有了垫背的，干什么都踏实了嘛。唯一的遗憾是，少了一些自由。当然啦，谎言打出了一片新的自由。"潘小时刻不忘刺激洪七，她喜欢捉弄他。在某种意义上，她觉得，这是在报复她将来的老公。因为她的老公也是男人，是男人都会搞些红颜知己、蓝颜知己，也会在这样的咖啡馆里，和别的女人温和谈话，并暗地里渴望事情有些转机。具体到在她身上低声喊叫的孙石山，她想他绝对不会例外。

"男人都喜欢自由。"洪七嘟囔。

"笼中鸟更渴望自由呢。所有的交往，都只是铺垫。"潘小挖苦。

这让洪七觉得已婚男人有罪，已婚男人是带着罪孽进行社交的。他记得外国作家普鲁斯特说过，"社交场不过是情场的影子"，而潘小的意思，竟与普鲁斯特一致。"不过，有谁愿意与一个自己不喜欢的人浪费时间呢？就这个道理来说，潘小应该是喜欢我的？"洪七总是看不透潘小，他第一次遇到这么神秘的女孩子，个性像匹倔强的马，难以驯服。

"这倒是。但是，谁能明确，一个男人的行动究竟应该受到些什么限制？不受限制的活动空间到底应该有多大？如果我梦见别的女人，并和她发生关系，那也受限制吗？那谁能限制？"洪七暂时不敢反驳，他怕得罪潘小，她一生气就不接电话，道歉还不管用，非得等她气消了才行。洪七知道，有的女孩子只能摸顺毛，毛摸顺了，很多问题就迎刃而解了。但在潘小这里，光靠摸顺毛是行不通的。

"我觉得，人都应该享受最高限度的自由，应该把束缚的程度尽可能地降低，且一个人的行为不能伤害别人。但是你要知道，女人也能够享有与男人同等的自由。"潘小知道洪七迁让。

"你看过《日瓦戈医生》吗？里面有一句我非常喜欢的话：'他们如此相爱，是因为周围的一切都渴望他们相爱。'"男女平等这个问题太复杂，洪七转换了一个温馨的话题。

"看过。《罗密欧与朱丽叶》里有一句话说，'在命运的书里，我们同在一行字之间'，这不是更斩钉截铁吗？那么我问你，深爱拉拉的日瓦戈、与朱丽叶生死相随的罗密欧，他们觉得自己是笼中鸟吗？他们在渴望'自由'吗？没有吧，为什么呢？让我用席勒的话来给你答案，因为'爱是一种自由的感觉，因为它纯洁的泉流源于自由，源于我们神一样的天性'。啊呀，现代人啊，现代人，没有爱，你到哪里去找自由啊！"潘小说完面带悲怆，下了一个结论，仍然回到关于自由的问题上来。

潘小说得有些动情。她渴望纯粹的爱情，不管这个男人是几手男人。但现实经历告诉她，纯粹的爱情，太虚幻了，多少爱情到了最后，都沦为"垫背"理论的论据。她原以为和孙石山之间的感情很纯粹，她不在意他还没有离婚，尽管他与妻子已经在离婚问题上初步达成共识。她企盼纯粹的爱情把她燃烧成灰烬，但他在情感问题上的稳健让她失望，二手男人的确与刘家喜欢的那类男孩完全不同，根本无法噼噼啪啪地燃烧。

"听你这么说，我觉得我只是个物质了。"面对潘小的疑问，洪七无可奈何，似乎不得不认为，结婚是件俗事，婚后成了俗人。"失去爱，便失去了自由"，潘小的这个观点，他更是难以悟透。

"爱永远只是一种束缚，哪来自由。"洪七又紧跟了一句。

"外在的幸福，远不如内心的福祉。"潘小牛头不对马嘴。洪七的下巴留有几根胡须，他不时会用手像煞有介事地摸捻，抽烟，吐雾，这使潘小想到孙石山，他的胡须与抽烟更具观赏性。她忽然想结束这次聊天，到孙石山的榕斋去，念头一出，心就飞了，身体一阵骚动。

八

黄昏与校园内景物水乳交融。进东门，马路两边是一溜椰树，高且挺，从下往上看过去，有直插云霄的力量。这段路大约有二百米的距离，之后便是校园中心广场，广场上的草坪永远是绿的，红花在绿草中开出"新安大学"几个大字。两条马路从广场两边延伸开来，往东，一直到头，便是孙石山的榕斋；往西，一直到头，便是孙石山的住所，两地中间要跨越图书馆、教学楼、体育馆、运动场，以及学生宿舍楼、公园、树林等，开车约十五分钟，按正常速度步行，也得一小时左右。从广场处开始，马路两边全是肥硕的榕树，叶子细密，人行到此处，一时间会觉黄昏浓重了许多，并且能闻到黑夜即将来临时蠢蠢欲动的气味。夜总是暧昧的，大学校园内的夜，更是涌动着年轻的激情。三三两两的学生在马路上时隐时现，并不喧哗，倒是有些看不见人影的嬉笑，也不知躲在哪个树丛里，或者从哪扇窗户里面传了过来。

陆月喝完牛奶，在宽大的穿衣镜前做了几个舞蹈动作，然后停下来检查自己的身体，从头到脚，一丝不苟。她对着镜子，鼓腮、挑眉、噘嘴，做出各种表情，不同侧面地检查自己的脸。修理过的眉毛，又开始生长出来了，她用钳子一一拔去；她手指并拢，细致地抚摩了一圈，除了几颗粉刺，脸上并没有增添其他东西，而粉刺几乎是在下巴底下了，所以也不用担心；眼睛还是黑亮，睫毛很长，她妩媚地微笑，翘起嘴角，没发觉脸上有什么异样，仍如少女时那般光滑；她加重微笑，眼角有皱纹隐约。她愣了一下，紧接着做出一个极为夸张的大笑表情，这时，更多的皱纹一窝蜂似的包围了眼睛。

"老了？"陆月又愣了一下，狐疑地看着镜子里的人，目光顺着脖子往下继续检查。令她感到欣慰的是，胸部还是饱满坚挺，腰仍是很细，并没有多余的脂肪，臀部的弧度恰到好处，两腿修长，隐含弹跳的活力。她看上去比实际年龄要小得多。胸大腰细，是许多女孩子渴望的魔鬼身材，陆月双手托乳，有些自豪，这股自豪暂时掩盖了眼边皱纹带来的惶恐，她因而想到了乳房与孩子的关系。她曾经当众嘲笑过那些下坠的、像个水袋似的乳房，那都是生育的结果。于是陆月觉得生育理当是低级动物的行为，一个高贵的、有思想的人，像头猪那样下崽、哺乳，多少具有嘲讽的意味。如果再把做爱与生育联系起来，女人简直成了一头沉默的交配动物，青春美丽的躯体，因而变得肌肉松弛，这一切毫无理由。而作为生育过程中的男人，只是一次性交配合，过后，他们在女人因生育的苍老中日渐容光焕发，魅力与日俱增，女人却在沦为黄脸婆的境遇里提心吊胆。

"不能生孩子，肯定不能生孩子。"陆月暗自警告自己，也告诉自己，这是保持与延长青春美丽的唯一办法，其他美容保养或药物补品都是扯淡。现在，因为孩子，陆月与孙石山之间的感情出现了危机，其实也是早有矛盾，只不过，凡事总得有个突破口。舞蹈学院毕业的陆月自然擅长形体表演艺术，文化课上得少，且平时不怎么喜欢阅读，与大学教授孙石山之间的差距很大。然而这种差距，不到一定的时候，体现不出来，只有等两个人在一起熬久了，便显山露水了。因此，两人总感觉生活中可以共同干的事情太少，常常各干各的，彼此行动时，便都有些孤立与孤独感。她说他不关心她的事，他说她不关心他的事，渐渐地少了交流，多了沉默。按道理，两个人都是搞艺术的，艺术相通，艺术家的心灵也应是相通的，可陆月和孙石山两人之间愣是隔着什么东西。孙石山曾经说过，孩子问题，是他们之间的一块软肋。陆月认为那是扯淡，两个人的关系都处理不好，三个人就更难了。

鸟在林子里鸣叫，说不出名的鸟。陆月想象，那是一只轻灵的黄鹂，转动圆溜溜的眼珠子，在树丫间蹦蹦跳跳。它的世界很大，没有樊笼，没有篱笆，它可以在任一棵树上安家，彻夜不归不睡。她不知道，它是否有伴侣，它的伴侣是否与它比翼双飞、同栖同梦——至少现在，它在快乐地歌唱，它没有生儿育女的责任与愁苦，它的快乐衬托出她的忧伤。自从那天晚上吵过以后，孙石山扔了避孕套，真的不再动她，他的性欲和温存一并消失了。她并不是怕孙石山弃她另娶，她并不担心这些，她只是觉得，她和他曾经是很甜蜜的，对于那些甜美时光，稍有感情的人，都应该怀有恻隐之心。

夏天天黑得慢。整个黄昏，似乎因为陆月的遐想而变得呆滞。屋子里流动着一股寂寥，这股寂寥像孙石山的背影，他在屋子里经过她，视而不见，身体掠过一丝冷风。他甚至偶尔不回家，在画室里过夜。她开始还窃笑，心想，看你能憋多久。她照样跳舞、唱歌，和朋友逛街。当然这期间，还发生了一些隐蔽的事情。在"青青世界"演出那回，陆月的乳房被李涵章摸了，嘴也被他吻了，她以超乎寻常的意志抵挡了李涵章对她身体的进入。要拒绝李涵章这样的男人，一般女人难以做到，但是陆月做到了，因而她觉得，她是伟大并且贞洁的，不应该因为她不愿生孩子，就认为她不是个好女人、好妻子。

令陆月感到意外的是，孙石山竟然一直憋了下来。她不记得一共过了多少天，总之这期间，她又过了两次排卵期。她知道他不会去嫖妓，以他的性格，也不应该有外遇或者其他性伴侣。

"那么，他也不怎么爱我了吧？"陆月胡乱揣测了一回。她又想起刚和孙石山恋爱的时候，他能在她的身体里整夜不疲软，不抱着她，他就睡不安宁。"他那时是那么热烈地爱我，"——陆月继续想，"现在，他愿意一个人在榕斋的地毯上睡，他真的不爱我了。"

这时，电话铃响了，陆月一惊，似乎是被人偷窥了心里的秘密。她拿起座机，才发现是手机在响。

"哎，在哪儿呢？"江丽英语调颇为兴奋。

"是你啊，吓我一跳，在家呢。"陆月一只手在胸前来回搓。

"干什么亏心事嘛，电话响也能吓着你。"江丽英怪声怪气。

"打瞌睡。怎么，老公孩子又不用你管了？"江丽英这个时间打电话，陆月猜测十有八九是这么回事，老公孩子不在，她就可以轻松一下。

"老公出差，儿子上他姑姑家了。一块吃饭呗，漓江又一轩的黄焖鸡，怎么样？"果然不出所料，江丽英还是这一套。

"不凑巧啊，我老公说要带我去郊外吃海鲜呢，要不，一块去呀？"陆月撒谎，她根本不知道孙石山会不会回来和她吃饭。她撒的谎，实际是她的希望，潜意识里一直在等。

"那算了，你二人世界，我就不插足了。"江丽英打个哈哈把电话挂了。

陆月还没缓过神来，座机又响了。

"喂？"她有些激动，声音柔情满怀。

"我有事，在外面吃饭。"孙石山愣了一下，生硬地说，心里在想，"她在等谁的电话？"

陆月鼻子一酸，说不上话来。尽管她和孙石山口头上达成离婚协议，她其实也没怎么当真的，她认为这应该是属于夫妻间增进感情的游戏。她也想以这种方法来试试孙石山，看他到底有多在乎她，没想到孙石山竟然一直冷了下来，她便有些骑虎难下。

"喂，听见了？你自己吃饭吧。"见陆月不吭声，孙石山断定她等的不是他，语气便更为坚决。

"听见了。再见。"陆月也冷冷地说。只觉得憋了一肚子委屈，放下电话便呜呜哭了起来。哭了一会儿，她抹干眼泪，决定打电话给李涵章，觉得今天不约个男人吃饭，不足以解恨。只可惜电话打过去，才知道李涵章人在外地，一时间回不来，李涵章本人也深感遗憾。陆月一时想不到还有哪个不弱于孙石山的男人，可以陪她吃饭，可以让她稍微喝醉了，借个肩膀靠一靠。

"×蛋的男人。"找不到合适的，陆月悻悻地骂了一句，骂完又呜呜地哭，越哭越伤心，"女人不是因为伤心而哭泣，而是因为哭泣而伤心"，她想到自己一个美丽的女子，孤单地流泪，忍不住哭得更欢。今天要是一个人的话，她觉得她会疯掉。然而，这种伤心毕竟不是发自心底的，所以只哭了一小会儿便停止了，并且立刻打通了江丽英的电话。

"哎，我老公半道被人拉走了，我懒得去，没劲。去皇宫酒店吃海鲜吧？"陆月继续撒谎，她不想任何人知道她和孙石山之间的矛盾。

"你看你，我现在已经开始摸麻将了，你过来不？"江丽英说。陆月听见噼里啪啦洗牌的声音。

"我不会打，你玩吧。拜拜。"陆月本来也不大愿意和江丽英一起，听她没完没了地唠叨，是件烦心事。"或许孟加拉会有空。"陆月猛地想起来。前段时间孟加拉情绪比较低落，和陆月出来喝过一回啤酒。但孟加拉不喜欢倾诉，只是习惯轻描淡写，让陆月知道她是与洪七之间出现了矛盾，具体的细节，只有靠陆月自己去揣测。与陆月不同的是，孟加拉生气的时候只爱骂女人，任何时候，她都不会骂自己的男人，她认为男人是自己的，骂自己的男人与骂自己没有什么区别。

孟加拉接到陆月的电话时，她的母亲正把饭菜摆上桌子，吆喝吃饭。像大多数小康家庭一样，孟加拉的家里装修得很不错，但不见得有自己的品位。天花板吊了顶，后来两人吵架时，会把原因归结于吊了顶的天花板太矮，使人压抑；做了酒吧柜，酒倒是摆了不少，却没有多少闲情在那里浪漫，高脚玻璃杯子总是干的，并且慢慢地不再晶莹剔透；音响也是高档的，只是一块享受的机会很少，后来就全给儿子霸占了；看电视节目，既要照顾年老的，又要迁让年幼的，所以，孟加拉与洪七所能自由享受的家庭空间，也就只有卧室了。像大多数小康家庭一样，他们家境殷实，生活从容，几乎什么也不缺；也像大多数小康家庭一样，潜藏着关于婚姻的隐忧。

"洪七，是陆月找我，可能有什么事情，你们吃吧。"孟加拉换鞋出门。

"谁？"洪七在沙发上，身体没动。

"陆月，跳舞的。去年教师节，她给我们单位编排的舞蹈《烛光》在市里获了奖呢！我记得我跟你讲过的。"洪七的这种漫不经心，是孟加拉的一大心病。

"哦，她老公是搞版画的，看过报道，搞得稀奇古怪。"洪七看过潘小对孙石山的专访。换言之，洪七知道孙石山这个人，不是因为孟加拉与陆月是朋友，纯是因为潘小。

"是口头报道吧？"孟加拉已经拉开了门，但没有立即走出去。她停在门边，面朝洪七，目光锐利。她对"潘小"这个词，以及与潘小有关的东西强烈敏感，即便"潘小"没有明确地出现在话语里，只要"她"潜藏在句子里面，孟加拉也能立即揪出来。比如现在，洪七只提到报道，根本没说"潘小的报道"，没想到又截到了孟加拉的痛处。

"有病。"洪七侧脸扫孟加拉一眼，低声嘟囔。

孟加拉冷笑一声，走了，关门的声音比平时摔得更响。

"哎，吃饭呀，拉拉干什么去了？"岳母一直叫孟加拉的乳名。她的诧异是装出来的，语气里隐含对洪七的责备。岳母也姓孟，孟加拉的父亲脑出血死后，孟母也无处可归，理所当然地成了这个家庭中的一员，从洪九出生起，她就一直和他们生活在一起。孟母上过大学，也算知识分子，当初孟加拉和三流大学毕业的洪七搞对象，孟母不悦，且暗中阻拦过，无奈孟加拉铁了心，竟和洪七未婚同居。在深圳创业的最初，洪七与孟加拉同甘共苦，孟母偶来探看，对洪七仍不是十分满意。至于为什么会这样，或许还得追溯到孟母年轻的时候。或者岳母对女婿的喜欢，在某种意义上，是从她年轻时对异性喜欢的角度出发的，洪七不是孟母喜欢的那一类型而已。洪七与孟加拉之间稍有矛盾，孟母总是毫不犹豫地护着女儿，这当中既有做母亲的天性，也有孟母先前对洪七的芥蒂。总之，洪七与孟母之间的关系，总是有点生分。

"她朋友那边有点事，我们先吃吧。"洪七若无其事地说。孟母总要掺和到他们夫妻的感情中来，洪七烦，但忍耐着。他想，孟母这辈子也不容易，在家里像保姆似的尽职尽责，由她去吧。

"哎，阿九，快来洗手吃饭。"孟母对洪九笑得满脸开花。

九

孟加拉是开洪七的车走的。和许多单位一样，公车基本上都是私用。洪七曾动心给孟加拉买台国产车开，孟加拉不肯，她觉得洪七这台车时常闲着，再买个车，便更加浪费。其实她是怕洪七的闲车会生出"闲事"来。

路上车多，孟加拉开着黑雅阁在深圳南大道上跑了十五分钟，才到达"布莱梅"。正是吃饭时间，停车位已经满了，孟加拉在附近兜了一圈，在"顺德电器城"背后找到了免费停车位，泊好车，又走了几分钟。

陆月合上翻开的《舞蹈》杂志，两人进行了一番必要的寒暄。接下来，点了菜，开了一瓶红酒，各自倒了半杯，轻碰浅尝，才慢慢地进入某种聊天心境。

"布莱梅"更像一个"书吧"，气氛安静、光线柔和，背景总是经典音乐。流行音乐让人浮躁，经典音乐却有助人沉静的作用，可见到"布莱梅"来的人，都是有清心欲望的。室内四周全是壁柜，全是书。地板以及木质桌椅呈天然黄色，与灯光的色调浑然一体；空气里可以闻到茶和饭菜缭绕的香味，谁要是稍微高声说话，立即就会显得突兀，连铁板烧的嗞嗞声都有些小心翼翼，没有其他餐馆那么放肆。

"我妈饭菜刚端上桌，你这个110电话就响了，有什么紧急情况？"孟加拉一副为朋友两肋插刀的气概。

"就是烦，今天要是一个人待着，没准会自杀。"陆月椭圆形的脸太瘦，眼睛便显得特别的大，忽闪忽闪的，仍像不谙世事。出门时头发盘得不仔细，耳朵边遗漏了一小绺，她索性用食指缠来绕去。

"周期性的吧？这种情绪我也会有，一般是来例假前。"孟加拉并不急于打探隐私，也不喜欢传播别人的隐私，这使她和一般女人略有不同。

"一个莫名其妙的男人，忽然成了自己的老公，你说他到底是算亲人呢，还是别的什么东西？"陆月把问题的根部揪出来，企图抖掉根上的泥土。

"好像什么都是，又什么都不是。"孟加拉把护根的泥土包好，重新放回土里。

"结了婚，似乎什么都是；若离了呢，又成一个莫名其妙的、不相干的男人了，是吗？男人和女人的关系，原来只停留在字面意义上，我觉得滑稽。"陆月不再问根，而是抚摩根茎上部的叶片，那些纷乱的叶片。男人和女人的枝繁叶茂，通常像树叶一样凌乱无序。

"结了婚，便是捆绑过日子哩，不能再有少女时期的莺飞草长了。我嘛，是生了儿子以后，才明白这个道理的。"孟加拉似乎在证明女人三十不惑。

"对了，你哪来的勇气生儿子？你是不是很渴望生孩子？"陆月脑海里堆积了很多问题。

"坦白说吧，女人都是要生孩子的，母性使然，当然不排除一些传宗接代的需要。结婚生子，是连在一块的，在我看来，结婚最重要的一点，就是保证了孩子的合法性。比如有他的姓氏与出身。"孟加拉想到了洪九，母爱在脸上荡漾。

"生孩子后，全身都松了，用起来还是不是一样？"陆月单纯得不像个已婚女人。

"这就是人生体验呀，你不亲历一回，亲自感受，别人怎么说都是废话。"孟加拉笑而不答。

"前几天，有个朋友发给我一首诗，真的很有意思，我觉得，我也有那些疑问，你最有资格解答。"

"什么诗呢？"

"名字就叫《乳房》……"

"那是一首黄诗啊……你休想在我这里找到答案。"孟加拉装模作样地生气。自从儿子降临，她的乳房用来喂奶，儿子断奶后，它们基本进入退休状态，洪七也不怎么动它们。所以对于这首诗里提出的乳房问题，她真是无话可说。

"行行行，我不找你要答案，我只是觉得……"陆月说不出口了，只是忽然很想抽烟。但是"布莱梅"禁止吸烟。她的烟瘾是李涵章带发的。和李涵章在一起的时候，李涵章总会给她点上一支，让她抽着玩，并半真半假地说："搞艺术的就要抽烟，否则就只是一个艺术爱好者了。"他还说喜欢看她抽烟的样子。李涵章的体积比孙石山大，她忽地想象他压过来的重量，不觉心里一阵激荡，身体里流出一股温热来。夜里头陆月自慰时幻想的，是李涵章威武的躯体和类似刘德华、张国荣之类的模糊不清的面孔，她很奇怪，这时高潮比和孙石山要来得更快、更猛烈。

"陆月，我看你有点走火入魔了，这些事情其实很简单，只是你太在意身体的享受，把一切想得很可怕。你是个自私鬼。"孟加拉开始批判。

"是啊，我有时看不到人，只看到满街的生殖器官。我很自私吗？"陆月看着窗外来来往往的男女，再一次觉得上帝只造男人和女人，只是上帝的一次玩笑。上帝肯定没想到，男人和女人之间，有这么多的戏看。

"听我的话，和孙石山生个孩子，女人只有这样才能成熟，只有这样，你停留在少女时期的困惑才会迎刃而解、真相大白。"孟加拉的口吻像上帝。

"我是跳舞的，身材一变形，就不能上舞台，事业就完蛋了。"陆月说着，在椅子上矮了下去，"……实话跟你说吧，我和孙石山，好像真的要散了。"

"……你说你还能跳成什么样？有个好家庭，也是女人的事业。可别犯傻，干那捡了芝麻丢了西瓜的蠢事。孙石山有才有貌，脾性也好，搁哪儿都是抢手货。"孟加拉语重心长。

十

"一、二、三！拍啦！"一道白光一闪，刘家按了快门，然后眯了那双酷似林忆莲的眼睛，一脸坏笑。

"你就随便拍好了，你一叫嚷，把我搞得很僵硬，而且，你有毛病，大白天还开着闪光灯！"潘小骂道。

"什么僵硬，你除了表情僵硬，还能有什么僵硬？"刘家天生一副好嗓子，骂起人来也那么迷人，潘小叫她把叫床的声音录下来刻成光盘甩卖。

"就是啊，本来状态挺好，你一喊拍，妈的，感觉全跑啦！不瞒你说，我就怕人这么喊。"潘小的老同学郭桦刚从北京来，说话也是不拘荤素，很是爽快。大学期间，郭桦就自称是潘小的闺密，他曾私底下对潘小说这很"悲剧"。不过，郭桦是有自知之明的，他知道自己不能凭一百八十斤的体重去征服一个女人，所以索性当起了潘小的"姐妹"，建立了一种更为稳妥的关系。问题是几年后，郭桦混了些钱，身材抽了条，自知之明的能力也随之下降，得空就跑深圳来找潘小"玩"，潘小总是拉上刘家，结果郭桦又成了刘家的闺密，三个人倒是好得不得了。郭桦处处埋单，他说了，他就是潘小和刘家的银行卡，吃喝购物，随便刷。郭桦的存在犹如饭后甜点，他的到来给两位姑娘带来短暂的欢乐。他走时，刘家的表现极为不舍，恨不得粘他身上一同离开。所以潘小认为刘家会哄男人。

郭桦原以为潘小在深圳这个索然无味的地方待不了多久，他很有耐心，不动声色地展示北京的好，却阴错阳差地引得刘家动了心。

听刘家说怀孕，崔建倒愿意冲破世俗和她结婚，这样的态度刘家是满意的，但她不愿结婚，"我可不想用自行车送孩子上幼儿园"，于是找了个良辰吉日去医院了断。崔建不懂得照顾呵护，有天夜里还要和她颠鸾倒凤，被刘家一脚踢到地板上，摔伤了腰，像只螃蟹似的侧身走了半个月。这一脚踢得刘家心怀歉疚，反过来照顾崔建，抓中药、请按摩师，生怕他落个残疾，把自己搭了进去。后来发现崔建是装的，刘家不喜欢这样的玩笑，利利索索地和崔建断了关系，不留任何余地。

"我现在想想都觉得莫名其妙，怎么会和崔建这样的人搞得拖泥带水。"刘家隔着办公桌对潘小说道，"算起来，他是最差劲的一个。"

潘小正上网看孙石山的博客，他的新画风格有变，充满隐秘的压抑和狂躁，她不知道是否和她有关。

刘家摘下盆景里即将变黄的叶子嗅了嗅，扔进垃圾桶，走到潘小这边。"哎，潘小，你说我是不是老了啊？"

"肯定老了，不再是洛丽塔了。"潘小来不及关掉博客页面，只好用身体挡着屏幕，嘴里胡说八道，"我们都是奔三张的人了，该靠点谱了。女人走什么样的路线最幸福？应该是孟加拉那样的，蓄一房丈夫，生一个孩子，然后视天下美女为敌，时刻处于警备状态，不惜火力攻击……瞧瞧咱们，和平年代的军人没仗可打，闲置得发慌啊。"

"嘿，你语无伦次，好像有点紧张呢，在干什么坏事？"刘家推开潘小，看见了网页，"原来在学习孙老师的……啊哈，潘小，在搞地下活动呢？"

"胡说什么啊，最受不了你这种疑神疑鬼的样子。"潘小淡定地批评刘家，并且很正经地谈了谈孙石山的画。

这时，江丽英端着生机蓬勃的细叶榕进来了，那油亮鲜活的叶子立刻吸引了姑娘们的注意力。江丽英将盆景往桌上一放，面色得意，半句寒暄不打，直接说盆景活了，《男欢女爱》的稿子啥时交？潘小和刘家早忘了这回事，只好拼命赞美江丽英起死回生的园艺才能，江丽英经不起夸，照实说自己给盆景催了花肥，这花花草草吧，得不时打理、浇水施肥，就像一个家，就像男人女人的感情，不细心呵护，就枯了、萎了，没生机了。

与其说江丽英在说她的园艺经验，不如说在炫耀自己的治家本领。不过，潘小她们并不羡慕这种"无为"，因为有的家庭天生没有风波，或者没有能力起风波，根本不需要治。

正当潘小感到江丽英的絮叨惹人生厌时，江丽英语调一转：

"像孙石山和陆月，多好的一对啊，也要散了……还不是因为各忙各的，没有时间打理家……"

潘小心尖一颤，本能地维护孙石山："江姐，这种事可别瞎传。"

"哎，你想哪儿去了，难道你还不了解我？是他老婆亲口对别人说的……"江丽英恨不得拿人头担保。

甲壳虫探头探脑，顺着榕树根须爬到一个醒目处，停住不动。

"咳，刘家快看，甲壳虫还在呢！"潘小凑到细叶榕前，甲壳虫转身爬进叶丛中。

十一

这天下午，陆月突然光临画室，头发油抹水光，拢在后面绾出一个高高的发髻。孙石山知道她一般只在演出时才梳出这么精致的发型，可见这次会面不同寻常，不觉暗地里吃了一惊，脑海里一阵兵来将挡。虽说已有口头分手协议，他还是避免节外生枝，莫因潘小的事而伤了陆月，毕竟，他们的婚姻只是内部矛盾，不是外界力量的破坏。

经验是个好东西，孙石山阵脚不乱，镇定自若，甚至还有工夫对潘小下结论，潘小是个顶好的姑娘，也是个天生的情人，她没有要求、不施压力，也没有信誓旦旦，这反倒使他担心她只是逢场作戏，把他当作贪享风月的男人，要知道，他可是个想当父亲的正人君子。

孙石山用细节性很强的目光搜索了自己的画室，庆幸没有潘小的任何痕迹，这是潘小的功劳，她临走前还从沙发上捏起她掉下的长发，细心至此，还有比潘小更可靠的情人吗？情人情人，孙石山心里不舒服，他觉得这个词听起来总是比"爱人"卑贱，充满露水的光泽。不行，他不喜欢露水，他要一种树根深深插入泥土的相互纠结。

"你这儿气氛不错。"陆月挺着腰身四下里张望了一番，她来画室的次数屈指可数，她不喜欢一切沉闷的活动，"嗯，还有股什么香味。"

"我这儿有颜料味、纸味、书味、茶味……还有我的汗味、臭袜子味，你闻到了哪一种？"孙石山知道陆月在旁敲侧击。潘小是从不用香水的，至于她的体香，只有把鼻子凑近她的肌肤才嗅得着。

"我可没忘记，你的袜子是没有异味的，第一次给你洗衣服，我就知道，你是一个干净的男人，所以，我决定嫁给你。"陆月像是专门来忆旧的，说着说着就有点哪堪清秋明月的伤感，片刻间将几年的婚姻生活弄出了一个提纲挈领、轮廓清晰。

陆月的话听起来含沙射影的，不知道她唱的哪一出。孙石山一面保持警醒，但往事被她撩起来，心里多少有点堵。

不过，片刻之后，陆月莞尔一笑，以一种豁达和自嘲的表情终结了她的抒情。"我没什么特别的事，今天是你的生日，你要是没安排的话，我想请你吃个饭，毕竟……"

"你不提醒，我还真忘了。"孙石山知道陆月想说"毕竟还是夫妻"，不觉有点恍惚。"夫妻"，这个词就像他过去犯了罪得到了庇护，现在突然又被警官提了出来，令他有序的心情突然变得复杂凌乱。他撒了谎。一小时前，潘小来电祝他生日快乐，他们共享烛光晚餐，连两人的服装搭配都商定好了，他穿白衣，她着黑裙。

孙石山陷入两难，拒绝陆月，或者推托潘小，他都做不出来，可是他必须做出选择，他的人生从来没有这样立场鲜明的时刻。

"看你样子好像挺为难的……没关系，毕竟……"陆月吃干馒头似的难以下咽。

孙石山感觉她不动声色的艰难，心里一动。他知道陆月想说的是毕竟已经分居。"分居"这个词，好比他自己拿枪对准了自己的脑袋，他突然不明白何以走到这样的境地，这几乎是一种失去理智的行为。他立刻放下了枪，心里对陆月生出一丝歉疚。

"我为难？嘿，"孙石山干笑了一声，"我只是没想到你还记着这样的小事，毕竟……"

毕竟什么，孙石山一时说不上来，也许是因为这个词被陆月反复说起，脑海里一直是"毕竟"回旋，所以脱口而出。

"别那么见外吧，一客气，就生分了，毕竟……夫妻一场。"陆月有些动容。

他们站着"毕竟"了好一阵，其间孙石山给潘小发了一个短信，说导师来电，黄昏飞抵深圳，他要去接机，烛光晚餐只能推到明天了。

潘小简单回了一个字，"好"。这一个字意蕴丰富，把孙石山的心搅得更乱，只恨分身无术，亏欠了潘小。

两人驱车去海边酒店，广场、椰林、喷泉，酒店金碧辉煌，充满暴发户的炫富色彩，按说这是资本家谈生意的场所，不应该是艺术家的小聚之处，但这儿的粤菜是全深圳做得最好的，所以吃东西来这儿，耍情调去别处。陆月自然欢喜，反正是她请客，孙石山掏腰包，并且，他带她来这么高档的地方吃喝，说明了她在他心目中的分量。

两人要了一个软墙包间，木瓜炖鱼翅、鲍汁掌亦、清蒸鲑鱼、椒盐对虾、刺身拼盘……很阔气地上了一桌，彼此说了些角色不明的话，有时陌生得像初次见面，有时熟稔如一家人，整个过程勉强夹生。除了陆月被芥末辣出的眼泪和对菜式的赞美，这餐饭吃得平静无波。

最后，在甜点上来时，陆月说道："对了，我明天出差，要去北京学习半个月。"

十二

陆月沿着母校的银杏路细细地走了一圈，想起了过去那些在校门外等候的宝马奔驰、富贾名流，以及自己和宝马车主一段似是而非的感情，只觉光阴似箭。去南方掉入婚姻生活多年，深入人间烟火，感觉自己仿佛器具似的陈旧蒙灰，是李涵章令她发现自己仍然色泽光鲜，魅力滔天。不复返的只是青葱岁月。她一路都在想李涵章的与众不同。她想，他的不同之处，在于他有权力，权力能使一个平庸的男人变得气宇轩昂，使一个气宇轩昂的男人变得高深莫测。当然，陆月也观察过，李部长和女艺术家们谈笑时矜持有度、不失分寸，这些天她更是明白李部长原来"更注重精神交合"，不是个用权力胡来的男人，心中又添了几分欣悦，感到人生前景大放异彩。

陆月看看时间，慢慢悠悠走到地铁站。回到酒店沐浴熏香，从头到脚细心收拾干净，连脚趾都涂了润肤霜，然后裹着浴巾靠在床头，喝汽水吃零食看电视剧。门铃一响，她便一跃而起，以细密的凌波微步罗袜生尘地奔跑过去，朝猫耳洞一瞄，开了门。

李涵章精神饱满地踱将进来，小腹的饱满恰到好处，用陆月的话说，太瘦不像官，太鼓像奸商，所以陆月迅速用双手圈住他，将身体贴上了他恰到好处的小腹。

"开完会啦。"

"嗯，没吃饭，逃回来了。怎么样，饿不饿？"这时的李涵章像个顽童似的。

"不饿，我把冰箱都吃空了。"陆月说道。

"我不是问你肚子饿不饿……"

"啊？好呀，你……平时装得一本正经，原来也是这么坏。"

"该装时要装，该是人的时候，我也是人啊。"李涵章把她嗅了一遍，温柔地说，"你不是也洗得香香的在等我吗？小贱人，咱们坏到一块了。"

二人纠缠，扭成一团，很快偃旗息鼓。李涵章是典型的江浙男人，非常注重事后的情绪梳理，手臂圈着陆月说体己话是其中一项。

"月呀，我有个想法，不知道你同不同意。"

"你说，我看过不过分。"

"……假如有机会，你愿不愿意去英国皇家舞蹈学院进修？"

"英国皇家舞蹈学院？ MY GOD（天哪）！想都不敢想，我哪有这样的运气，我也没有英镑呀！"

"你说吧，你想不想去？"他像个圣诞老人般温和。

"想呢，做梦都想。"

"那，孙画家不会反对？"

"他？"陆月坐了起来，忽然发现她和孙石山已经七八天没联系了，心里涌起一股失落，想起孙石山生日那天自己的表演，不觉又是一阵羞惭，简直有点唾弃自己了。于是神情恍惚，说："他……大概正在另觅新欢以便尽快结婚生子吧。"

"别说气话。你必须把个人事业和家庭矛盾处理好，不要弄得一团糟。进修的事情是这样的，名额只有一个，明年春天开学，学费不用你掏，由政府出资派送。这样的机会千载难逢，你好好考虑一下。"

"我去！"都千载难逢了，谁还需要考虑？陆月云散天开，高兴地用肉身压住李涵章，"对我来说，事业第一。"

李涵章露出一个普度众生的笑容。"我就喜欢你这股劲，和你的舞蹈一样有爆发力……"

十三

潘小从不追根究底，似乎对孙石山充满天然的信任，对世界的美好也深信不疑。她不过问他的家事，不以此为累赘，她和他很纯粹，像一对情窦初开的年轻人在白纸上写他们的故事，尤其不会因为把童贞交给了孙石山而索要特权，仿佛不值一提。当然，那是一个姑娘将第一次交给了所爱的人而心满意足的表现。倒是孙石山常怀隐忧，陆月推他时，他希望潘小拉他一把，但潘小不使劲，她只是远远地看着他，自然，他知道那是一种等待的姿势，他也知道潘小心性高傲，不屑于厮杀争夺，她以一种高贵的姿态站在那儿，要的是以守为攻，不战而胜。潘小的从容大气令孙石山愧怍，有时觉得自己配不上她，但当她在他身下柔媚似水，看她身心皆属于他，他便顿时羽化成仙。

此刻陆月远在北京，时间和空间拉开距离，旧事倒跑到跟前来了。孙石山想起了和陆月的点点滴滴。他把窗户全部敞开，感受和风细语，紫荆花开满枝头，地上落红覆盖，仿若他和陆月结婚时的喜庆。婚后两人水乳交融，相处愉悦，以为从此永远。孙石山记不起是谁提出分居的，或许没有谁提，只是他不回去睡，她也没要求他回来。他原是出于赌气，表示抗议，在生孩子这件事上他不会让步，哪知陆月也不妥协，导致分居变成事实。

孙石山感到心尖有点发热。不远处传来孩子的嬉笑声。他几次用手机按下了陆月的电话号码，又颓然放弃。都说女人天生母性，男人又何尝不是父性天然？

这几天孙石山和潘小频繁约见，像所有发情的男女，主攻性和食，偶尔谈论艺术与现实。话又说回来，在深圳这样崭新的欲望都市，还能干什么呢？画室的床是他们的性的祖国，是唯一的，也是神圣的；至于食，花样很多，光明农场的乳鸽、盐田的海鲜、香蜜湖的烧烤、华侨城的香辣小龙虾……潘小饮食娱乐版的同事是一张美食地图，这张地图一直画进了深山老林，新发现的美味"煨鸡"，就隐藏在山林里。

孙石山和潘小驱车曲折前往，一路寻觅，农田沟壑，丛林鸟雀，溪流边杂花满地，过程已有别样的乐趣。两人停了车，呼吸着山里的清新空气，牵手采摘野花、拥吻，若不是一只野兔的惊扰，他们差点尝到了野合之欢。

他们回到车里，一段天高云淡的路程之后，到达目的地。村口有两对背着画板的年轻男女，想必此地风景如画。

一块简易的路标将车引到了传说中的"煨鸡"店，无非是顺着竹林溪水搭了一溜阳棚，摆了四五张桌子，现时两桌有客。窑是不远处的土坑，鸡在农家，下单现杀，让你看着他们用烂泥糊实了扔进窑里煨。肤色黑红的老板娘说出窑需四十分钟左右，不妨免费参观古村落，那是明代延续下来的。

孙石山和潘小表示怀疑，如果是明代留下的村落，此处应早已成观光景点，不至于要借煨鸡传名，顶多是煨鸡的营销策略。当然，反正闲着无事，二人携手逛了一圈，乏善可陈，倒是在那条两三米宽的浅溪里找到了乐子，因为水里竟有许多小虾，两人脱了鞋下去，原本只是好玩，没想到竟然抓了许多，足够做一盘菜。于是按老板娘的建议用韭菜炒虾，再要了小白菜、清蒸鲈鱼。菜刚上桌，鸡也出窑，香味迥异，味道好得令人吃惊。

几杯凉爽的啤酒下肚，山村清风拂面，眼前潘小可人，孙石山就有一种情侣度蜜月的错觉。

"这么偏僻的村子，这种小本经营，香气竟然飘到城里去了，可见酒香不怕巷子深，好吃才是硬道理。"孙石山说。

"的确好味道。深圳人每天琢磨吃什么，怪不得连精神都吃没了，"潘小笑着，转而深情地看着孙石山，"不过，你和他们不同，你有你独立的精神家园。"

"……自然，一个人没有精神家园，无异于行尸走肉啊。"

"小山，我其实挺担心你的……你看，多少艺术家来到深圳，不知不觉就被物质生活挟持了；还有的，搞艺术的时候嘲笑富人的平庸，一旦有了钱，就反过来嘲笑穷搞艺术的……"

孙石山放下筷子，隔着桌子抓住潘小的手。"你放心，我一直在清醒地打量这个世界，我知道自己在哪里，要到哪里去。"

潘小点点头。"我时常觉得有一个大世界在吞没个人的小情感，我想做一个有良知、有勇气的记者，但我发现，这就像参加革命一样危险。"

"冲锋陷阵的事情，应该是男人去做，好女孩是用来让人疼爱的。"孙石山调低嗓音，"小小，你要把自己养得水灵鲜活的，我看着特别快乐，特别幸福。"

潘小听了这番话，心里既温暖，又失落。"你这是老观念，觉得女人只要像花瓶一样美着就行，你忘了女人也是有头脑的。"

"是的，小小，我只是不忍看……风吹雨打花憔悴。"

"多情未必真豪杰。"

"不对，是无情未必真豪杰……"

潘小勉强一笑，忽觉对孙石山饱满的情感出现一线裂缝，什么东西从这裂缝里漏了下去。

十四

刘家去了一趟尼泊尔，带回来一些叮当作响的首饰和赞美，但始终不说同行者是谁。把崔建那不懂事的家伙踹了以后，刘家变得更快乐，经常往办公椅上一坐，头一仰，就会满面舒畅地笑起来。有时埋头弄手机，表情带着鬼鬼祟祟的甜蜜。潘小一看就知道她心里藏了事。刘家有变化，不像以前那样，感情上有点风吹草动就告诉潘小，让她帮着分析，或者当花边新闻一起娱乐。

细叶榕长势不错，江丽英已经将打理这盆景纳入自己的工作范围，时常趁浇水的机会聊《男欢女爱》的主题策划。

"下期我想做一个'二手女人'的讨论，你俩化名来一场争论，一定有意思。上期报纸大卖，读者反响热烈……还有一个内衣广告送上门来，指定要登我的版面……今年年终福利差不了。"江丽英把颗粒状的花肥撒在盆景里，一副家境殷实儿孙满堂的富足样，"你们看这叶子肥得发黑，我老觉得它会成长一棵大树，顶到天花板去。"

江丽英对细叶榕的夸张赞美无非是强调她对于园艺的精通。潘小和刘家各怀心事，面上敷衍着，知道这个婆娘得罪不得，她发作起来，那张嘴比报纸还厉害。

"还不都是江姐的功劳啊，哪天请你吃饭……对了，去吃煨鸡，非常值得一品，就是有点远。"潘小这么说时，心里想到和孙石山去村里的情景，很美好，再一想他思想观念里表现出来的陈腐部分，内心的裂缝便越来越明显了。

吃喝玩乐男盗女娼，几个女人东拉西扯聊得兴致高涨，江丽英一高兴就藏不住话："哎，我听说有人在北京饭店看见李涵章了，带着一女的，知道那女的是谁吗？"

"江姐，这男人带一女人，不见得一定有什么问题吧？"潘小不喜欢参与传播是非。

刘家的好奇心很重，连声追问是谁。

"我说了，你们千万不要告诉别人。"江丽英瞅瞅门口，压低声音说道，"那个女人就是……孙石山的老婆，陆月哪！"

"陆月和李涵章在北京见个面很正常，不值得这么大惊小怪的吧。"潘小按捺住内心的震惊，但她对孙石山的维护和刘家的好奇心没有区别，都是在催问真相。所以，江丽英像个手中筹码丰实的赌徒一样，攥着一手胜利，欲说还休，最后意味深长地摇摇头，扭身回办公室干活去了。

这桩八卦新闻让刘家沉浸在巨大的兴奋当中，因为她对官员和艺人的故事深信不疑。

"最烦江丽英的长舌病。刘家，谣言伤人，我们听听也就算了，别去乱说，掉价。"潘小嘱咐着，心里七上八下。

"嗯，管他们呢……不过，我觉得孙画家和你倒是天生一对。如果他的婚姻解体，潘小，你不如抓住机会。不然，这样荒废青春，眨眼就是三十岁的豆腐渣了。"说这类充满忧虑的话，刘家还是第一次。

潘小敏感地察觉到她的思想也发生了变化。"你好像正忙于把自己嫁出去，是不是有靠谱的了？"

甲壳虫悄悄爬到叶尖，一身鲜艳夺目，趴在叶面，触须颤动。

"哪儿呀……我妈最近老催我解决个人问题，我觉得她说得有道理，女人的青春很短暂，不像男人，四十多岁还是黄金时期，他们又不受生育所累，越老越生机勃勃，更使洛丽塔们着迷……在她们看来，我们都已经是老女人了，真是悲剧……"刘家的话里听不出半点危机感，倒有高于那些幼稚姑娘之上的优越感——事实上，男人真正娶一个洛丽塔的可能性太小了。

"你还是二十一世纪的新女性，怎么就这德行了……长男人志气，灭女人威风。跟女人相比，男人无非是'比上不足，比下有余'……不扯啦，先干活。"潘小说完打开文档改稿，因为孙石山的事心里乱成麻。

十五

从北京回来，陆月的心定了，知道舵该往哪边扳，先前对于婚姻患得患失的情绪一扫而光，心态平静而美好。回到家，一个人将屋里屋外收拾得干干净净，表现贤德。她平时是不做这些的，要么是钟点工，要么是孙石山，因为舞蹈家的手需要呵护保养，才经得起舞台灯光的穿射和观众的审美。

仿佛是一种告别，她感到这一过程充满了庄重的仪式感，心底不觉得涌起一股惆怅。

孙石山回来住过。阳台上晾着换洗的衣服，冰箱也添满了水果、酸奶、雪糕，橱柜里多了一袋泰国新米。陆月心里温热，眼泪在眼眶里打转。她打心眼里希望孙石山是个恶魔，千万别对她这么好，这种好有时是润滑剂，有时就是阻碍，比如现在，她铁了心要去英国，他的好只会增加更多的麻烦。

她不得不在沙发上坐下来，发了一会儿呆，打量她亲手建设的家。墙上那幅乌篷船版画，是他第一次随她回老家凤凰画的，他们私底下管这艘乌篷船叫爱情之舟，他对湘西喜欢得发了疯，他说他对她的爱将如沱江的水一样永不干涸。

陆月终于掩面啜泣。

沱江的水不会干涸，但是水质在变，它的清澈抵挡不了泥沙俱下的冲击。她多么希望沱江在山间欢快流淌，不曾有奔向大海的渴望。

她企图找出他们渐行渐远的真正原因，谁的错？错在哪儿？

但她很快就结束了这种徒劳的空想，无论如何，开弓没有回头箭，她不可能带着李涵章的体温回到孙石山的怀抱，她不是那样拖泥带水的人，她更不可能像车轱辘似的在两个男人之间滚动。她是一条奔向大海的江河。

她起身去洗手间，洗脸，化妆，等孙石山。她知道他会回来。

她估算得没错。四十分钟后，她在阳台看见他的车正驶进小区，突然开始紧张，只觉得心跳猛然加剧。他上楼前，她一直努力平复情绪，内心始终无法坦然。

孙石山见面很客气，但陆月感觉这客气里包含着风雨欲来的压抑。

"回来也不说一声，我好开车去接你。"他去阳台收衣服，"我回来取点东西，一会儿就走。"

他从她面前经过，没拿正眼瞧她一下。

一瞬间，她有点受辱的感觉。她盯着他进进出出，他简直是一刻也不停顿，像是忙着收拾赶飞机，满屋子转。

"你能不能停下来，咱们说说话？"陆月没有意识到自己语气有点挑衅，"你就这么讨厌我吗？"

"没有，我只是习惯最近的状态了。"孙石山一屁股坐下来，沙发的黑白格子面料是他选的，他喜欢黑白分明，"你有什么想跟我说？哦，对了，你在北京学习怎么样？"

孙石山这种腔调陆月没法接话，要命的是，她听出他似乎话里有话。

"你到底能不能好好说话？"她还是这句，心里有点发虚。

"怎么才是好好说话？我这不是好好说话吗？陆月，你别那么苛刻。"

"是你不愿和我好好说话，怎么是我苛刻了？咱们不能友好一点吗？"

孙石山沉默了一会儿。"我向你道歉，是我的错，你说吧，我听着。"

陆月的眼泪滚了下来。她一边哭，一边为自己感到羞耻，她想我都干了些什么啊，没留半点后退的余地！以前，他一道歉，她就会扑进他怀里；而他也会立刻逗她发笑。但是今天，她没有动，他也没有动。他们之间的障碍，厚如千重山，薄似一张纸，一捅就破。她甚至差点将一切统统告诉他，获取他兄长般的宽容与理解，但她拿不准孙石山的承受力，不知道观念传统的他会不会因此发疯。无论如何，她都伤害了他，不说出来只是内伤，说出来就会见血。她害怕。

"我……也没什么可说的了。"她顿了顿，咬住下嘴唇又松开，很快拿出了她舞台表演的天分，决定果断出手。"也不是真的没什么可说，只是不知道怎么说……石山，咱们不闹了，缓几年再要孩子，行吗？"她知道这是不可能的，她也完全知道孙石山的答案，她不过是要做出仁至义尽的姿态。

"这件事我们谈过很多次了，我的意思你知道，我不想再谈。"孙石山声音低沉冷静，"如果你觉得再跳几年，你能比杨丽萍跳得更好，也就值得付出，但你知道，那是不可能的，除非太阳打西边出来。你别不高兴，我只是想让你清醒地认识自己的能力与处境，别耽误了自己。"

"明白了，我这是在耽误你……我太自私了，我怎么没有早点想到这一层。"陆月受"耽误"一词的启发，言语终于占了上风。"真对不起……我的梦想不是生孩子，我会去尽力实现我的理想，无怨无悔……但我的确不能再耽误你了……我希望你如愿以偿，过得好好的。"

孙石山不再辩驳。"我尊重你的选择。"他起身，准备离开。

她面无表情，冷泪直往下淌。"你定个时间吧，什么时候方便去办。"

"随时。"孙石山回答。

十六

程派的《锁麟囊》来深圳演出，潘小弄到两张票，她首先想到的是孙石山。孙石山爱戏懂戏，画过京剧名角系列，甚至对京剧还颇有研究，他会告诉她什么是小步碎步挫步衬步垫步云步，掏腿存腿跨腿花梆子，还有旦角的抖袖整鬟，手势眼神，念白好不好，功底行不行，他一望即知。但一想到他处在非常时期，倘若陆月果真红杏出墙，他断然不会原谅，树倒猢狲散，他定会攀上另一棵树，感情必将全部倒向自己，孙石山对自己深爱无疑，到时她要抽身便难,并显得薄情寡义,无异于往他的伤口上撒盐。她也曾试着认可孙石山的大男子主义思想,夫唱妇随也许才是真正的幸福,但她无法说服自己,她希望对方是一个真正懂女人、尊重女人,并能放手让她独立驰骋的男人,而不是把女人看成传宗接代的工具,把优秀的女人看成优秀的传宗接代的工具。仅从这个意义上来说,潘小同情陆月。她想她应该做的是,逐渐淡化她和孙石山的感情。

虽说想得清晰明白,但潘小的内心仍然充满忧伤,她对孙石山不可谓不爱,只是她天性理智不糊涂,知道自己要什么,婚姻并不是爱情的唯一归宿。她暗地里自我调整,要走出孙石山的风度与温度,艰难但也坚决。她平生最烦的是感情上含混不清,关键时刻左顾右盼。婚姻并非男女情感的长久关系。无论如何,当孙石山刻上她心灵和身体的纪念碑,她不悔。

刘家纯粹是舍命陪君子,对她来说,看京戏就是活受罪,那种半死不活没完没了的哼哼唧唧,听得心里头干着急,她多半要想方设法打发时间,这次是埋头频发短信,不时还露出鬼鬼祟祟的甜蜜笑意,沉浸其中。不过,当二胡声拉开帷幕,潘小便忘了刘家,她是一个对舞台细节非常着迷的人,连台上扬起的一粒灰尘都不愿放过。

演出结束,潘小因饱享艺术大餐而面色愉悦,内心洋溢着妙不可言的幸福感。刘家却也无端脸色绯红,两眼放光,似乎整个人马上会像只灯泡那样亮起来。

两人随着人群缓慢散场,刘家上了洗手间,潘小在门口等她。一回首,见孟加拉与洪七走出来,彼此打了照面,根本来不及避开。潘小索性笑脸相对。

“咳,你也在看戏……这是我太太。”洪七说完把脸转向孟加拉,“潘记者……报社的。”

“你好洪太太,我们通过电话,”潘小依旧笑道,“幸会。”

洪七比谁都紧张，脸上的小坑都充满了对孟加拉的讨好与依赖，十分担心她丢他面子。

"幸会，潘记者。"孟加拉表现不错，她尴尬而不失傲慢地点了一下头，挽紧洪七离开，留下一对棒打不散的恩爱背影。

潘小鼻孔里哼了一声，摇头苦笑。原地不动，又遇几个熟人，聊了一阵，才见刘家出现，她已经彻底亮堂了。

"潘小，我有好消息要告诉你！"刘家满面春光。

"有男人向你求婚了？"

"讨厌！怎么一猜就中。"

"瞧你那德行，都写脸上了……他是什么人呀？"

"你猜猜。"

"这可不好猜。"

"反正不是二手男人。"

"我认识的？"

"当然。"

"在深圳？"

"外地。"

"郭桦？"

"讨厌，又让你猜中了！"

"根本用不着猜，我知道他带你去了尼泊尔，他有亲戚在那边。"潘小扯起嘴角笑了一下。

刘家泄了气："你好讨厌，什么都知道，却装作什么都不知道。"

"你忘了郭桦是我闺密……刘家，你这回可是把我的备用轮胎给卸了嘛。"

"谁让你老备着不用……也难怪轮胎自己滚了。"

"走，我们消夜去，祝贺你销售成功。我嘛，只好借酒消愁了。"

"……潘小，我说句话，你别不高兴啊？"

"有话说呗，怎么这么客气了？"

"……孙石山要离婚了，是真的，你别错过。"

"哎，刘家，我跟你说过，不要传播谣言……"

"真不是谣言……他们有问题，况且陆月又要去英国进修了。"

"那也不能说人家要离婚啊！你们……"

"急死我了你，对二手男人，不能这样姜太公钓鱼！这年头，哪个不是想方设法把别人拆散，把男人撬到手啊。"刘家的这番实用理论不知从哪里实践来的，"你也别躲躲闪闪的了，其实，我也全都知道……潘小，既然你爱孙石山，为什么不争取呢？"

潘小目瞪口呆。

十七

民政局那蛋脸姑娘，孙石山和陆月都认得，结婚就是找她登记的。如今她已结婚生子，蛋脸变圆脸，慈眉善目一派佛态。接过孙陆的离婚协议书，她简直是不堪承受打击般嗷嗷大叫起来。

"啊呀……你们这是干什么？多好的一对儿……哎，我说孙老师，不行不行，缓一缓，今天先回去，再好好考虑考虑。"

"不用了，小胡，我们已经想清楚了。"孙石山平静地说。

"是，我们考虑好了，不是一时冲动。"陆月表态。

圆脸好说歹说，见双方主意已定，百般惋惜地拿出绿色小本，一边缓慢地登记，一边说："现在反悔还来得及，等我一压钢印，可就没有余地了。"

陆月看了孙石山一眼："不反悔。"

"……夫妻感情破裂，无子女，房子归女方……"圆脸一边写一边念，她尽了最大的努力故意把时间拉长，"多有气量，多有修养啊，离婚还处处为对方着想，换了别人，还不争得头破血流……"

两人沉默着谁也不搭话，仿佛一打断圆脸的节奏，这婚就离不成了。

尘埃落定的一刻终于到来，圆脸使出浑身的力气在证书上压下钢印。

两人接过证书走出民政局各奔东西。陆月的情感一直处于麻木状态，直到她在"经典咖啡"坐下来，要了一杯摩卡，诸种感觉这才浮出水面。就像突然取下了枷锁，她的双手有些抖动，这抖动是自由的结果，它们一时还不能适应束缚的解除。让陆月不解的是，为什么她平时从没感觉到枷锁的存在，而这一刻，她却发现自己其实早已为之所累。女人进入家庭，有时就像身陷泥沼，自我的淹没悄无声息，这正是它的可怕之处。陆月无法想象自己一身奶馊味，抱着孩子和别人家长里短的样子。

陆月摇摇头，摆掉了这些险些降临到自己身上的命运，又扬扬眉，吐出一口晦气，一颗心终于只为英国皇家舞蹈学院而欣喜蹦跳了。再过两个月，报名手续一办，她就可以漂洋过海，去到梦想中的地方。她想此时应该给李涵章打个电话，他说这个周末一起去东部华侨城，住进看得见整个深圳海湾的房间，足不出户，做出一片海阔天空——她原本感到为难，现在可以一口答应他了。

陆月满怀甜蜜地将电话拨过去，却是关机，拨另一个号码，结果一样。正郁闷不解时，孟加拉来电，得知陆月一个人在"经典咖啡"，十分钟后便赶了过来。

"你……真的办了？"孟加拉看出了某种结果，但不确信，或者说不愿相信。

"嗯，很简单。一个戳就搞定了。"陆月把离婚证丢给孟加拉，"像做梦一样，既荒唐，又真实。"

孟加拉惊得几乎从座位上弹起来。

"你别这么大反应好不好？离婚而已，又不是天塌下来了。"陆月心不在焉，她想的是李涵章关机太不正常，会不会出了什么事情。

"你不听劝告，简直是一意孤行。"孟加拉像自己的家被解散了一样，很伤感，她说这是她最不愿看到的局面。

"咳，我活着不是为了别人，我要的首先是自我的精彩。咱们价值观不一样，所以不存在谁对谁错，哪种生活好哪种生活坏。"李涵章说过，等陆月从英国毕业，他要帮她大搞个人舞蹈专场，全国巡演，让她的舞蹈事业有一个辉煌的新纪录……想到此处，陆月脸上不觉浮起了自信的笑容，"加拉，人生最大的意义是自我价值的实现，绝不是儿孙满堂。"

孟加拉没吭声，若有所思。半晌，她才开口说道："李涵章被'双规'了。"

"什么？"陆月感觉一盆冰水当头浇泼，一下子凉到了脚趾尖。

"李涵章被抓起来了。"孟加拉加强语气，"办案人员在他家煤气罐里搜出520万元现金，壁柜里塞了200多幅珍贵字画……纯金打造的金帆船和恐龙化石蛋，还有巨量股票，多处房产……他贪得真够狠。"

"噢……"陆月低声应道，她感觉天真的塌下来了。

2001 年完稿

2.

在告别式上

我多希望小碗活着。可我知道，小碗活着，就不会有这一幕，我们珍
贵的相聚，是小碗的永久缺席换来的。

一

说实话，因为周小碗，殡仪馆给我留下了浪漫诗意的印象，我甚至有几分羡慕小碗。

我是第一次到这种地方。想象中，无非就是焚尸炉加大烟囱，像灰头土脸的老厂，弥漫着颓败的晦气，人在这儿变成一缕白烟升向天空，落寞轻盈，随风消散……

但我要说，并不是那么回事。

二

去殡仪馆的路上，柯二怕我受刺激，嘱我不要去看小碗的脸，她从那么高的地方落地，恐怕脸也摔烂了。

柯二说话还保持着十年前班长的范儿，只是多了点慈祥的质地，一听就知道，他这些年没少受生活磨砺。

当然，活着的话，谁也不比谁舒服，只是别人的痛苦你看不见，就像我，没几个人知道我闯过鬼门关。

死不了，就好好活，用心活，使劲活。这是我的观点。

我们这一茬，也就是70年代中期出生的人，毕业几年，赶上了年轻力壮的房价，经济基础一下子被打回原形，希望变成了负数。只有少数混得好的，比如小碗，单位分了房，评了副教授，早几年便很有远见地做了点房产投资，大部分同学仅仅解决温饱。所以，大家平时埋头忙种自己那片地，无暇抚摩内心，也顾不上关心别人，偶尔有粗线条的联络问候，很少具体到细节问题上来。

要命的是，绊倒我们的总是鸡毛蒜皮的日常。我们根本不知道自己的心被磨得又脆又薄，也没意识到它已濒临碎裂的危险边缘。

只有小碗有闲情思考活着的终极意义。所以，她死了。

我不知道，二者之间是否有某种哲学上的关联。

三

柯二最早得知小碗跳楼的消息。

他来电话时，我正在长沙的院子里摘秋辣椒。天气沉闷黏潮。辣椒树还是初夏时小碗栽的，她要我好生替她养着，等辣椒熟了，她专程过来吃，不许我独享。她对辣椒树的慰问，贯穿了整个夏季，长多高了，开花了没有……听说结辣椒了，她哇哇叫，要用手机拍下来，发给她瞧瞧……三天前，小碗还和我讨论伯林和阿赫玛托娃，她认为伯林对女诗人痴迷爱慕，两人没准燃烧了真正的爱情……这样的小碗，会自杀吗？柯二的玩笑真是漏洞百出。

所以我说，柯二，你别逗了，小碗是我们当中活得最出色的，你说谁跳，我都信，我就不信她会干那事。

不幸，我无法拗过现实。

这一天是8月27日。这一天黑格尔诞生，这一天爱迪生发明有声电影，这一天小碗辞世。

这一天我知道，什么是晴天霹雳。

我的电话前所未有地繁忙。同学们都很震惊、痛心、疑惑，小碗不可能跳楼，也许是意外跌落，或者另有原因。但是，无论如何，结果都一样，小碗离开了我们。

所以，柯二班长说，对于小碗的死，我们只悼念，不猜测。

是的，我们该做的是，让小碗走好。

在柯二的召集下，我们总共六人，决定去北京参加小碗的遗体告别式。小碗是独生女，未婚，父母年近七十，在上海生活，母亲还在医院病着，我们希望能帮上忙。

四

9月4日，我们从四面八方赶到北京。那个下午，秋意来袭，风吹到身上微微泛凉，我觉得有点冷。没有小碗的北京，温度骤降，整个京城都空落了。

我们在"雕刻时光"会合。

它就在我们的母校附近。十年前，我们经常泡在这儿。那时，它相对简陋，我们并不介意。我们在这儿举行过无数次简单的PARTY（聚会）。我们青春得不知天高地厚，从没想过生，更没想过死，以为人大抵就是这么欢乐的。

蓦地，仿佛是推开了某扇门，我们又活过去十年，置身于另一个空间，人生里填满了垃圾，要的，不要的，扔得掉，扔不掉的，统统装进去了，心上的包袱越来越沉……

小碗的死，让人突然感觉到心上的重压，一下子喘不过气了。

"雕刻时光"还像过去那样，内敛，低调，书香暗涌。当年那套明式桌椅还在，只是挪了地方。

目光越过一盆绿萝，我一眼看见我们的班长柯二，正以七品县官的姿势坐在官帽椅上，对着八仙桌上的半壶普洱茶沉思，相貌垂垂老矣。

我顿时悲凉。这悲凉掺杂着小碗的死亡与柯二的迟暮之态。

柯二是一个北京土著，往上数三辈的祖宗，全是朝廷里的人。有些东西说不清，隔了这么好几代，移风易俗多少年了，柯二走起路来，好像还穿着官袍，迈着稳健的八字步，起身落座，举手投足间，带着凝重的节奏感，跟京油子的做派反差很大。

这使柯二显得稳重可信。

当然，我们的班长本来就是一个相当靠谱的人。

柯二的变化令我吃惊，连头发都是麻灰色的了。一年前，我到北京开图书会，约了柯二吃饭（小碗因公派去美国考察，我没见着），那会儿，他还是满头乌黑，没有一根白发，面色也是红润青春的。

离咀嚼回忆的年龄还远，柯二却先老了起来。

我说，柯二，你真是与时俱进，现在的小姑娘都喜欢泡大叔，你倒合她们的胃口了。

我喜欢反讽和消解的方式，和柯二说话时一贯如此。柯二通常会反唇相讥，妙语连珠。但是，这次不一样，柯二的面部肌肉动了动，笑得并不成功。

我懂他失败的笑。

我们拥抱了一下，分开时，他很滞重地拍拍我的肩，手压在上面好一会儿才挪开。

我懂他手中传达的含意。

我强忍不落的眼泪，就这样被柯二班长拍落下来，完全止不住。

服务员远远地看着我们这对痴男怨女，也不敢过来添茶加水。

五

我们彼此沉默了半晌。柯二的眼睛是红的。我轻轻抽泣，他开始缓慢地说话，仿佛一幕伤感的配乐朗诵：

"……我们一直在谈改编话剧的问题，三天前，我和她电话长聊，她说，现在人物、人物关系都立得住，但是，搬上舞台，一定要把事情场景化，重新编戏……如果在国外演出，站在舞台上背精彩段落，完全有观众接受，但在中国不行，观众要看动作，要看'戏'……她还建议我去看伯格曼的电影《婚姻场景》……"

自然，这件事我也有份。一切缘起于柯二的新小说。小说太好了，小碗读完以后深受刺激和启发，她提议改编成话剧。小碗唤醒了我和柯二学生时代的梦想，我们仨决定齐心创作一件艺术品，柯二负责改编、拉赞助经费，小碗导演，我兼制片人——因为小碗觉得我管人很厉害。我们计划2011年春天，在人艺小剧场打响第一炮，然后全国巡演。

那一天，我们仨在八里庄的丽景湾西餐厅，目中无人地喝着和西式气氛不搭的绍兴黄酒（事实上，空旷的西餐厅里只有我们），兴奋地聊着话剧《哥本哈根》《死无葬身之地》，说到了人生中的选择，生存的处境，人和人之间的疏离与隔阂，我们雄心勃勃。

"我们要表现一种理性的震颤，完全非娱乐性的。"我记得小碗最后这么强调。

这之后，小碗时常催促我和柯二加快进度："我太知道你们的惰性了，所以，我要用鞭子抽打你们。"小碗在电话里说。

"我太知道你们的惰性了，所以，我要用鞭子抽打你们。"柯二一字不落地说出这句话，我知道我和柯二的回忆重叠了，我真的吃了一惊，好像看到小碗故意在中间使了点小花招。"你想想，一个用鞭子抽打懒惰者的人，一个热爱生活的人……怎么会……"

柯二用他的红眼睛看着我，他仿佛突然中了一箭，他眼里凝聚的痛苦又像箭反射中了我，我的眼泪被吓回去了。

如果你看过我们的毕业晚会，如果你看过我们编排的《雷雨外传》，如果你看过柯二扮演的周朴园，你一定会明白，此刻的柯二又入戏了。

柯二是个特别重感情的人。

"……实话告诉你，我不相信这是小碗的选择……不是她选择了死亡，而是……我情愿这么说，是死亡选择了她……"柯二，他根本找不到合适的说法。

"是的柯二，我也不相信，小碗冰雪聪明，有那么好的艺术禀赋，很努力地做到了硕博连读，留校任教……她那么美……"我又看到小碗鲜活的身体从高空俯冲下去，像红玫瑰突然在地面绽放，心里冷得直打战，"小碗是有大理想的，她没有理由，她最没有理由放弃自己……"

"媒体全在胡说八道，什么生前患有抑郁症，教学压力太大，一个人生活孤单……听到这类妄自揣测我就感到愤怒，他们凭什么这么议论小碗？"柯二挥了一下手，但很快克制了自己的言行，郑重地叫我的学名，"鲁文，一定是我们漏掉了什么，也许，小碗爽朗的笑声背后，最本质、最真实的东西，我们并没有接触到……她就像一所房子，她打开了客厅，这里欢声笑语，但她的心像卧室紧闭，我们看不见她的清冷与无助。"按照柯二的思维习惯，这是上升到哲学层面的预兆。

我说，柯二，照我看，说复杂，其实也简单，女人就是感情的动物，为爱而生，为爱而死，小碗她，也莫能例外。

不知为什么，我内心认定小碗是爱情受挫。

"这些年，我们都在干什么呢？好像忙不完的事，一件接一件，可是回头一看，有什么意义？我突然觉得，我很陌生，她也很陌生……我熟悉的小碗，她内心柔软，她快乐善良，也许她也觉得虚无了，看透了……"

"我们只有尊重小碗的选择，她这么做，一定有她的理由……无论如何，小碗的快乐不是装的，她遇到了坎儿，完全没有办法……"我犹豫着说不说小碗的事，那是她的隐私，可我又很想有个水落石出。

"柯二，我还是要跟你说一件事。前不久，小碗在邮件里告诉我，她经历了一场'家庭变故'，说她软弱得抬不起来……她给家庭变故加了引号，是不是表示结束了同居关系？也许，这件事对她造成了很大影响。我当时觉得感情上遭遇分分合合，没什么大不了，还使劲嘲笑了她，然后跟她谈大道理，说一个女人唯一可靠的事情，就是把内心做强，把事业做大，在没遇到可栖息的树之前，小鸟不能依人，得努力地飞……"

我说着，感到后悔如锐利的锥，刺痛着我的心，我恨着自己的这些空话大话，如果能够重来一次，我一定会抛开这些无用之谈，飞到小碗身边，陪她细致地度过这场变故。

"我跟小碗说我的经历，我说我们要做一个打不倒的人。尽管我曾在某些时刻深感无助，那些被谣言诽谤和中伤的痛苦，那些足以置人于死地的额外的灾难……但摇晃之后，我站稳了，我宁为小动物流泪，也不想面对邪恶时脆弱哭泣，我说，我不喜欢不堪一击……柯二，我只是对她说了这些话，我不会开导人……你知道，她成天一副天塌下来也扛得住的样子，我以为她和我一样，拿得起放得下……"

"不，你这番话说得很好，是她，太出乎我们的意料了……也许，她真不是我们想象的那样坚强。"柯二安慰我，细心地照顾着我的情绪，"我所知道的情况是这样，她出事前身体不适，闹情绪，在电话里跟她父亲哭诉，8月24日，她的父亲到北京来看她……三天之后，她在老父亲的眼皮底下从窗口飞出去……"

"也许，那一瞬间她魔鬼附身……"我想象小碗光着脚，攀上窗沿……那是早上七点，太阳还没有升起，她像鸟一样飞离了巢穴。

"魔鬼附身……魔鬼，只能这么解释了……"柯二重重地叹出一口气，似乎说服了自己，可到底还是不甘心，"小碗啊，你到底面临着什么样的痛苦抉择？为什么一个字都不肯留下？"

"也许她的父亲知道……"

"……事发一小时后，她父亲便离开了北京，我们难以想象老人家的悲伤，我们不能……你还记得咱们的班主任陈敬轩吧，去哈佛大学混了几年回来，现在已经是副校长兼系主任了，他代表学校负责处理小碗的丧事。"

六

小团圆一见我就抱头痛哭。三年阔别，她还是一个白面馒头，蓬松圆润，似乎略显膨胀了一些，却不及以前的弹性与柔韧。嘿，这个微风清凉的下午，我们干练的学习委员悲伤中掺杂着琐碎的母性气质扑面而来，仿佛小雨夹雪的天气。

每次见到小团圆，我心里总是会想，"她是母的，母的。"她身上的母性实在太强烈了，百分之百的女人，性情柔软极致。六年前，我在成都见了她，她隔着肚皮摸着她的孩子，给我显摆了整整三小时的母爱。她对腹中胎儿十分了解，说这孩子脾气大，天生很服莫扎特的音乐，喜欢唐诗宋词，语言天赋很不一般……也许小团圆太想孩子将来当作家，实现她的梦想，于是产生了诸如此类的幻觉，我当时真觉得她是一个疯狂的孕妇。

当然，后来我慢慢理解了她。我这么说她绝无贬损的意思，如果你知道我是一个做过母亲，但从未得到过子女的女人，你会相信我对小团圆只有满肚子的羡慕。

小团圆一毕业就报考公务员，根本不管专业对不对口。她挤上了通往公务员的独木桥，她没掉下来，我们都很佩服她。小团圆笃定地要当公务员，据说受不断失业的哥哥的影响，现如今，她在机关做着旱涝保收的统计事务，与哥哥的漂泊无定形成鲜明对比。

小团圆过得很顺利，什么年龄做什么事，按部就班，几乎没有可以拎出来一说的挫折。谁料坏事不来则已，一来就把她击蒙了。

小团圆和小碗是上下铺的姐妹，私底下比过谁的胸更丰满，交流过梦中情人的相貌，两人经常在蚊帐里说私房话，于帷幄中评点男性，吃吃窃笑。大学那几年，我基本上忙着和高年级的师兄们体验爱情，丰富人生阅历，没闲过，临近毕业时，小碗拉我编排《雷雨外传》，我余下的少得可怜的大学时光，全部交给了剧组，整天和小碗混在一起，改本子，编台词，大刀阔斧。冰雪聪明的小碗啊！那时我才幡然悔悟，和师兄们的爱情游戏浪费了我太多的青春。

还是先说小团圆吧。小团圆学名陈圆，诨号是小碗取的，陈圆的确圆溜得可爱。这番见面，倘若不是情况特殊，通过小团圆的模仿，她不在场的儿子一定会在我们的言谈间嬉戏打闹。

小团圆一落座，便做着自己擅长的事，她抽泣着统计出很多结论，她说小碗全班最小，去得最早，才活了三十三岁，二十六楼那么高，天哪，人生的路那么长，小碗，你为什么会嫌电梯速度太慢？小碗你是被邪恶的魔鬼掳走的。你生活那么讲究，那么爱惜你的身体……你从不戴玉，因为你说你的身体比玉更完美……你怎么舍得……

我们的学习委员又累又饿，语无伦次，声泪俱下中，一包清风纸巾很快报废。我又打开一包。如果全给她，她就一团全用上了。于是，我全身心关注着她，等她用完一张，我再递给她一张。

说实话，并不是我真的这么在意纸巾，我只是以此显示我的冷静理智，并且暗示小团圆，有我照顾，她尽管哭好了。

我努力不在人前掉眼泪，我掩饰着自己的悲伤，事实上夜里头我已经哭过分了，头痛得要命。

馒头吸水后会膨胀，所以我们的学习委员喝了茶缓过劲来，就没有我们说话的份了。她像火车一样，喷着蒸汽一路飞驰，嗷嗷叫着穿过一个山洞又一个山洞，我看着她蓄满语言的身体似乎也在这番倾诉中渐渐萎瘪下去：

"我悔啊……我肠子都悔青了……可是，后悔有什么用？我痛恨自己太迟钝。我要是知道小碗她……我不去西湖就好了，我干吗要去西湖呢？我有什么非去不可的呢？可是，我答应了儿子……就算答应了儿子，也可以为了小碗修改日程的呀！我怎么这么糊涂？小碗出事前一天给我打过电话，她情绪很不稳定，她在电话里哭，我说你怎么啦，出什么事了？她就是哭，一个劲哭……"

"这孩子，把我都哭慌了……我本想叫她到成都来，或者我去北京看她，可是，我答应了第二天带儿子去西湖……我说小碗，我从西湖回来就去北京看你，咱们好好聊……她不哭了，她还向我道歉，听起来她平静了很多，她说打扰你了，你们好好玩吧，我真的没事。说完就挂了电话。我有点担心，但后来，又陪儿子做功课，收拾行李……我要是知道小碗她会这样，我要是知道她过不去，我说什么也会放下手边的事情去陪她……"

小团圆摆着白胖的小手仿佛拒绝任何言语的安慰，她不断地给面前那堆废纸巾添加高度，她觉得她错过了救小碗的机会，白胖的脸因为伤心变得红通通的。

"小团圆，你不要自责，都怪我们平时联系太浅，彼此关心不够……我在北京，我离小碗近，我更有责任。"柯二是个认真的人，任何时候都说着认真的话。

"班长，不一样，因为我们都是女人，有些话，女人只能跟女人讲……小碗应该是有男朋友的吧，她一直对我说，有一个人她搞不定，她费了很大的劲都搞不定。这话她一直说了一年多，那个人就是不肯和她结婚，她问我要不要等下去。她没说那个人的具体情况，我也不好追问，我觉得她已经等了很久了，那个人不靠谱，或许他有家室也不一定……"

小团圆停下来，看着服务员添完水转身离开，接着往下讲。

"……我就说，小碗啊，这类事情没有固定答案，更没有正确答案，变数太大，那就似等非等吧，遇到合适的你就撤，在一棵树上吊死，也许并不值得。过一会儿，她又问我，你是怎么嫁给你老公的？我说我们对上眼了，相爱了，又没有世俗的阻力，不过是水到渠成的事，平淡得乏味……小碗她基本上什么都跟我说的，可是，对于她搞不定的那个人，她守口如瓶，除了海归背景，其他一点信息都不愿透露。她一定是被那个人耽误了，小碗太单纯了，这孩子……"

"海龟，什么货……真想揍他丫一顿。"我们的班长嘀咕了一句。

之后，我们沉默。这沉默又是如此喧嚣。

七

小碗出事后，柯二在班级博客上发出讣告，连夜制作悼念专题，追思小碗。

对于送别死者，柯二很有经验。他才三十五岁，已经送走过五位挚友亲朋。他调侃自己是这方面的专家。他知道殡仪馆的化妆师每天要剃一百对眉毛；他知道怎么烧一具尸体；他知道哪种骨灰盒好用；他知道哪个店铺的花圈实惠；他知道两百块钱的花圈有多少朵鲜花；他知道专写挽联的老头"文革"时被打成右派，字迹酷似王羲之；他知道……柯二知道得越多，头发白得越快。

柯二取出 iPad，连上网络，打开我们的班级博客首页。

这是个虚拟空间，一个真实的网上灵堂。黑夜、繁星、哀乐、讣告、鲜花、蜡烛、挽联。

小碗她恶作剧似的看着我们微笑。她美得让人心疼。

"说实话……这几天我全靠它撑着，一直精神恍惚，"柯二说道，"家里的事也全放下了，崔健在工体的摇滚晚会，也没心情看了。啊，世界在照常运转，只有我们，陷在卑微的个人遭遇里。"

"我也是，守着博客，就好像守着小碗一样。我不想她一个人孤零零的。"小团圆哭得双眼浮肿。

"你们看，连在维也纳的藜漪也上来了。"柯二打开留言板，他说的是朱凡。在我们的毕业话剧中，朱凡饰演藜漪，勾搭了周朴园老爷的朋友——德国来的顾博士，颇有喜剧意味的是，她的生活竟然延续了戏里的故事，毕业后真找了一个德国人，直接嫁过去了。我跟朱凡联系很少。听小碗说，朱凡差不多全盘西化，回来都是讲英语，逼着小碗锻炼口语能力。对于自己的幸福生活，朱凡从不掩饰，她以各种方式表明，她是世界上最幸运的人。

"这是藜漪六小时前的留言。啊，太好了，她要回来参加小碗的告别式，"柯二激动地说，"她将在今天晚上十一点左右抵达北京！"

"啊，藜漪，真是好姐妹。"我和小团圆为朱凡的情谊深深感动。

我多希望小碗活着。可我知道，小碗活着，就不会有这一幕，我们珍贵的相聚，是小碗的永久缺席换来的。

八

十年前的话剧图片帖子已经置顶，绚丽褪变成黑白。我念着小碗的名字，往事如烟。

从8月27日起，过去的每一天，我都在努力让自己相信这个事实，我攀着钟表的秒钟，嘀嗒嘀嗒嘀嗒，在它的躯壳里不停地奔跑，就这么一点一点地说服了自己。那几天，我彻夜失眠，半夜爬起来，刷新博客，对着屏幕哭，在屋子里转圈，不知道小碗要去的那个世界，是黑暗还是光明，是温暖还是寒冷，那儿有没有烧烤摊，小碗会不会喝着啤酒，想起我们在烧烤摊上的那些夜晚，青烟缭绕，繁星满天，偶尔被一阵骤雨稀里哗啦轰赶回校。

柯二在刷屏。我看到了雕塑边的小碗，她剪着童花头，穿着无袖天蓝色连衣裙，皮肤雪白夺目。我们编排《雷雨外传》时，小碗觉得冒犯原著，心里很不安，每次经过曹禺雕像，都要合掌拜一拜。正是这一次，她盈盈笑着向我们招手："哎，亲爱的，你们快来拜呀！拜请曹禺老师原谅咱们的大胆无知，他会保佑我们写出好作品的！"

我拍下了她的这一瞬间。

新的留言不断出现，小碗在回忆里鲜活，我们仿佛还听见她的笑声。

"小碗，我记得夏天蚊子叮咬，你随身带着驱虫剂到处喷，你说，怎么能让我的同学被蚊子咬呢？"

"你记着每一个同学的生日，你给她们送鲜花和自制的贺卡，书、发夹，或者巧克力……我生日的时候你买了一堆耳环，让我随便挑……"

"小调皮，你老是在课堂上偷偷用格子本下五子棋，一手画圆圈，一手打×，下完了用橡皮擦掉，重开一局。你很高兴，你每盘都赢了自己。可是小碗，你最终是被自己打败了，还是胜利了？"

"小碗，在这里看着你，一如在寒夜里围着火炉，此刻，你温暖我无处可去的悲伤。"

…………

小团圆看不下去了，她抓起纸巾抹眼泪擤鼻涕。"傻孩子，那么高掉下来，多疼啊，难道活着会更疼一些吗？……"

柯二狠命地眨着眼睛，仿佛正把眼泪挤回去。"我找了很久才找到这张照片，是西藏寺庙的酥油灯，宁静，安详……万火归一，照亮小碗到天国的路。"

我差点哭了出来，连忙起身去了洗手间，在那里整理了一下自己的情绪。

回座的时候，柯二说："小碗的父亲上我们的班级博客留言了。"

"他好像说小碗是被书中人物临时叫走的。"小团圆感到纳闷，她很遗憾老人家没有带来更多重要的信息。

班长柯二理解小碗爸爸的悲伤，觉得他能来看我们的班级博客，已经很不容易了。"至少他告诉我们，小碗曾被这样的焦虑痛苦折磨。"

我阅读"小碗爸爸"的帖子，密密麻麻一大段：

"谢谢同学们……5·12大地震后，小碗总是感觉她的爸爸妈妈也遇难了，看了冯小刚的《唐山大地震》，整个人就崩溃了。一直闹着要我和她妈妈去北京，我们说等全国医保和工资联网后，我们就去北京，她说那要等到哪年哪月呀……她今年六月开始写长篇小说，总是失眠。她说不论是白天还是晚上，她写的那些人物都会跳出来和她争吵，有的不但和她辩论，还和她搏斗。她不停地和我通电话，无奈我只有去北京听她哭诉，但我没能用绳子把她和我相连，就这样……"

九

顾全六点到达书吧。他是从苏州过来的。通过读《浮生六记》，他测试出火车的速度比以前快了四小时。火车提速是事实，但顾全的论证方式，只有他自己明白。他很古怪，有一回，他还说从唐诗里读出了数学公式，他一贯这么神秘博学。但在这种情况下，我们没有心思向他讨教。

趁他把书塞进包里的时间，我简单说说我们的团委书记顾全。

通常，我们介绍顾全时只用八个字：头发稀少，家境殷实。

头发稀少的人，脾性一般不坏，再加上家境殷实，读书万卷，个人修养与经济基础都到达了一个高度，这个人的脾气就好到不能再好了。顾全就是这么一个人。前人栽树，后人乘凉，作为那个在大树下凉快的幸运儿，顾全的家底够他挥霍一辈子。所以，毕业头几年，他还在报社当编辑，负责读书副刊，约稿编稿，体验了一把上班族的滋味，后来便辞了，赋闲在家，无事乱翻书，看电影听音乐写随笔，两肋插刀倒贴钱帮朋友出版卖不动的书。

我们班多数人都像顾全这样，以各自的方式证明自己对文学的感情，只有柯二成了名副其实的小说家。在 70 后作家这个概念里，我们的柯二班长是排前三的腕儿。我们看好的还有小碗，她戏剧方面的成就有目共睹，但在蓄势待发冲击小说领域时英年早逝，按照悲剧就是"把有价值的东西毁灭给你看"的理论，小碗的死无疑是个悲剧，甚至是未来文坛的一大损失。事实上，我们不需要什么理论来证明什么，小碗的死本身就是一个悲剧。

或许是太过"操劳"——我们实在想不出顾全有什么可操劳的——我们发现三十五岁的顾全头发少得谢顶了。他对此并不在意，还说在火车上遇到一个男人，对着他感慨万千地发牢骚："像你我这种四十出头的男人，上有老下有小，被人生这根绳子箍得紧紧的，动弹不得……"我们的团委书记闻言沉默不语，只是暗地里借光可鉴人的东西审视了一下模糊的自己，心里涌起一股小忧伤。

谢顶是件无可奈何的事，我们都说顾全学富五牛车，他是被知识这台牛车拖累了。

关于谢顶的解释，没有什么比这更荣耀体面的了。我们的团委书记笑纳，他说心灵美，才是真的美。

事实上我们也觉得顾全挺美的，心地软善，品性温和，没有被利欲熏心，说话喜欢引经据典，子曰诗曰，一副老学究的派头。话又说回来，顾全精神物质都很富有，要说他缺什么，我们觉得他缺一个孩子，他毕业第二年就结婚了，到现在还丁克着。

人生最大的痛苦之一，便是老来丧子，顾全说，小碗的死，巩固了他不要孩子的想法。

我们在一起，握手，互望，说话，心里渐渐暖和了一些，淡定了一些，伤痛正在慢慢转化为对小碗的责任。顾全建议组织同学们捐款，让小碗年迈的父母能够安度晚年，大家最好轮流去上海探望他们。

"已经有同学强烈要求捐款，我跟咱们班主任陈敬轩沟通过，他说小碗的父母坚决不接受捐款，他们还打算把小碗的房子卖了，全部捐助给系里。"柯二说道。

"全部捐了？他们就一个女儿，晚年怎么办？"小团圆惊呼。

"也许，他们对女儿深深的爱与眷恋，这是最后一次也是唯一的表达方式吧。"顾全立刻明白老人的苦心，他皱着眉头，吐出一口郁闷之气，滔滔不绝地把话说开了，"我们尊重小碗的选择，我们相信她内心的艰难，我们……好好送她一程……这丫头，她直到毕业，还是那样一股天真气，并且世事未开的样子。她有急智，思维转换特别快，笑声很大，毫无顾忌，常常是快言快语，不假思索，总能一针见血地说出事物的本质。她是个豪爽的姑娘，眼里掺不得沙子……印象中，她总是戴着不同的漂亮围巾，颜色搭配得很好……我记得，话剧演出那天，因为是导演，小碗很慎重，也很郑重，穿着朱红的衣裙，不戴任何饰物，乌发黑眼，白皙端庄……"

说到此处，顾全又以自我调侃的方式缓和了一下气氛："说句真心话，我当时想演周萍的，可惜，我的头发太少了。"

小团圆把茶水都喷了出来。

柯二也假装摆出周朴园老爷的谱，说道："萍儿，你是江南才子，给小碗拟挽联的任务交给你了，明天我们早点过去，请殡仪馆那老头写好，挂上花篮。"

顾全并不谦虚，他是有备而来的。说话间已经掏出记事本，将写好的五对挽联朗读一遍，并逐一解释，供大家商量定夺。最后，我们达成共识，选定了下面这对送给小碗：

才识情义并重聚雅亭下一身诗意带来梅花消息

戏剧小说双修学院门前万古人间传去雷雨精神

十

我有点累，在群体间有了依靠，精神放松，突然撑不住了，便从明式官帽椅挪移到沙发上，闭目休养。

我没有参加过遗体告别式，上帝保佑，我从未失去过亲人和朋友，他们总在，我随时就可以找到他们。

我手机里留着小碗的信息，舍不得删，很不甘心地拨过几次电话，就像敲小碗的门。小碗没应答，她真的出远门了。

于是我想，她还会回来的。

那时候，大家都知道我胆小怕黑。有一回宿舍突然停电，我顿时头皮发毛，鞋都顾不上穿，怪叫着往外面冲。朱凡当时正从楼梯口上来，我把她吓得不浅，她说我好像被什么怪物追赶着，像头不要命的小母兽。

小碗听说此事，很严肃地教导我，害怕时就默念南无阿弥陀佛，这样，就把那些歪门邪道的东西全吓跑了。我当时真的信了，没想到却是小碗的恶作剧，我用书把她劈头盖脸地打了一通，她一边抵挡，一边朗声大笑。小碗有副好嗓子，但一般不开金口，我趁机罚她唱昆曲。小碗选了《牡丹亭》，唱得婉转动听，完了却说这是一出鬼戏，还做出吓人的表情。害得我从此不敢听昆曲，不敢听她唱戏。

我拿小碗毫无办法。而且，她和朱凡、小团圆她们变本加厉，像商量好似的，偏要在晚上讲鬼故事，我一听就赶紧把耳朵塞住。

毕业分别时，小碗对我说了真话，她在我的留言本上写道：

"亲爱的，记住我的话，你越害怕，就越要面对；越怕黑，就越要往黑暗里去。这样，你才会真正勇敢起来。鲁迅走夜路时，不是碰见过鬼吗？他没有逃跑，而是走近，踢了那鬼一脚，那鬼嗷地叫了一声，原来是个人……试想想，如果鲁迅老师当时拔腿就逃，恐怕这辈子他也不敢走夜路了，那样的胆小鬼，更不会成为我们欣赏的大作家。"

我克服了怕黑的心理弱点，功在小碗。

我昏昏然，似乎看见小碗的瓷白小脸，黑眼睛闪闪发亮，还是那副好为人师的样子，不觉又是一阵痛心。

小团圆还记着我的过往，细声对柯二和顾全说："鲁文胆小，还是别让她去现场了，我们替她送花给小碗，小碗是了解她的。"

我立刻睁开眼睛，表示反对："不，我一点都不怕，我怎么会怕小碗呢，我要见她最后一面。"我坐回官帽椅，好像是怕他们又出什么鬼主意把我抛下，"跟你们说吧，以后真要是看见了她，我也不会念南无阿弥陀佛……但是，我承认，我有点紧张。我有很多话要讲，可是，在那种场合下，我不知道怎么面对小碗，该跟她说些什么……"

这些天，我暗自做足了见小碗的准备，心理上的，外表上的，我自认我能做到与她阴阳两隔，平静相望——但这会儿，我心里又没底了。

我以前经常和小碗逛街，知道小碗的审美趣味，她对颜色和文字一样敏感。来北京的前一天，我买了一身黑衣，但是千辛万苦，大浪淘沙，费了好大的劲儿。每当我拿起一件衣服，耳边就听到了小碗的评价：这件太古板，这件太烦琐，这件虽好，但不适合你的气质……所以，为了一条告别式上的黑裙，我几乎跑断了腿。

疲惫不堪时，我来到了春天百货。高个儿服务员很热情，问我在什么场合穿，我没回应，她又问，我答葬礼，服务员一愣，竟然生气不理我了。

我追过去向她解释："是真的，我的同学死了，她才三十三岁，很漂亮，我要去北京送她。"

我觉得我那样的腔调有点炫耀，那意思仿佛在嘲笑她，你有这么年轻就死掉的朋友吗？你参加过葬礼吗？没有？那就乖乖为我服务吧。

她果然老老实实地给我挑了一件黑裙，我一眼就看上了，我也听到了小碗的赞赏，但我嫌前胸缀有黑色亮片，显得华丽，不适合套上一具悲伤的身体，不适合装饰一颗悲伤的心灵。

葬礼不是欢乐宴会，是生死告别。

可是我很喜欢，并且，真的走不动了。

"你可以把那些亮片摘掉。"服务员好像明白我的犹豫，小心地提醒我。

把那些亮片摘掉——她的话真是深刻。

我按她的说法做了。

十一

　　柯二要做东,要尽地主之谊,抚慰我们舟车劳顿之苦,他说,等董适到了,一起去沸腾渔乡吃川菜,那里环境好,菜式精致可口,"我们活着的,一定要继续保持敏感的味觉"。

　　可是大家实在没食欲,兴味很淡,只想窝在这个地方,半步也不愿意挪动。谁也不想看到陌生人,不想被干扰,我们需要这样安静地待着,沉默,或者不沉默。

　　自然,柯二的心情也一样。他随即点点头,就地叫了三明治、薯条、水果沙拉之类的东西,还要了一壶咖啡,嘱我们都喝一点,免得萦漪来了,大家无精打采的,她心里会更加难过。

　　我们聊了一会儿董适。出了校门我就没有见过他。那时他就很胖,我们都叫他胖子。他的皮肤粉嫩好看,很让女生嫉妒。胖子很懒,不参加任何体育活动,毕业后也不参加同学聚会。他喜欢唱"朋友啊朋友,你可曾想起了我,如果你,正享受幸福,请你忘记我",他就是这样做的。全班只有顾全知道,胖子在遥远且带时差的新疆忙些什么,简单地说,就是换了几个女朋友,跳了几次槽,后来自己单干,和一个剃光头的姑娘同居,写起了剧本,有一个电视剧正在热播。当胖子决定和光头女友结婚,却遭到了父母的强烈反对,房子情愿空置也不给他们住,理由是剃光头的姑娘过日子不踏实,儿子将来会吃亏。但是胖子铁了心,还让姑娘蓄起了长发,各方面投父母所好,结果却是一样,因为父母被光头灼伤的心很难复原。

　　我们并不为胖子担忧,我们知道,依胖子的性格,父母的阻挠全是徒劳。

所以，我们心不在焉地评说了几句，重新陷入死亡的伤痛之中。

突现的寂静中，我们悲伤的信号，不时像闪电一样在天空交叉，瞬间照亮黑暗。我们看见了大地上所有的阴影，我们看见了河流、山脉、村庄、农舍、疏密有致的树林，以及心头荒芜的角落。我们前所未有地亲近、体谅、同窗情谊外，忽然掺杂了一种值得依赖的亲情。

是小碗在改变我们。

也许，有些东西是冥冥中注定了的。比如小碗原本叫小婉，因为前头有那叫小婉的苦命女人，她执意要我们叫她小碗，并且要从思想意识深处，想着那种青花瓷一样漂亮的"碗"。我们从没想过，"碗"的结局往往是碎裂。自然，这是不科学的胡思乱想，我们从多种角度解读小碗的非正常死亡，无非是想找一个确切的原因，让我们心安，认命。

但是，我们并没有因此好过一点。

后来，胖子到了，他像一股秋风扫过，树叶瑟瑟骚动。片刻，我们恢复沉凝。

小碗跟胖子一直有联系，最疯狂时写过上万字的邮件交流文学，我们都很吃惊，胖子竟是小碗秘密的文学知己。用胖子的话说，在很多方面他们见解一致，尤其是对于经典的解读，对好小说的判断，等等。胖子还说，他与小碗早就约好秋天去苏州，突袭顾全，吃大闸蟹，听评弹，去湖边饮冷月，忆旧事……前不久，小碗还发短信确认胖子有没有变卦，她却先爽约了……

胖子面色黯然，他垂下头，山体滑坡，全身肥肉如泥石流似的往下倾泻。

关于小碗的新消息越多，我们对小碗的熟悉程度退减得越厉害，我和柯二更是迷茫，就连小团圆也觉得她并不了解小碗。"难道小碗把自己的内心切成了碎片，在每个朋友那儿存放了一份？那是不是可以这么说，其实她对这个世界缺乏信任和安全感？"

十二

夜色也充满了倦意，外面恍惚迷蒙，尘嚣渐渐淡远，只剩落寞昏黄的路灯照着空旷的街道，像发黄的旧照片。路灯下好像聚了很多飞舞的蚊子，仔细看才知道外面正在下雨，秋雨霏霏，愁烟四起。

我仿佛看见小碗穿过马路朝这边走过来。

晚上的温度的确低了许多。我们努力保持清醒，耐心地等着朱凡，谁也不愿意回酒店休息。事实上，在持续漫长的痛苦煎熬中，我们的精神已接近麻木，我们停止了自我哄骗的游戏，脑海里一片空白，表情和眼神都变得呆滞。

书吧的顾客九成是我们学校的，老板没换过，还是姓孙那位，不过他已明显见老，下巴上蓄着一撮浅须，听罢缘由，也不打烊了，愿意陪十年前的老主顾等到最后一位赴约者。其间他随意和我们聊了几句，问我们是哪一届、哪个系的，听我们回答，他愉快地说，那你们是小碗的同学了。柯二问道，你认识小碗？孙老板说算半个熟人，没有私交，像小碗那般肤色瓷白、气质高贵的姑娘不多，谁见了都会留下深刻印象，她不时还来这里挑书、会朋友。

我们几个互相对望了一眼。

"你最近见过她吗？"柯二问道。

孙老板用拇指和食指捋了捋下巴上的短须："有，二十天前吧，应该是8月15日，她在这儿待了蛮久……怎么，你们失去联系了？"

"是的。"柯二苦笑了一下，"失去联系了……明天送走她，就永远失去联系了。"

"抱歉，我没听明白。"

"小碗去世了，我们是来参加她的遗体告别式的。"胖子补充。

孙老板身体微微往后退让了一下，像是躲闪攻击。"那可真是……天妒红颜。"他低声说道，缓缓在我们的桌边坐下，"前几天是听说有人跳楼，没想到，竟是她……"

面对孙老板的突然加入，我们不知道说什么才好。

"是的，都很意外。"柯二回应。

"8月15日那天，我看她很不愉快……当时，还有一个四五十岁的男人，她和他好像发生了什么矛盾……后来，那位男士走了，可以说是拂袖而去，小碗一直在哭，我没好意思去打扰她。"孙老板努力给我们提供线索，还试着描述了那男人的相貌，但他就知道这些。

十三

朱凡直发长垂，一身漆黑套裙，细白的手臂拖着一个粉红拉杆箱，像个纸人似的飘了进来。

我们全部站起来迎向她。朱凡一步跨越历史，十年阔别，一句寒暄也没有，流着泪拥抱每一个人。场面无声，只听见啜泣和衣裙的摩擦声。那一刻的情感，仿佛众多的细胞分裂再生，分不清是崩溃，还是凝聚。

朱凡像一根豆芽菜，纤细柔弱，连我都害怕不小心将她弄折了。

拥抱完，重新落座，彼此看见脸上的岁月痕迹，但仍按下不表。因为朱凡迫切想了解小碗的情况，像一个饥饿的人，急需食物和水。她还没有扭转说英语的习惯，不时冒出一个英语短句，慢慢地只是夹杂一个英语单词，半小时后，她才说着百分之百的中国话，但不知是哽咽影响，还是生疏的原因，她说得有点艰难。

应答朱凡的主要是柯二，我们在边上做一些补充。柯二还是叫她蘩漪，柯二一直觉得，他在戏里头对她太苛刻了，想起来就感到歉疚，所以演完戏，他对她特别温存和体贴。朱凡说着、听着，不断地摇头，我们担心她细嫩的脖子是否经得起这么剧烈的晃动。顾全不时说一句安慰朱凡的话，比如"死者已矣，生者勉励"，"小碗敲醒了我们，我们活着，彼此珍重珍惜"。小团圆不管自己的眼泪，她拍着朱凡的背，忠实地给她递纸巾，就像我当时照顾她一样。

"如果小碗在，这样难得的聚会该是多么 HAPPY（开心）。"胖子低声自语，他有点气愤，"我恨死亡。"

"不，我恨小碗，"朱凡说道，"我恨她，她抛弃了我们……她骗我，她说，任何时候回北京她都会去机场接我……"

"蘩漪啊，唉……"柯二打断了她，"今天都很辛苦，还是先回酒店休息吧，明早要赶到殡仪馆。"

胖子拖着朱凡的箱子，他在《雷雨外传》里负责服装道具，对剧组的感情很深。

我们迎着毛毛雨在路边等的士，伤感如夜色笼罩。

经过不断地补充与梳理，小碗的事情似乎已经有了眉目，可以这么说，小碗因情而死，那个男人比她年长一大截，是个海归，显然还有家室。

我仍不愿相信就是这么回事。回到酒店，我和小团圆继续陪朱凡说话，主要是听她说，听她回忆小碗，小碗怎么讲究吃穿，怎么爱惜自己的身体，小碗怎么自比白玉，甚至比玉更完美。

"刚才他们在，有些话我没好意思说。7月初，小碗给我写过一封邮件，她要我说说医院的妇科是怎么回事，是不是很可怕，她说她从没去过那种地方。我当时有些诧异，小碗三十三岁了，竟然从没看过妇科，不知道她为什么对妇科产生了兴趣？我当时给她简单解释了一下，还告诉她女人最好定期做一些这方面的检查，然后把协和医院我姑姑的联系方式告诉了她，叫她有什么尽管咨询我姑姑，最好是直接去医院找她。"

我只觉得脑袋里轰的一声，炸起一团白雾。

"这个……问题大了。"小团圆惊恐万状，我估计她跟我想到一块去了。

"是，我也在想，小碗遇到了麻烦，"朱凡看着我和小团圆，突然说道，"难道她……怀孕了？"

这个极大的可能性把我们仨震蒙了。

小碗的死突然间变得有据可循。

十四

早上七点半，我们在酒店大堂集合，大家有点打蔫，听说去吃"奶酪魏"，才勉强活泛起来。在北京读书时，我们可没少吃这玩意，什么宫廷奶酪，杏仁豆腐、木瓜奶酪、香芋奶酪、草莓奶酪……各种味道都尝遍了，所以柯二一提议，那些滋味便马上回到了舌尖。

一切与奶酪有关的记忆，都离不开小碗，她是"奶酪魏"的常客，如果是她自己去，她吃完了，还要给我们拎一袋子回来。她熟知每个人的口味。有时候我们觉得，小碗那么好的皮肤，就是喝奶酪喝的。

这一次在"奶酪魏"，我们却像集体缅怀那样，穿着庄重的黑衣，用勺子小心地舀着奶酪，小口地吃着，什么也不说。我们都觉得，沿袭了一百多年的"奶酪魏"味道变了，但是谁也没有说破。朱凡和小团圆好几次拿纸巾偷擦眼泪，我假装品尝奶酪，什么也没看见。服务员不停地观察我们，直到我们像一道阴影肃穆地离开。

柯二弄了一辆黑色别克商务车。我们上车的时候，太阳升起来了，城市一片金黄。美好的一天开始了，而我们，正穿越这阳光灿烂的日子，去与小碗告别。我说，小碗死了七八天了，她的尸体会不会已经开始腐烂。柯二像医生那样冷峻地说："不会，都是放在冰柜里冷藏的。"我先是觉得有意思，想到水果保鲜，可是紧接着，我突觉心里被什么刺中，冰凉的刀尖在体内游走。

小碗一个人躺在冰柜里，我们无法忍受这个事实。很长一段时间，车里特别安静，各自目视窗外的行人和车辆，小团圆紧攥着朱凡的手，朱凡紧攥着我的手，我们无法想象小碗从冰柜里出来的样子。

我们还没有准备好见小碗，车已经开进了殡仪馆大门，一块指示牌上分别用箭头标明不同告别厅的方向。我们一下车就去了鲜花店，选了一个最大的白色玫瑰花圈，老实说，那些玫瑰开得真好，鲜活，飘着淡香，很配小碗。老头称赞我们的挽联写得独特，他对死者毫无惋惜之意，只是一边笔下生花，一边对我们说了四个字："人生无常。"

人生无常——这个我们知道，我们倒是很想听他说点别的，比如活到他这把年纪，又在殡仪馆这种地方工作，每天面对死亡，耳边听着生者的哭泣，他对活着有什么特别的感悟？对死是否已经超然？……但是，老头的话仿佛也要收费，他嘴巴紧闭，以防不小心跑出什么金玉良言来，让我们这群年轻人占了便宜。

"走吧，付了钱就不用管了，会有人把花圈直接送到告别厅，给你摆上。"柯二说。

我们离开花店，去小碗所在的银河厅，柯二像殡仪馆工作人员一样，详细介绍了殡仪馆的消费档次，比如西式告别厅比中式告别厅贵，还有化妆美容的讲究，佛事级别……"在这里，死全面商业化了，每一个细节都是用钱连起来的，死亡就是一种商品……只有亲友的悲痛是无价的。"柯二的结论是，要体面诗意地告别人世，不是一件容易的事。

十五

乘手扶电梯上楼，我的心跳加速，电梯下好像卡着许多沙砾，摩擦声吱呀吱呀像群鸟乱叫。恍惚间，我感到我正坐着通往天堂的天梯去见小碗，整个人都轻飘飘的。也就是几秒时间，耳边突然一片寂静，眼前豁然开朗，只见一长溜告别厅呈一字排列，原本空阔的平台上聚了很多素衣吊唁者，他们手持白花在外面徘徊。有人啜泣。有人低声交谈。有人独自默然无语。

我们穿过他们，经过"觉苑厅""净苑厅""安乐厅""永乐厅"……在东边的尽头，半角阳光斜照着"银河厅"三个银色大字，门框门楣全部用白玫瑰覆盖，像一座温暖的花房。但穿着黑衣分立门外的学生，无情地刺穿了我们美好的幻想。他们在招呼来宾。

签完到，我们的手里多了一枝白玫瑰，我感到自己的手有点发抖。

看到的全是陌生面孔，我们互不相识，都是为小碗而来。

心里似乎趋于暖和，但是，这并没有使我们好过一点。我们仨女人眼泪下得更厉害，柯二他们的脸绷得紧紧的，胖子攥着拳头，暗自捶打廊柱。

离告别式还有二十分钟。

我走到平台边，站在一团阴影里，拿花的手不知如何摆放。

一片死的黑白，从这头，一直蔓延到那头。生者告别死者，一种集体的哭泣，哭的却是各自的悲伤。

如果不去看告别厅那边，扭过头便是生机勃勃的园林景致：树木葱郁，鲜花怒放，近乎辽阔的碧草地，流水穿过假山，潺潺流淌，椰树叶懒懒地拂动，枫叶将红未红，流露一抹诗意的羞涩。目光稍移远点，便是城里头气派的高楼，万里无云的秋日晴空，快乐的鸟群飞过。这几乎是个去郊外野营的好日子，倘若叫上小碗，径直开车去西山旧地重游，一路欢笑，晚上再燃起篝火，烧烤，唱歌，喝几盏温和的绍兴黄酒，微醺中叙谈往事，看秋夜的星空和月色，那该是多么欢乐！

　　告别式的时间到了，穿过玫瑰花门迈进空旷的银河厅，我感到了一股异样的阴冷从脸边淌过。

　　可是，我走进了一间童话般的花房，满墙的玫瑰花，白得像新雪，我们的黑衣显得那么突兀与粗暴。正墙迎面便是小碗，她变成了一张黑白照片，在玫瑰花丛中，冷峻地看着我们。我也盯着她看了很久。这张照片我太熟悉了，这个发型，是我陪她去剪的，照片是我陪她去照的，她讨厌留长发，嫌麻烦。它曾贴在她的借书证、学生证上，我那时候一点也没想到，它还将用在她的遗体告别式上。

　　天花板上点缀着一些白玫瑰花球，摆陈出很美的图案。靠墙摆满了白色的鲜花圈，葱绿鲜活的叶子干净清新。我想，一个纯洁、高贵的世界大约就是这样的青白分明，简单灼目，它像极了小碗。

　　可是，这个白玫瑰做成的房子，这个美丽圣洁的地方，却是小碗不该来的。不是吗？我望望我的同伴，他们个个脸色铁青，嘴唇紧闭，他们和我一样，充满了困惑。

　　屋子中央，围了一个白玫瑰花坛，像小舞台，我不知道那是做什么用的。

　　低缓的音乐将小碗不同年龄段的照片穿起来，在投影上反复播放。

生命戛然而止。我们见证了她的绚烂。

十六

突然，右侧的花墙魔幻般地打开了一扇隐形门，两位戴白手套的黑衣人推着一辆担架车，仿佛医生推着患者，出现在我们的视野，缓慢庄严地走向花坛，一种《入殓师》似的仪式感与悲壮感悄然弥漫。

全场一片轻微的唏嘘声。

我如遭电击。我看见了小碗，她仍然短发覆额，鼻梁挺拔……可是脸色冰冷，双眼紧闭。

他们打开花坛一侧，将小碗推进去，位置是固定好的，小碗很得体地躺在花丛中，他们轻轻扣上花坛，像掩柴扉。

现在，小碗就在那儿，身上盖着粉红薄被，面无血色。我们万分惊诧，仿若梦境。

这不是咫尺天涯，而是阴阳两界，生死两茫茫。

我看着小碗，整个人都是木的。我甚至没有注意到，我们的班主任陈敬轩已经站到小讲台前，当他说话，宣布追思会开始，我才看见他站在那儿，黑西装、白衬衣、黑领带，满面悲伤。他已上了年纪，低头时已经出现了双下巴，但是一派风流儒雅，样子很有学养，很有担当。

不知怎么，我猛然想到孙老板描述过的那个男人，难道……

这个大胆的猜测吓得我直打哆嗦，心脏嘭嘭地撞击耳膜，就像敲着一面闷鼓。我感到有点呼吸困难。

默哀。三鞠躬。向着鲜花丛中的小碗。

一片啜泣声。站我左边的胖子终于控制不住，哭得双肩耸动。

追忆小碗的生平时，陈敬轩因悲痛哽咽，几度泣不成声，摘下眼镜抹泪，动作缓慢凝重。我们因此知道小碗教学有方，深受学生喜爱，她编导的话剧，在北京演了好多场……

我看着正前方的小碗，小碗啊，在这样的告别式上，在那些赞美的语言背后，你愿不愿意说出你心中的委屈？我们四年同窗，你把快乐带给我们，可你到底没把我们当朋友……你真是令人沮丧！

追思会太短暂，我们还在一片混沌之中，最后告别的时刻已经来临。

默默走过去，鞠躬，轻轻地把鲜花放在小碗身边，仿佛怕惊醒熟睡的她。

小碗安静地躺在那里，神情冰冷高贵。她下巴上有几道古怪的皱折，大约是碎得太厉害，化妆师尽了最大的努力，仍然无法修补完美。我不由自主地望了一眼小碗的腹部，但我立刻意识到这是对死者的不敬，心头涌起自责，并暗请小碗原谅。

我们走出银河厅，外面仿佛是另一个世界，不真实的喧哗声在明亮的阳光里时隐时现。

"不知道天堂里有没有人来人往……"胖子说道。

不管怎么样，我们的心里好过了一点。我们相信小碗去了她想去的地方，并且会时常想念我们，一如我们对她的怀念。

电梯载着黑色的人们缓缓而下。

我们站在凤凰树下等班主任陈敬轩。不知什么时候出了汗，风一吹，身上凉飕飕的。

在告别式上，我们不约而同地想到了陈敬轩和小碗的海归，朱凡尤其深信不疑。

霾时，我们的内心剑拔弩张。

但是，当陈敬轩站在我们面前，我们纷纷丢盔弃甲。他完全不是我们想象中的那种坏蛋，仿佛我们几个人的悲伤加起来，也比不过他所承受的。

"陈老师。"我们老老实实地叫了一声。

"哦，你们来了。"陈敬轩大病初愈的样子，缓了口气，"瞧，她做了一件多么愚蠢的事……把大家召集到这种地方。"

"为什么会这样？"朱凡说道，"小碗根本没有抑郁症。"

"她走了，既然她不想告诉我们，自然也不愿意我们在这儿谈论什么。"陈敬轩递过一本小画册，"这上面有小碗去世前几天在课堂上讲过的一段话，学生把它印到纪念册里了……其实，我们也不妨这样来看待这个世界。"

小团圆拿过纪念册，轻声说："我来给大家读吧。"小团圆是学校广播员，她朗诵起来声情并茂，我们喜欢她声音里的纯真。

"这个世界是需要一些谜的，答案后面往往是谎言和谬谈。就像如果圣艾格苏伯里没有被找到，我们就真的以为他和小王子在小小的星球上冲着地球微笑；就像无须追究'三星堆'之谜，就让它继续谜思下去吧——没有明确的答案，美就有了不确定性，就是美上加美，美的平方——钻石定律。"

小团圆读完了。这一点也慰藉不了我们。我们甚至有点失望。我们要的不是谜，也不是谜一样的美。

"陈老师，8 月 15 日那天，你和小碗在'雕刻时光'……我们想知道，发生了什么事情？"小团圆一点也不拐弯，径直道出了我们心里的疑惑。

陈老师皱了一下眉头，脸上掠过一丝痛苦神色。

他这个表情完全符合我们的想象，我们甚至有些快慰——抓到坏人了。

"很抱歉，我无可奉告。这是我对她的承诺。"陈敬轩客气地说。他假意安慰我们，并声称还有事要办，借故脱身。

"那么，陈老师，你对小碗还有过什么不能兑现的承诺？"朱凡追着陈敬轩的背影问道。

陈敬轩突然止步，转身面对我们，瞬间满脸通红。

"……你们，知道你们在胡说什么吗？！"他痛苦地摇摇头，异常低沉地说道，"用你们的脑袋好好反思……我等着你们来给我道歉！"

十七

"1997年2月3日，捷克作家赫拉巴尔病愈即将出院，却蹊跷地从医院五楼的窗口掉下去了。关于他的死，人们有两种说法。一种说他跳楼前表示，他已经做了他该做的一切，再待在这里毫无意义；另一种说是赫拉巴尔伸手去喂窗外的鸽子，意外坠落……那么，我们何不也来这么想，小碗是因为喂窗外的鸽子失足掉下去的，听起来既富诗意，又有美感……并且，这是完全有可能的啊，谁说不是？"

我们重新回到"雕刻时光"坐下，也许是在小碗的告别式上得到了安慰，听了柯二这番话，我们的脸上都有了笑容。我们甚至打算晚上去烧烤摊喝点啤酒，为友谊干杯。只有朱凡郁郁不乐，回来的路上，她一直说陈敬轩的不是，她对他的态度很不满意，如果不是因为他当过自己的班主任，她真打算跟他耗个水落石出。

我们轮番去洗手间换下告别式上的黑衣，有点复活的感觉。

"蘩漪，从心底里与小碗告别吧，她走得很华丽，她不孤单，有那么多人惦记着她。我们什么也不要想了，我们好好地生活，有空就快乐地相聚，这才是小碗希望看到的。"柯二换上他的白 T 恤，见朱凡仍是眉头紧皱，便婉言相劝，他像个长者那么语重心长，"说句心里话，蘩漪，你身上有股天然的悲剧气质，你才是我最担心的……"

"柯二，怎么会？我不会像小碗那样脆弱。我要是死，早死了，"她顿了顿，略微犹豫了一下，还是决定说出来，"其实，你们并不知道我在忍受一个什么样的丈夫，忍受一种什么样的家庭生活……"

我们尽量保持平静，隐藏着内心的巨大惊诧，等着她继续讲下去。

"我不想我们当中再发生小碗这样的事。"朱凡看了在场的每个人一眼，"所以，我觉得，我们每个人都应该勇敢地把生活中隐秘的痛苦说出来，哪怕它会让你面上无光。我是不想再装了。以前，我一心要让别人看到我的体面与幸福，一直觉得离婚回国是一种失败，很丢人……我真愚蠢呢，生命太短暂了，有什么比真实地活着更重要？所以……亲爱的同学们，我决定要回国了。"

我们全被震住了。

我和小团圆同时扑向朱凡，紧紧抱住了她。那一刻，我觉得我们的心从未如此亲近。

气氛在转暖，一种久违的、熟悉的欢乐正蠢蠢欲动。

"蘩漪，听你这么说，我是真对你放心了。去年，我动了一次手术，胃癌，切除了三分之二，"柯二自嘲地笑了两声，"所以，现在我的胃口很小，食欲也淡了，还好读书写小说的兴趣没变。头发白了不要紧，能读书写作，就是最大的快乐，还有什么比这更令人满足的呢？古人早就明白说过，流光可惜，所以我们要珍惜现在。"

我们默默点头赞同柯二的话，心里的阴霾散了一大半。我们有点担心柯二。不过，柯二说，他的身体没问题，少吃多餐，因为要注意饮食，不能放开手脚，多少显得矫情。"最为不爽的是，喝酒什么的，再也不能像以前那样灌了，连喝到胃出血、胃穿孔的机会都没有了，很扫兴。"

"我们可以喝茶。"小团圆不觉得遗憾，她是不喝酒的。

顾全半晌没动静，这时突然没头没脑地说："我想了想，我可能是自私了一点……我是不是该满足我妻子的愿望，和她生一个孩子，至少一个？前几天她把我吵得一夜没睡，或许我真的该成全她？太纠结了……"

"是的，顾全，每一个女人都想成为母亲，这是女人的天性……可见你不但自私，而且在做违背自然本性的事。还好，一切都还来得及。"

"小团圆啊，你说得我直淌冷汗。我真是罪过大了，这次回去就封山育林……"顾全摸出手机，边站起来边说，"我现在就告诉我老婆，我同意要孩子……"他果然躲到一边开始打电话。

"顾全这家伙，说他是纨绔子弟吧，也不是，可他总有点那样的习性。"小团圆像母亲数落儿子似的，"不过，男人嘛，像顾全这样已经不错了，兴趣爱好不俗，又从不拈花沾草……"她紧攥着朱凡的手，无比真诚地看着我们，仿佛暗示我们做好心理准备，"2008年，我决定和丈夫离婚，但是被5·12那场地震震醒了，那么多人死在废墟底下，那么多的家庭残缺崩溃……我想，有幸活着的人，还闹什么？我们应该珍惜身边的一切。我原谅了他和那个女人，他可真是把我的心伤透了……我不知道，我们是否应该感谢灾难，但确实是它教会我们尊重生命，告诉我们面对生命的态度。"

"陈圆，你们总是让我看到女性的伟大。"柯二一严肃就要叫四平八稳的学名。"一个聪明的妻子，知道怎么抓住丈夫的心。像这类事情，你们表面上是失败了，妥协了，其实是一种彻底的胜利。"

我对他们个人的婚姻际遇并不吃惊，这是最普通的情感风波，无数个家庭都曾遭遇过它的袭击，只不过有的散了，有的更加牢固。

"没想到，大家都是千疮百孔。我饿了，柯二，我们去沸腾渔乡接着聊吧。不过，说好了，今天我请客。"气氛刚轻松一点，又被柯二和小团圆弄凝重了，朱凡及时打断他们，摆出一副要大吃一顿的架势。

"我看还是算了，北京不收欧元。再说，这么多中国人，哪轮得到你埋单。"顾全打完电话回来了，他开玩笑时总是一本正经。

胖子附和着说："朱凡，你要是真的回来了，我们搬个小板凳天天去你家门口坐着，等你开饭，烦死你。"

我们一齐笑了，仿佛太阳照在湖面上，我们的笑容就是那闪烁波光。

说笑着正要离开，朱凡的手机响了，她起身去僻静的地方接听。

我们坐着等她，这时的心绪散漫凌乱。胖子又开始翻看小碗的纪念册，发现小碗引用了《哈姆雷特》里几行短诗，于是读给我们听：

"一只麻雀之死，死也必然。死之来临，不是现在，即是将来；不是将来，即是现在；只要对它有所准备就好了。"

不可救药地，我们又回到了小碗的死，我们心里的伤口还没结痂，一碰就洇血，一碰就疼。

朱凡回到我们当中，她的表情仿佛通灵的巫婆，魂魄已经离身。

"是我协和医院的姑姑打来的……小碗的确去做过妇科检查。"

"究竟什么情况？"小团圆催问。

朱凡木然地摇摇头："这个世界是需要一些谜的……我们都不要做任何猜想了。"

2011 年 2 月 20 日北京亚运村

3.

取暖运动

从桥北再走回桥南的时候，刘夜牵起了巫小倩的手，说南方的冬天，真绿。巫小倩说，是吗，就这个样子，城市变了很多，但这桥没变。

长春的冷慢慢地逼近心窝，巫小倩慌了。她不断地给南方的死党打电话取暖，死党们说，找个长春男人恋爱吧，没有爱情滋润，女人容易枯萎。这道理巫小倩哪里不懂，只是要找个男人恋爱，真比考研还难。巫小倩英语也就是个二级水平，不似某些人考研考博，轻松上线，如搞一夜情那般洒脱。巫小倩确实有点想恋爱，在冰天雪地里拥抱接吻，较之南方的情调，必定别有滋味。巫小倩记得有一次在乐购超级商场排队埋单，遇一超帅型、极具艺术家气质的男人，侧面令人着迷。但是，非常遗憾，这位艺术气质的男人直到埋单离开，也没有回头，错过了与巫小倩一场可能死去活来的恋爱。直到如今，巫小倩都在设想一种可能，假如那个男人回头，即便是一响偷欢，巫小倩似乎也会心甘情愿。

　　到后来，到底是想做，还是想爱，巫小倩搞不清楚了。某一天清晨，一种具体的身体需求，使巫小倩屈服了，她对着天花板说，天气凉快了，被子里睡两个人挺暖和，只要他不在屋子里晃来晃去。到处都在结婚，天天有人搞外遇，闹离婚的也不少，冬天太冷了，找个人一起睡吧，天气暖和了，再说拜拜，有什么大不了的?

爱情不是东西，可是没有爱情，人活得就不是个东西。所以，尽管巫小倩拍床垫把男人骂遍，爱情这东西，仍乘扁舟在她心头兴风作浪。有时它单枪匹马在黑夜里呐喊，巫小倩辗转难眠，只得把原本属于精神范畴的爱情，转移至肉体领域;有时它在她心里沏一壶茶，默不作声，却搅得她涕泪横流;也有的时候，爱情被某个男人拎着出现了，它细脚伶仃，头大身轻，飘飘欲仙的神态，衬托出男人的坚硬质感，不过眨眼间就被男人的屁股碾碎，填补了床褥的沟壑。巫小倩放眼街心，满街唾弃爱情的面容、东试西探的爪子、捕捉爱情气味的鼻孔，大伙似乎已经达成共识，把精神夹在腋下，虚伪地活着，才是真实。

某个翻来覆去的夜晚，巫小倩写了一首诗，题目叫《翻来覆去的夜》:
深夜，十二点十分／搂着妻子的睡了吧／搂着儿子的睡了吧／搂着男人的睡了吧／搂着小妾的睡了吧／服安定片的，药性也上来了吧／即便是那搂着枕头的，也该折腾够了，和枕头一样，沉睡过去了吧／才发现，还没有吃晚饭／家里，只有几根面条／和已经失去水分的青瓜／也许凑合着，能做一碗青瓜面／奇怪的是，到处都在讨论自杀／这件美妙的事情／跳进长江，破冰船一样挺进／在珠穆朗玛峰上，摊开双臂飞翔／用所爱男人的领带，套上纤细的脖子／或者是用他的剃须刀，抹向喉管／啊，那时红梅开放，玫瑰开放，牡丹开放，百花齐放／抱着你的情人睡吧／天亮的时候，别忘记穿上衣服／替她打开门，在门缝里挥一下手／抱着你的孩子睡吧／别忘记早点醒来煮他的牛奶，鸡蛋／抱着你的小妾睡吧／习惯了，听到响动，不再心惊肉跳／抱着枕头睡吧／一整夜，它决不会翻来覆去，要和你这样那样／或者是没有这样那样，才翻来覆去／天反正是要亮的。

　　脸光溜如鸡蛋的刘夜，让巫小倩暗吃一惊，她迅速得出一个结论，他是她在长春遇到的继具有艺术气质男人之后的第二个超帅型男人。如果在故事后总结，还可以说刘夜是巫小倩男朋友当中最高最帅的一个。美中不足的是，他的脸太光滑了，没有一颗青春痘，没留一根须，即便是那双眼睛，也清澈得纯真。当然巫小倩没想到和刘夜也会曲曲折折，她边走边和刘夜聊，得知刘夜刚刚毕业，正在考虑工作还是出国。刘夜一路把巫小倩送到家门口，巫小倩不失时机地请刘夜进屋喝茶。刘夜坐定后，抓耳挠腮，像个处男般极不自在。刘夜是不是处男，巫小倩无法判断，但刘夜局促不安，要么就是心里有鬼，要么就是对异性接触不多。此时，巫小倩已经喜欢刘夜了，只是巫小倩未曾试过主动勾引男人上床，女性的矜持还有，所以两个人说些不着边际的话，对耗着。

　　过一会儿，刘夜支着耳朵问什么声音，巫小倩说水龙头坏了，关不牢，滴漏半个月了。刘夜便起身转到厨房，把水龙头反复拧了几圈，道，老化了，很简单，哪天我给你带一个过来换上就行。刘夜说完又四处看了看，问还有没有别的问题。巫小倩一直盯着刘夜，心想，难道东北人真是活雷锋？第二天下午，刘夜带着新水龙头、扳手、钳子、锤子，叮叮咣咣地进了门。不过，他要巫小倩帮忙，他的手指头受伤了，不得劲。刘夜亮出胡乱缠绑的食指。巫小倩问怎么搞的？刘夜说，中午菜不够，把手指头切了一块。巫小倩乐了，说我这儿有创口贴，先换一下。刘夜把食指给了巫小倩。

　　后来，巫小倩做了红烧鲫鱼、辣椒炒肉、白菜。饭间，刘夜说你家的碗和我家里一模一样，感觉像在家里吃饭。巫小倩听出某种暗示，便笑道，我做的菜肯定没你妈妈做的好吃。刘夜便不客气地说，我妈妈专在家做饭，伺候我和我爸，多少年了，你虽然比不过她，不过，很有潜力。边吃边聊，巫小倩不时被刘夜赵本山式的幽默逗得喷饭，这种挤一块吃饭的感觉很不错，为接下来要发生的事情做了很温情的铺垫。

巫小倩后来才知道，刘夜也是很单纯地想做爱，之所以找了巫小倩，首先，当然是巫小倩吸引了他；其次，对于比自己大五六岁的巫小倩，刘夜无须顾虑，她是个外地人，即将离开长春，并且，她是个经历丰富的女人，不会像其他小姑娘那般，缠着要嫁他。也就是说，和巫小倩这样的女人上床，干净利索，无后顾之忧。

饭后，巫小倩靠在床头，刘夜坐在沙发上。沙发与床头是并排的，所以刘夜与巫小倩也是并排的。男手臂几乎和女手臂碰触一起。万事开头难，在巫小倩与刘夜的事上，也是如此。两个人干耗了两三小时，往杯子里添了无数次水，到晚上八九点的时候，事情才有一点实质性的进展。那是因为谈到了南方人和北方人的区别，刘夜说南方人的脑袋不圆，前突后凸，并伸手摸巫小倩的后脑勺。巫小倩也伸手摸刘夜的后脑勺。也不知谁手腕用了力，两个人突然抱到一起，滚倒在床。

这次并不如何美妙，刘夜太过紧张。

完事后，两人基本上失去了联系。巫小倩打刘夜手机，都是关机，她开始怀疑刘夜是个专搞女人的骗子。想到骗子这个词，巫小倩有点脸热，她有什么理由说刘夜是骗子呢，她也只是想和刘夜做一做而已。但女人的心理就是这么怪，一旦发觉男人不在意自己，很自然就认为男人是骗子。但巫小倩很快就笑了，磨着牙想道，谁骗谁，还真说不准，不就是一场取暖运动吗，没必要费那么多脑筋。

大约一周后，刘夜来了。这次珠联璧合，妙不可言。刘夜自豪地说，我以为我真不行呢。然后他说起他的历史，处男之身在十八岁那年，给了抚顺的一个小妓女，在车里硌痛了腿，两年前和一个三十岁的女人开了一次房，这便是他所有的两性经验。巫小倩说，把第一次给妓女，太亏了啊！刘夜说，这就是我们80年代人和你们70年代人的区别。第一次不是什么宝贝，给妓女省事多了，我敢说，很多人一辈子为第一次的事耿耿于怀。对于这个问题，巫小倩有点诧异，倒没去深究，聊了些无所谓的事情，然后说再见。如此反复持续了半个月，某一天，刘夜裹着被子敲开巫小倩的门，两人就这样莫名其妙地同居，开始了肆无忌惮的取暖运动。后来发生的事情，更是出乎巫小倩的意料。

这里稍微说明一点，巫小倩待在长春，是为了完成一部报告文学作品，采访、收集资料，熟悉人物，与长春某著名企业家面对面地交流，这些完成一部优秀报告文学作品之前的工作，巫小倩打算花费半年时间。很不凑巧的是，感情生活一向丰富的巫小倩，在这个半年时期内，正好跌入一个真空时期，连救命稻草型的男人都没有，更甭提暖心窝的爱了，其寂寞可想而知，于是巫小倩对身体的温暖陷入空前的渴望。她掘好了陷阱，等待猎物，没想到掉进刘夜这样身强体壮、激情澎湃的雄性动物，算是雪中送炭。巫小倩内心里的窃喜自不待言，刘夜的出现，简直是老天对于巫小倩几个月冰冷肉身的怜悯。巫小倩频繁地热身，以至于刘夜有了意见，说巫小倩根本不管他的身体能否承受，拿他当取暖工具，只顾满足自己。巫小倩暗自一想，便有点惭愧，需求如狼似虎，真的是年纪来了。于是巫小倩收敛了，但是刘夜却正在势头，宛如打娘胎出来，便一直挨饿，这会儿放开肚子狼吞虎咽。这样一来，两人势均力敌，半斤八两，一个月下来，几乎是水乳交融。这一交融就坏了，主题有变，渐渐偏离初衷，本来干净利索的事情，也麻烦起来。

　　事情是这样的，打刘夜卷了铺盖进门，屋子里一下子拥挤了。取暖运动如火如荼地开展一段时间后，一向喜欢清静的巫小倩就开始烦躁。刘夜是个不爱读书的人，热衷于玩电脑游戏，张口"我妈说"，闭口"我爸说"，似乎还未断奶，这种嗷嗷待哺的依赖，让巫小倩心生鄙夷，她怀疑这具一米八三的躯体的结构内容，是纸糊起来的。刘夜有意在外面居住，本是想学会独立，却总是将父母挂在嘴边，说明他有家庭温暖，也说明他在心理上根本没有独立意识。刘夜的身体无疑是火热的，但这种热，仅是肌肤之热，要让巫小倩的心热起来，刘夜还欠火候。所以每回身体摩擦取暖之后，巫小倩就想独自待着，又不好意思开口叫刘夜走，尤其是让他卷着铺盖走，怕态度过火，伤刘夜自尊。于是巫小倩只得忍耐，等待适当时机。时间和空间被刘夜打得零碎，巫小倩失去了创作的整块时间，心里的焦灼影响了取暖运动的正常延续。很多时候，巫小倩觉得莫名其妙，居然让一个陌生男人进了房，上了床，并且朝夕相处。

　　以前，巫小倩认为，要干掉爱情，最好的办法是和对方睡觉、生活，那么，对于这种取暖运动，自然是不消几回，就可以灰飞烟灭。巫小倩熟知自己的身体，取一阵暖，可以维持一个季度。头一个月内，她可以不手淫，一个季度之内，基本不想男人。刘夜不坏，脾性也好，巫小倩虽谈不上爱他，但和他的取暖已成惯性，竟没有更大的力量从中抽身。

巫小倩与刘夜是完全不同的两类人，彼此的交流，经常是没有一窍相通，两人唯一共同所干的就是取暖运动。事情转折于某天夜里，巫小倩和刘夜像所有在一起待久了的情侣那样，辩驳与争论，巫小倩为刘夜的固执所激，把屁股对着刘夜。这边刘夜道歉完，去抚摩巫小倩，巫小倩厉声喊道："别碰我！"刘夜缩回即将作案的手，小声嘀咕了一句，巫小倩霍地坐起来，声音冰冷，如压缩饼干，高度浓缩了她当时的愤怒、羞辱、委屈、痛恨等诸种因素，缓慢地说："什么，你说什么，你再说一遍。"借着进行取暖运动时必备的橘黄灯光，刘夜只见巫小倩半低着头，翻着白眼，神情如《午夜凶铃》里的女鬼。刘夜陡地紧张了，心里升起一股寒气，想含糊过去，巫小倩一把掀开了刘夜的被子，刘夜自我保护意识很强，立刻蜷曲双腿。巫小倩这时开始咆哮："滚，给我滚，是呀，我是被很多人摸过呀，不用你稀罕！"头一回见巫小倩怒成这样，刘夜知道祸惹得不小，更紧张了，也坐起来，尴尬得有些话不成句。巫小倩见他嗫嗫嚅嚅的，脸上便挂了些轻蔑，继续说："咱俩就是嫖客和婊子，说你是嫖客是抬举你，说你是鸭子恰当点。"刘夜在巫小倩这里白吃白住，腰一软，无言以对。但是这半夜三更，天寒地冻的，卷起铺盖回家，父母问起来，不好回答。刘夜是个极有韧劲的人，他费了九牛二虎之力，口干舌燥，让巫小倩相信他那句"谁稀罕，不知多少人摸过"的话，是口无遮拦，说话不经大脑，属毛头小子常犯的毛病，于是巫小倩与他言归于好。那时窗户微微泛白，能听到赶早市的脚步声，巫小倩才释然睡去。一觉醒来，发觉刘夜行李包已打点好，正坐在沙发上发呆。巫小倩一愣，立马发现她小看刘夜了，她从前对刘夜的了解，不过是九牛一毛。巫小倩甚至觉得，刘夜有点奸诈了。

"我要走了。"刘夜说了一句废话。巫小倩翻身朝里。听到门被带上的声音后，巫小倩坐了起来，心里一阵如释重负后的清澈。她在空荡荡的床上打了几个滚儿，骂了一句"傻×"，哈哈大笑。接下来的几天，巫小倩一副吃饱喝足精神好的极佳状态，创作非常顺利，很自然地冲破了一个障碍，基本上没有时间难过，或者想念刘夜。在某种意义上，刘夜只是个加油站，或者是一堆寒夜的柴火，她加足了油，取够了暖，开始继续前行。刘夜除了帅，青春勃发，几乎没有巫小倩欣赏的东西，青春激情享用了，就是饿后吃饱了，好比钱，挥霍痛快了，再努力去赚就是。不过，肌肤上残留的温暖，偶尔会在巫小倩心里划过，如流星。

接下来发生的事情，有点像剧情的高潮，听起来都很煽情。某个清晨，巫小倩正在梦中，敲门声敲碎了她的好梦。巫小倩问谁呀，外面人就是不应，只是敲门。这时，巫小倩猜到八九分，心里一阵欢喜。刚打开门，就被一股寒冷以迅雷不及掩耳之势包裹了。巫小倩被刘夜裹得透不过气。当刘夜身上的雪花融化，外衣变得湿漉漉，他才松开巫小倩，哑声道："我要娶你。"那情那景，令巫小倩恍若梦中，头一回享受到作为一个女人的荣耀，她完全怔住了。并且，刘夜的眼泪为他佐证，他是真心的。即便巫小倩毫无嫁给刘夜的愿望，这个时候，她也幸福了。于是他们像一对真正相爱的夫妻那样，钻进被窝里，连续两次取暖后，刘夜开始回忆和巫小倩的点点滴滴，得出一个惊天动地的结论："我才意识到，我其实早就爱上你了！"

这么一来，两人的关系便有了实质性的转变。在取暖运动上，两人都极力想让对方温暖舒服，而不是像从前那样，只顾自己。这期间，刘夜试探过父母，假如找一个巫小倩这样的女人，他们会有什么反应。父亲听了，说得很委婉，给刘夜灌输找年轻漂亮、出身好的女孩子的观点，认为将来毛病没那么多。母亲的态度则相当激烈，立刻把巫小倩这类女孩子枪毙了，并且对刘夜发出了警告。刘夜不想让父母伤心，也惦记着出国读书还得掏尽父母的积蓄，怕断了前途，因而表明自己并没有想找那样的女人。刘夜父母的态度自然在巫小倩的意料之中，巫小倩虽没打算真嫁给刘夜，但这种"拒之门外"，自尊多少有点挫伤。巫小倩心里的那星微小的激情火花，也熄灭了，重新回归了取暖心态。巫小倩心里默算了一下，离开长春，也就是三四个月的事情，刘夜想结婚的冲动，肯定也将烟消云散。

刘夜的脸上突然有了扎人的东西，巫小倩伸手摸了一圈，惊喜地捧住那只"鸡蛋"，大声喊道："你长胡子了！"刘夜笑道："我本来就有胡子，只是怕显老，天天剃。"巫小倩又将"鸡蛋"摸了一圈，喜不自禁，胜过喜欢刘夜本人。刘夜说："三天没剃了，我打算留起来，这样可以缩短咱们之间的年龄差距。我得尽力向你靠拢嘛，对不对？我都是有媳妇的人了，脸上要是还寸草不生，会被人小瞧的。"长出胡子的刘夜，看起来的确要成熟许多，像那种能承担点责任的男人。那些胡子，又似乎是生长出的承诺，令巫小倩心添踏实。"刘夜，留着吧，我喜欢你留胡子，再说，留胡子，性感呢。"刘夜听了，二话不说，钻进巫小倩的衣服里，巫小倩开始咯咯直笑，没几秒就开始呻吟。

对于夫妻生活最初的模拟，新鲜中带点甜蜜。巫小倩挽着刘夜的胳膊穿过马路时，觉得那马路比平时要窄了许多。他紧攥着她的手，似乎是她的轮子，带她滑过街面。她神采飞扬。刘夜没工作，没钱花，也很是替巫小倩省钱。他比较支持她买萝卜白菜，而巫小倩对于嘴巴总是很慷慨，刘夜只能稍加阻拦，买啥吃啥，还是巫小倩做主。对于刘夜的这种节俭，巫小倩怪不是滋味。既觉得他好，又觉得他窝囊，继而想到生活的每一分钱都是自己支付，心里头便涌起一股疲惫。每回在菜市场，刘夜规规矩矩地跟着，一副鞍前马后的样子，两只大手总是义不容辞地拎起菜来，巫小倩一面暗地里反感刘夜唯命是从的样子，一面又被那他双大手的劳动抚平了心中的不快。刘夜是真未断奶，在家厨房都没进过，啥也不会，买菜回家来，巫小倩还得把生的弄熟，把熟的摆弄好。有很多次，巫小倩思考过这种生活的意义。她完全知道没有任何结果，似乎都是冲着刘夜的"结婚"二字，她甘愿做一回别人所说的"傻×"。

没多久，刘夜觉得没有必要总陪着上市场买菜，变得恋床。巫小倩死拉活扯把他弄起来，但强扭的瓜不甜，心境大不一样。后来巫小倩也发现，一个人去买倒是干脆。干脆了几回后，巫小倩有点窝火。刘夜未断奶的症状越来越明显，吃麦当劳时，他的眼睛里看不到一个成年男人的影子，眼神涣散，只有说"我还要吃一个汉堡"时，眼神聚集在巫小倩身上，神态颇有些楚楚可怜。

巫小倩被街头的烤玉米吸引，很馋，也想刘夜能买一根给她——刘夜从来没有这样做过——可是刘夜一把拉开她，表情令巫小倩费解。巫小倩说："干吗，不就是一根玉米棒子吗？你连一块钱都舍不得花吗？"巫小倩想起从前和别人拍拖，别说是玉米棒子，就是龙虾鲍鱼，也会让她满足。眼下这个刘夜，就算是她请他进稍微高档的餐馆，他也会扯着她的袖子，急急地离开。这恋爱谈得太窝囊了，难听点说，就是贱。巫小倩恨恨地掉眼泪，刘夜说："我是不爱吃玉米棒子的，我不知道你爱吃啊。"刘夜回头要去买，巫小倩道："没胃口，你自个儿吃。"巫小倩火越窝越大，心都快烧焦了，可都是自找的，没有谁拿刀架她脖子上，刘夜一开始就是这样的情况，她不是不知道。后来巫小倩变得爱发脾气，总让刘夜莫名其妙，巫小倩终于喊道：

"刘夜，我不是你的妈！"刘夜说："你当然不是我妈，我也没当你是我妈，不过，我妈朝我爸发脾气时，就你这样。"晚上睡觉，取完暖，刘夜郑重地说："小倩，相信我，我一定能赚钱养你，而且很快就能。"

女人要哄，刘夜是摸清这条路子了。大事小事，不管谁对谁错，一律是刘夜哄巫小倩。刘夜也把这哄人的活玩得很在行。所以一路下来，自然没有过不去的坎儿，显得彼此很是和睦融洽，颇有天造地设的感觉。而且，每次见面，刘夜总会带点小东西，比如雪糕，或者糖葫芦，把巫小倩疼得高高兴兴，如果说巫小倩先前还没有嫁给刘夜的打算，这会儿，就有点那个意思了。

电视突然断电的时候，巫小倩翻抽屉，搬凳子，刘夜说："你干吗去？"巫小倩道："八成是保险丝又断了，我得重新接一下。"刘夜一把抢过巫小倩手中的家什，说："让我来。"听起来如顶了炸药包那么壮烈。巫小倩住的房子太旧，保险丝时不时得拨弄拨弄，用钳子拧几拧，有较长一段时间没出毛病了，也算是一个奇迹。以前，每回弄那保险丝，巫小倩都想灌几口白酒壮胆。家里有个男人就是不一样，虽然是微不足道的活，主要是刘夜他正拿肩膀让她靠，正拿胸膛让她依，这种精神，不是事大事小可以衡量的。只是，巫小倩没想到，这么小的一件事，刘夜愣是把它拨弄大了。

话说刘夜捏着钳子站在电闸前（刘夜身高快一米八五，用不着搭凳子），对着几条歪歪扭扭的东西仔细思量，他遇到难题了。这玩意，不似修水龙头，弄不好，会电死人。况且，刘夜修水龙头取得成功，完全得益于他住宿舍时的实践经验。巫小倩正仰视着，眼睛里洋溢着幸福之光，刘夜骑虎难下，事关面子问题，电死也要撑下去。

"小倩，哪个闸是你房间的，我先把它关了。"

"就你左手边那个。"

"这个吗？"

"我看看，嗯？好像是。"

"到底是不是？"

"是，不会错。"

刘夜把电闸往下拉的时候，电闸噼噼啪啪直冒火星，吓得刘夜迅速地推了回去，推回去的时候，右侧的几个小闸啪啪冒出星点火花，刘夜又赶紧往下拉，又是一阵噼噼啪啪，如此上下反复三次，刘夜将电闸开关于中立位置停住了。

怎么冒火？刘夜大为不解。

"我也遇到过这样的情况。没事，把保险丝接上就没事了。"巫小倩笑道。刘夜便用试电笔探了探，确信断了电，才将两根保险丝搭上，正用力将它们拧成一股绳的时候，楼上下来一位老太太，怨气冲天，说："咋回事呢？我那正洗衣服呢，洗衣机一会转一会不转，我说，你们这是干啥呢？啊呀，你们，怎么把整栋楼的闸都给拉了呀？把人家电器烧坏了咋整呀？"老太太一口气说一长串，最后一句话把刘夜整傻了，他飞快地估摸了一下整栋楼的电器价值，怎么着也得赔个五万八万，这一惊吓非同小可，他居然敢朝巫小倩使用霸权语气了，两人在楼梯口吵了起来。

"你干吗让我拉这个总闸？我不是问你好几遍吗？"

"我也搞忘了，你没看到旁边还有个小闸？"

"哪个管哪个，我怎么知道？是你在这儿住，又不是我。"

"你就会添乱，我自己三两分钟就弄好了，真见鬼。"

"好好好，我错了行不行，我错在不该相信你的话。我原本打算拉旁边那个小闸的。"

这件事使刘夜诞生了一句名言：相信女人，就是相信错误。刘夜不敢再动电闸，他主张找小区管理处来处理这事。刘夜为那未知的被烧毁的电器紧张，眼下住户们都去上班了，等他们下班回来，天知道这祸闯得有多大。总之，刘夜五内俱焚，却得强装镇定。这么一件小事，搞砸了，在女人面前丢脸不说，重树威信，工程也不会比三峡截流小啊。

老太太刚走，一妙龄女子，人到声到，尖声喝道："你们什么人，怎么敢乱动我们的电闸！电都断了，怎么办！"一听便知来者不善，不善的来者一只手叉腰，满头鬈发被震得直打战。这东北小娘儿们顿了一顿，咚咚咚咚跑下阶梯，踮起脚把电闸推了上去，嘴里也没闲着，道："好好的，瞎整啥呀，吃饱撑的！"刘夜本来便丢尽脸面，窝一肚子火，这回被小娘儿们一激，火势腾地旺了。"你骂谁呢骂谁呢！"刘夜一只手钳住小娘儿们的胳膊，小娘儿们被动了机关似的，音量迅速拔高，喊道："干吗呀，打人呀？快来看呀，打人呀，我在自家门口被人打啦！"巫小倩见状，赶紧把刘夜扯到身后，对小娘儿们说："你真是欺人太甚，血口喷人啊！"小娘儿们劲头更足了，说："谁欺负谁呀，你搞清楚没有？你们两个人欺负我一个人，我胳膊都紫了！"

小娘儿们那张嘴关不上闸，词汇量极其丰富，源源不断地冒出来，刘夜一急，东北人的倔劲也上来了，他怒吼一声："我干死你！"刘夜真要动手打小娘儿们，巫小倩死抱住刘夜，被刘夜用力一甩，脑袋撞到墙上，额头当即血流不止。这边小娘儿们往楼上狂奔，打电话找救星去了。

巫小倩伤得倒不严重，血很快就止了，贴了两块创口贴。刘夜把门反锁好，叮嘱巫小倩不要吭声，假装家里没人，否则局面难以收拾。巫小倩哭了。刘夜抱着她，她感觉他的心跳得相当剧烈，便知道他有些惊慌。

"刘夜，我怕，他们要是砸了门冲进来怎么办？"

万不得已就打110报警。

那本书说得没错，《千万别惹东北人》。你这里还没动手呢，她那里就喊疼了。

巫小倩真是开了眼界。小娘儿们搬的救兵会怎么做，巫小倩完全没有把握。她惧怕的，和刘夜惧怕的完全不是一回事。巫小倩怕东北人不讲理，真把门砸了，再来砸她，而刘夜是怕居民们下班了，发现家里的电器烧了，纷纷来讨债，再有，万一那小娘儿们提前报了警，揭发他俩未婚同居，罚款不说，最怕通知父亲来领人，伤了父亲的心，那就更完蛋了。总之，事情已经开了锅，就看他们怎么把刘夜扔进去煮了。

果然，楼梯口很快便响起急促的脚步声。不一会儿，脚步声和人声一起堵向门口，紧接着门被擂响了，夹杂着男人和女人的怒骂声。"大人不在家，欺负咱家小孩，啥男人呀，你出来，出来，看我不打断你的腿！"一个男人在外头极为凶狠地吼叫，女人在附和，门被拳打脚踢，发出惊心动魄的声音。

巫小倩小声说："那小娘儿们要是小孩，你刘夜也是。"她紧张得手心出汗，心快蹦出嗓子眼了。

"小倩，这几晚我必须去同学家住，未婚同居抓了要查处的。你放心，你一个女的，他们不会对你怎么样的。我不在，这个问题也好处理一点。"

"只要他们是冷静的，我就不怕。我可不想和疯狗打交道。你们这儿的警察，能管到别人床上来？"

"我有朋友遇到过这样的事，罚了一千多块钱。"

"那你朋友是个傻子。"

"都是不想把事情闹大，破财消灾。"

"刘夜，我怕。"巫小倩有点发抖，"你知道吗？前几天有个女大学生被人谋杀在出租屋里，尸体被碎，腿和胳膊都找不全了。"

"那是情杀，你又不欠人感情。记得锁好门窗，防小偷倒是真的，你房子里贵重物品不少。我得马上离开，记住，有情况随时打我手机。"

刘夜走后，巫小倩忐忑不安，耳朵捕捉外面的动静，备觉孤单。大约晚饭时分，楼上老太太劝和来了。老太太说："那闺女精神有点毛病，大家既是邻居，你上去跟她父母解释清楚，就没事了。"巫小倩正好找个台阶下了，免得总担心他们报复，便说："怪不得，正常人哪会那样，我这就去。"老太太语重心长地说："该道歉的，道个歉便完事，左邻右舍的，别弄僵了。"巫小倩随同老太太进了门，那小娘儿们还哭得不可开交，小娘儿们的娘劈头就说："那男的呢？他说要干死我闺女，他人呢？好好的闺女，被你们吓出毛病来怎么办？"老娘儿们真厉害，小娘儿们本来就有毛病，她要真想栽赃，这可真是有点洗脱不清。巫小倩立即赔笑脸，说："我男朋友他回家了，他脾气不好，说的是气话，就算他真要干……我也不同意呀。"老娘儿们和小娘儿们都愣了一下。巫小倩接着说："对不起了，我代他向你们道歉。我保证这样的事再也不会发生了。"

到底是没断奶的孩子，遇事首先是怕家里人知道，怕父亲的惩罚，巫小倩还有另一种感觉，刘夜总是在紧要关头开溜。他这种脚底抹油的做法，已经不是一次两次了。巫小倩两晚不曾安睡，怕有贼从窗户里翻进来，又怕夜里做噩梦，没敢关灯，直熬得眼圈发黑、脸色蜡黄。在保险丝事件发生后的第三天，刘夜回来了。刘夜似乎很是受挫，他用软不拉唧的语调说："这么一件小事，让我搞砸了，小倩啊，你一个人在陌生城市生活，的确不容易。背着行囊浪迹天涯，每个人都很向往，但不是人人都能承受得来的，我确实是没有经验，没照顾好你，倒给你添乱了。"刘夜这番话让巫小倩忍不住稀里哗啦地哭起来，刘夜是没有坏心眼的，她十分迅速地原谅了他的幼稚。紧接着刘夜表达了春节想去看巫小倩父母的愿望，他说要亲口告诉他们，请他们放心，他将好好地照顾她，爱她。这种话，即便是花言巧语，也足以让人感动，何况，刘夜是个除了真诚以外，一无所有的男人。巫小倩是常常感动加特别感动，感动的后果是，对于刘夜，总是不吝惜开销。她原本没打算回家过春节，准备把一路的费用省下来，再把钱寄给父母。她似乎被刘夜的爱搅晕了头脑，她真的很想带刘夜到南方看一看，这种心情，如母亲带儿子开眼界一样。

巫小倩这一想法的代价是巨大的。首先，刘夜必须和父母回铁岭过年，初四返回长春。也就是说，巫小倩得一个人在长春过年，要等到大年初五，刘夜才能和她一起去南方。这一切，刘夜仍需向父母隐瞒。其次，两人来回的交通费用，仅仅是机票，就得花掉七八千。刘夜不知巫小倩的家底，巫小倩自己有数，心里疼。另外，巫小倩发现，她给了刘夜她有钱的错觉，刘夜不再替她省钱，他挺感慨地说，自从跟你在好餐馆里吃习惯了，也不太愿意去街边大排档了。这并不意味着，巫小倩把刘夜从"大排档"的水平，调教到了"中高档餐馆"的水平，而是让刘夜吃惯了嘴。巫小倩心里腾地升起一股坐吃山空的恐惧，她可不想沾上"养小白脸"这样的耻辱。

和刘夜的关系算不算养小白脸，巫小倩和刘夜探讨过。刘夜说："养小白脸是得给钱花的，我从来没找你要过钱啊！再说，我的脸也不白嘛，你看，胡子拉碴的。"巫小倩道："我连一件小礼物都没收到过。"刘夜说："等我赚钱了，你要什么我都可以给你买，我总不能拿我爸的钱买东西送给你吧？是个男人都不会那么做啊。"巫小倩想一想，刘夜说得有点道理，但是收不到小礼物，心里始终有个疙瘩。不过，这疙瘩不碰没事，碰到就有点疼。

有一段时间，经济上巫小倩有点扛不住了，准确点说，是心理上有点扛不住了。好歹是两张嘴，平时自己一个人还可以随便对付，两个人，总得讲究一下，弄点像样的菜，更甭说有时候还要外出玩上一圈。巫小倩感到疲倦，甚至厌倦。关键是刘夜对于她掏腰包的习惯与默认，让她心里总窝着火。对于这么一种理所当然她花钱的情侣结构，巫小倩始终不能从心底里接受，难以平静。春节来临前，巫小倩打算暂时逃避一下现状，她想带刘夜到南方看一看，暂且画一个较为圆满的句号，然后她将离开长春，去北京。巫小倩和刘夜谈这些的时候，刘夜半天没吭声。在刘夜看来，当时两人正如胶似漆，很是恩爱。刘夜当然不知道巫小倩心里压抑了那些事情。刘夜表现得很伤心，说，你不要离开我。巫小倩笑道："两情若是久长时，又岂在朝朝暮暮。"北京离长春不远，每个月见一两次，小别胜新婚呢。刘夜却开始想象人去楼空，悲从中来，居然哭了。

"小倩，不要离开我！我们不要分开，好不好？"

谁说哭只是女人的武器？哪知男人使用起来，威力更大。巫小倩瞬间心软了，也开始泣不成声，两人生离死别似的抱头痛哭。过一阵，刘夜做出让步，说："过完年，我们再好好地待上一个月，然后你再去北京。其实，这段时间，你的心思基本上都放在创作上，你的事业，总是比我重要，我明白。所以，我不会拖你后腿的。我只是想看看，我能不能留住你，看看你到底有多爱我。"

刘夜去铁岭过年，巫小倩在长春便真正无亲无故了。大年三十这天，气温零下二十摄氏度，巫小倩被鞭炮声吵醒后，一个人在网上折腾到午饭时分，找一个张灯结彩的馆子把肚子填饱了，无处可去。笼着袖子在街上晃悠了几站路，东看西看，越看越凄凉，越看越想哭，心里越升腾起一股对刘夜的怨恨。她甚至有立即买张机票回家的冲动。但是，容不得她鲁莽，她已经和家里说过，大年初五，她会携同男朋友一块回家，家里人非常高兴，早就热情地张罗开了。街上人很多，烤羊肉串的青烟在人头上缭绕，衣着光鲜的年轻男女，一群一群，最刺眼的是那些小情侣，她在心里骂刘夜不是东西，扔下她一个人孤零零地过年，骂完她开始回忆，怀疑刘夜和她在一起的目的，怀疑刘夜是个骗吃骗喝的家伙，要多卑鄙，就多卑鄙。他居然不给她打电话，不向她表示慰问，他居然不怀歉疚，不觉得在这合家欢聚的日子里，他抛下她，是何等残忍。

就这样，巫小倩终于在大街上把自己弄哭了。

你不是本来就打算一个人在长春过年的吗？就过年的问题，刘夜曾这么说。

没有亲人和死了亲人，感觉能一样吗？巫小倩打了个恶毒的比喻。

刘夜没有选择和巫小倩在一起的权利，连一起过春节的权利都没有。这样的一个男人，是不是窝囊废，这样的窝囊废，还是不是男人。巫小倩边哭边想。她感觉到眼泪是热的，流到脸上就凉了，如果不立即把它们擦去，马上就会变成冰块。她的脸绷得很紧，肌肤疼痛欲裂。其实她很清楚，自己倒不是有多想念刘夜，而是忽然怀疑，她为他所做的，有没有价值。到东宇书店门口时，她的眼泪干了。她想起了和刘夜的初遇。她和他相互怀着不健康的心理，彼此接近，一路演变成今天这种局面，她在这里等他回来，除了解释为爱情的力量，还会是什么？接着她又想到自己是个成年人，所有的决定都是自己思考过的，她必须承受得起，必须面对现实。东宇书店的卷闸门拉下来了，上面贴了一张红纸，"大年三十至正月初二休息"。她才发现，她原本是来这里消磨时间的，书店关门，真的是无处可去了。黄昏时，巫小倩到一家绍兴餐馆，要了一碟茴香豆，热了一壶绍兴黄酒，炒了一盘杭椒牛肉，外加一锅水煮鱼，在餐馆大厅吃饭，看电视，左右没有其他食客，戴瓜皮帽的男服务员对这位珍贵的客人显得格外殷勤。巫小倩受不了服务员同情的微笑，喉咙发堵，胃口全无，没吃几筷子，落荒而逃，回住处蒙头大睡。然而除夕宛如得不到满足的女人，一夜辗转，不得安宁，鞭炮声到凌晨才稀稀落落，熬了一夜的巫小倩，如清洁工般早早地上了街。大街上空无一人，鞭炮纸屑满地都是，整个世界竟如一个巨大的坟墓，在经受了千万人的凭吊与扫墓之后，人去坟空，只有阴冷荒凉的风，从细微的缝隙里钻进来，要到巫小倩的身体里取暖。

今天是初一，年，终于过去了。巫小倩快慰地想。接下来的三天，巫小倩几乎没有想刘夜，她着手收拾东西，初五飞机到北京中转，会在北京停留一夜，巫小倩正好可以放下三大箱行李。初四晚上，刘夜过来了，这是他们相识以来分别最久的一次，拥抱的热烈出乎巫小倩的意料，但巫小倩立即感觉到了刘夜的变化。只见刘夜小脸精神焕发，属小孩过节特有的兴奋，她确信，这几天，他玩得不错，把她忘了。她伸手在刘夜脸上摸了一圈，刘夜的脸重新变成一只鸡蛋，光溜如昨日，她的心立即凉了。

"没办法，架不住我爸和我叔的攻击，只有剃了。他们说我搞得满脸沧桑，跟个大老爷们似的。"刘夜神情欢愉。巫小倩蓦地发现，刘夜留胡子，留得很累，而自己要往少女那方向打扮，拼命减去五岁，同样也不轻松。巫小倩很不快乐，这种不快一直延续到第二天，打的士去机场的时候，矛盾进一步激化。首先是刘夜对三个大箱子表示不满，刘夜的不满是复杂的，巫小倩真的就这样决定去北京，有点冷酷，在这样的情况下，他觉得自己是个力工。他不愿意当力工，因此在的士停下来后，他动作迟缓。见女司机费力地从后备厢拖行李，巫小倩忍不住喊了一声："刘夜你还愣着干吗，快搬呀！"

人越自卑，心越敏感，巫小倩的这句吆喝进一步证实了刘夜关于力工的观点，他很不爽。即便是头一次坐飞机，他也阴郁着脸。巫小倩找不着半点情侣旅行的感觉，刘夜只是一个处处需要照顾的"儿子"。

　　巫小倩没想到姐姐和姐夫会到机场来接他们。他们借了一辆桑塔纳，还借了司机，从一百公里以外的另一个县城赶来，完全是因为刘夜。而到家后的盛情款待，使刘夜异常感动，在夜里对巫小倩说，他一辈子都不会忘记。头三天刘夜兴致勃勃，到后园东看西看，又到远一点的田野转了几圈，满是新奇。第四天，刘夜就有点郁郁不乐了。巫小倩没意识到刘夜的情绪变化，直到她大嫂提醒她，是不是带刘夜到附近的镇里、县城里看看，要不然，他挺闷的。巫小倩这才明白，刘夜生气了。

　　"刘夜，你真是一个不懂事的'儿子'，我大老远回一趟家，只能待上七八天，你就不能替我想想？"巫小倩立马要哭的样子。

　　"是谁说要带我到南方看一看？"

　　"你没看到南方吗？你这不是在南方吗？"

　　"是啊，我来南方看了，看到一个南方的村落和一群听不懂他们说话的人。"

　　"刘夜，你什么意思？你指望我带你游遍祖国大好河山？我没那能力，也没那兴趣。"

　　"你早说不就行了，干吗说带我到南方看一看？你有什么目的？"

　　"是谁说要看我的家人，要对他们说照顾我？我是顺便带你到南方看一看，你以为我钱多？我钱多也不会这样花！我有什么目的？你以为我有什么目的？你有什么可以利用的？"

　　"你自己知道。"刘夜不温不火。

巫小倩好心被狗咬，一股积压已久的怒火从她的胸腔内喷发出来。"刘夜你他妈的狗屁不是，你有什么可利用的？利用你来证明，我身心都没有毛病？宽父母的心？你他妈的也太可笑了，大把男人等着我领回家，对你好，你他妈的却不识好歹。滚，现在就滚，收拾东西，马上！"

巫小倩的愤怒盖过痛苦。

刘夜果真动手收拾东西。

屋外的薄雪已经开始融化。巫小倩站在楼上，看见远处田野里行走的人和狗，一只麻雀在天空飞过。她开始后悔带刘夜回家，她没想到那狗娘养的，那样自私，那样无情与无知。她想到在长春的那些日子，她带刘夜吃遍了附近的馆子，甚至打车去更远的有名的菜馆，她真的像对"儿子"那样，连看电影、逛公园等的费用，都无一例外由她支付。他只需买几串冰糖葫芦和几块雪糕，就让她心满意足。带他到南方看一看，这是她的想法。而事实上，仅这一次，她就让他实现了许多第一次：第一次坐飞机、第一次到北京、第一次住四星级宾馆、第一次到南方、第一次到南方人家里做客、第一次吃南方农民家的饭菜……他居然怀疑她有目的。

"是啊，我是有目的，我真是个傻×，我的目的居然是想让你看看外面的世界。我这辈子做过的唯一后悔的事，就是不该带你回家！我真是个傻×，还一个人留在长春过年！"巫小倩痛哭，但怕家里人听见，又憋住了声音，如窒息般瘫坐在地。刘夜彻底乱了方寸，他抱起巫小倩一个劲儿赔不是，他说："我真不是个东西，我误会你了，我知道你对我好，我也是一时糊涂，原谅我，我不回去，我们按原来计划的，过了正月十五再走，多陪你家里人几天。"巫小倩推开刘夜，说："我的心寒了，回去，你不回，我回！刘夜，春节以前，我们就应该分手的，我傻×，把这个错误延续到现在！我无法向家里人交代，我原以为我会心甘情愿，不，我后悔，我带你回家，却让自己受伤，一点都不值！我告诉你刘夜，我们彻底完了！"

"不，小倩，明年我一定会再来，一定会再来看你爸你妈。我发誓我一辈子都不会忘记。"

"别在这儿说得太早。你一时激动，我理解。但你也记着，我不会把你的话当真。你没断奶，可我断奶很多年了。"

"小倩，你看。"刘夜伸出手，手背上几道渗血的伤口。

巫小倩心疼了一下。

"挺好，一辈子都留着你的痕迹。走哪儿都忘不了。"

"活该。"巫小倩一边骂，一边找出两张创口贴甩给刘夜。

"我要你帮我贴，像我帮你修水龙头那次，你贴的好得快。"

第二天天气依然很冷，雪完全化了，地面一片泥泞，通往县城的交通要道，坑坑洼洼。巫小倩和刘夜坐在小型货车前头，东摇西晃，脚指头冻得生疼。现在温度已是零上，比起长春的零下二十多摄氏度来，算挺暖和的天气，感觉却比长春更冷，把刘夜冷得嘴脸乌青。巫小倩完全是赌气，愣是要拉他完成他看县城的夙愿。在大桥南端下了车，走到桥北，都不说话，桥底下的船只如虫子那么小，江水透着凛凛寒意。从桥北再走回桥南的时候，刘夜牵起了巫小倩的手，说南方的冬天，真绿。巫小倩说，是吗，就这个样子，城市变了很多，但这桥没变。巫小倩原来打算到检察院的同学家吃晚饭，或者在县城的宾馆住一宿，看刘夜敷衍的表情，顿觉索然无味，便招手叫了辆的士，回家拉倒。勉强挨到正月十二，巫小倩扛不住了，她说："刘夜，你他妈的别哭丧着脸，回长春咱就掰，我就当学雷锋，放心，到长春我会带你玩，反正都花钱了，不吝啬那一点。"刘夜说："你说什么，你的钱花给你家里了嘛，跟我有什么关系。"巫小倩说："刘夜，你不知道你的机票要五千？行，我就当叫鸭了。"巫小倩想不出更泄愤的话。

到北京工作是巫小倩的愿望。从南方回到长春，在刘夜的要求下，巫小倩答应留一段时间，和刘夜好好生活几天。因为就要离别，这段时间回光返照似的，既有点悲戚，又显得格外宝贵。谁也没有提掰的事情，或者说谁也没打算真掰。回南方的不愉快，因为刘夜的弥补、道歉以及积极表现，很快淡化。其实，刘夜请求巫小倩陪他，陪到6月他的出国签证下来，大家再各奔前程。刘夜说："你现在就这样走了，余下的日子，让我怎么面对？"巫小倩也不含糊，说："你一拍屁股去了异国他乡，余下的日子我怎么面对？我们相互都需要一个适应的空间。"巫小倩喜欢自己掌握主动权，历来如此。

刘夜后来一直没有提娶巫小倩，关于出国后对于两人的安排，倒设计了无数种。巫小倩笑道："成熟点好不好，一边读书一边刷盘子，你哪还有工夫顾及别人。"刘夜这种年龄，不切实际的幻想太多，面对现实问题，多半是一筹莫展。巫小倩离开长春去北京的时候，刘夜不愿去火车站，他不想在那种场合哭。他送巫小倩上了的士，巫小倩笑着说了再见，回首见刘夜仍站在马路边，于是为这一对似乎曾经相恋的男女流下了泪。

从火车站出来，坐地铁，再转了一站公交车，到目的地时，已是晚上七八点。尽管有一男同胞引路，那条长达三分钟的黑胡同，把巫小倩吓得脚步弹跳。房子是出版公司帮忙租的，在四环边上，月租九百，中介费五百，房租首付一个季度，押金九百，以后每月支付。某建筑公司的家属楼，一共六层，巫小倩爬上六楼，双腿直打战。接下来的问题更是让巫小倩痛苦：厨具一件也没有，热水器坏了，菜市场要走两站路，上班要坐一小时公交车……

尤其是那条漆黑的胡同，两边是高墙，白天经过时，巫小倩也是慌里慌张。

不过，巫小倩心理上舒畅多了。想一想，一个人的钱，一个人花，自己吃饱，全家不饿，真正是无爱一身轻。巫小倩以为摆脱了与刘夜纠缠不清的情感，她心底里认为，这一次是和刘夜的彻底完结篇，她相信刘夜也是心照不宣。若是身在长春，巫小倩根本不能和刘夜分开。刘夜就像她身上的一个毒瘤，和他在一起取暖的那种惯性，是一种自己无法控制的病菌，它们每天夜里从身体里滋生出来，它的生命如白昼和黑夜那样，自然交替。

3月4日，北京下了一场鹅毛大雪，令巫小倩恍若身在长春，那时候，给刘夜打一个电话，半小时后，他就会钻进她的被窝里。巫小倩电话打过去时，刘夜在家睡觉，他说了几句无关痛痒的话，那口吻，似乎巫小倩早已淡出他的生活。巫小倩火了，觉得刘夜辜负了她，便道："刘夜你变得真快，无情无义。"刘夜道："你到北京寻找自己的事业，难道要我在家，天天以泪洗面？"巫小倩没想到，刘夜连棵救命稻草也不愿意当，她忍不住在电话里哭，说："我工作好辛苦，住得又差，上下班要经过一条胡同，下班回来时，胡同黑漆漆的，我真的好害怕。"刘夜说："你也会哭啊，你那么坚强。我告诉过你，北京不是你待的地方，至少不是你现在该去的地方。是你执意要走，是你放弃了美好的东西。"巫小倩说："刘夜，我……我没有放弃你，我们不能总缠在一起，什么事也不干，我得有自己的事业，我得赚钱啊。"刘夜轻笑一声，道："你不是在赚钱吗？我能给你什么，给你安慰？温情抚慰？然后，在你慢慢习惯北京生活的时候，不再需要我，再将我离弃？"巫小倩哑口无言，她听得出刘夜满肚子怨恨，而这些怨恨，他们在一起的时候，他一句也没有提过。

"刘夜，我真的……想你，想我们在一起的日子。"巫小倩有点泣不成声。

"要是觉得累，回长春吧，至少，长春还有我。"刘夜把抒情话也说得实实在在。

"长春现在有你，6月以后呢？6月以后，我到哪里去？迟早要面对的问题，我既然迈出了这一步，多折腾一次，便多痛苦一回。"巫小倩任何时候都神志清醒。

"小倩……我争取去看你一次。好好工作，好吗？"

"嗯，什么时候来？找你妈要钱吗？火车票一百多，回去我给你买。"

刘夜在一周之后到了北京。巫小倩在火车站等了足足一小时。当时广场上人来人往，许多扛大包拎小包的人东张西望，初春的风吹得巫小倩直打哆嗦。她躲到走廊的一根大柱子后面，等身体稍微暖和一点，又重新站在显眼的地方，以便刘夜一出火车站门口，一眼就能看见她。和刘夜分别一个月了，巫小倩暗自激动。手里的那罐可乐都快被焐热了，手指头酸疼。又一个哆嗦，刘夜一身黑衣出了站门，正鹤立鸡群地张望——仍是超帅。巫小倩赶紧举起那罐可乐，脸上的笑比火车站口的人群还拥挤。巫小倩奔到刘夜眼皮底下，刘夜才看见她，他的态度与巫小倩的兴奋成反比，显得很客气。巫小倩把可乐递给他，他如见过大世面的绅士拒绝农民的地瓜，摆着手笑着说谢谢。

"刘夜，怎么对我这么客气？"

"刚才在火车上认识一个女孩子，在酒店做前台，她说有五六千块钱一个月，比你当编辑的工资高多了。"

"她跟你一块下的车？你怕她看见我？你觉得我让你丢脸？"

"人家给我留了电话，问我有没有地方住。"

"做夜总会工资更高，你不知道啊？你去住吧，我不会妨碍你。"

"问题是，我有地方住了不是？逗你玩呢，小倩，别生气，你还是那样小心眼儿。"

　　在地铁里，刘夜一只手紧抱着巫小倩，只要刘夜站稳了，巫小倩就不会倒下。有肩膀依靠的感觉，让巫小倩眼圈热了又热。穿过那条漆黑胡同，爬上六楼，在屋子里转完一圈，刘夜突然说："小倩，我要带你回去。"巫小倩幸福地晕倒在刘夜怀里，她真想把自己的生活交给刘夜，让他来安排。而刘夜似乎明白巫小倩的心思，对未来两个人在长春的日子做了设想，他将承担一半房租和生活费用。

　　"也许到了国外，我只有靠回忆生活。"刘夜说。

　　千辛万苦租好了房子，都打算和和睦睦过完刘夜出国前的日子。刘夜从家里拿了杯子勺子筷子碟子毛巾被子茶叶咖啡拖鞋……大包小包气喘吁吁上得楼来，仿若一只尽职的公鸟，正儿八经地开始垒自己的窝。巫小倩见状，心窝不轻不重地被暖和了一下，接着又被那种"暂时"的概念冷却了。不过，巫小倩已经准备充分利用这一段时间创作，所以，即便和刘夜没有任何结局，也可以赋予这段时间不同寻常的意义。那刘夜似乎也深谙巫小倩之意，情投意合半个月之后，发出了惊人壮语，说："你巫小倩回长春，并不是因为我，而是你在北京混不下去了。"巫小倩有不想在北京待的因素，但被刘夜这么赤裸裸地指出来，自然很不舒服，况且，她回长春，当然是因为长春有刘夜，否则，她可以到任何别的城市去。然而巫小倩心里发虚，底气不足，喊不出那句"我是为了和你在一起才回来"的口号。既然是这样，那你为什么要和我住一起？巫小倩毕竟老练，还击起来，让刘夜招架不住。对于刘夜心里的某些想法，巫小倩猜到七八分，知道他多少有点无所谓的想法，能把肉体放到一个稍微舒适的地方，释放某些积压的欲望，自然不能以得失论之。到此时为止，双方都有些心照不宣的个人利益，心底里都明白，曾经感动彼此的爱情，虽尚有余温，但似乎无法再燃起火焰来。

四月，一种叫作非典型性肺炎的病，从南方入侵北方，长春也笼罩着一股神秘的气息。出国签证也停办了，也就是说，刘夜啥时出国就读，忽地也成了一个未知数。一切正常旋转的齿轮，因为非典被打乱了。假若刘夜不能出国镀金，混个洋文凭回国，在国内，他基本上就只能是个没有出头之日的小混混。虽说他聪明，但优柔寡断，志大才疏，憧憬多过行动，日子终究会被他蹉跎完毕。因此，刘夜在巫小倩的眼里，自然暗淡了几分，那种让日子得过且过的心理便越发清晰。刘夜被父母强制性地留在家里，不能出门，也不敢出门，谁都怕一不小心便感染了病菌。巫小倩好几天都没有刘夜的音讯，便觉"大难临头各自飞"，很是难过，觉得人间感情不过尔尔，心灰意懒，对非典自然也少了些畏惧。巫小倩秘密去了一趟南方，回来后身体不适，竟有全身发冷、呕吐等疑似非典的症状，这才着急，给刘夜打了电话，说自己快要死了。刘夜笑道："你想见我了，也不用以死相逼呀。"巫小倩说："刘夜你还有心思开玩笑，我……我刚从南方回来，你不要报警啊，我怕隔离。"刘夜一听，吓个半傻，压低声音道："你不要命啦！还往南方跑！"

巫小倩觉得手脚一下凉了，几乎要哭出来。

"刘夜，我不想死啊，更不想被隔离。"

"不想隔离？真自私。"

"失去自由更可怕。"

"你可别到处乱跑，等我亲自送你去隔离。"

"你别过来，万一真是非典，那就害了你了。"

"小倩，从头至尾你都不了解我。我怎么会丢下你不管？"

"刘夜，你别过来，你爸妈就你一个儿子，你得想想他们啊。"

"眼下，你最需要我。要死，咱们一块死。"

巫小倩哗啦哗啦淌热泪，心想就算是死也值了。十五分钟后刘夜就到了，只见巫小倩裹件黑色羽绒衣，在床边缩成一团，如失了水分的苗子，没有往日那勃勃生气。以前的巫小倩，总是一副干练、果断、坚强的样子，使刘夜一腔护花温情稀有用武之地，刘夜索性耍起未断奶的脾性，凡事由着巫小倩做主，也没料到在巫小倩眼里越发什么东西也不是了。此刻，刘夜头一回见巫小倩柔弱无助，被压抑的东西陡地膨胀开来，一股男子汉气概迅速填满心胸，他终于有机会像个成熟男人那样说话了。他首先摸了摸巫小倩的额头，再探了探自己的额头，问咳嗽不？头晕不？总之，他对巫小倩"望闻问切"一阵后，用铁碗盛了醋，就着蜡烛，把醋烧得咕噜咕噜直翻滚，冒出浓烈的酸腐味。他吩咐巫小倩伸长鼻子，把那些热气腾腾的东西吸进去，并用一片废纸，极轻地将醋气往巫小倩鼻子里挥赶。半支蜡烛烧完，熏香沐浴般，巫小倩竟奇迹般好了。其实要真是感染了非典，醋根本不管用，所以刘夜说，这是爱情的力量。到这个时候，巫小倩有如从生死边缘挣扎过来，被刘夜的壮举感动得无以复加，刘夜还从来没有表现得如此让巫小倩倾心过。

接下来两人度过了回长春以来最甜蜜的日子，身体抱得比任何时候都紧。

但没过多久，日子又把巫小倩的感动抹平了，一切又恢复"淡出鸟来"的单调。刘夜还是如以前一样窝囊，除了年轻帅气，竟无任何出色之处。加之出国的音讯没了，未来的那圈光晕散去，刘夜的超帅也变得异常空洞。

6月的时候，天气已经暖和得不行了，脱了厚毛衣，自然的温度恰到好处，身体也不需取什么暖了。其实5月中旬的时候，巫小倩就感觉到两人睡觉时的闷热，完全没有寒冷冬天的那种温馨与快意。不知道是天气的原因，还是其他。巫小倩也没有深究过，似乎是一种黑暗随着黎明消失了，当然这样说不妥，刘夜给巫小倩的，毕竟是温暖、体温和人气，在天寒地冻的时候，在巫小倩需要取暖的时候，是他毫不犹豫地覆盖上来。现在，她感到热，闷热，几乎想温和地脱下刘夜这件毛衣，在不损毁毛衣的情况下。季节的转变，是脱衣的理由，然而，要名正言顺地脱掉刘夜这件毛衣，巫小倩还真是找不着借口，尤其是那种温和且让刘夜舒适的借口。

　　自卑的灵魂多是敏感的，刘夜也察觉到巫小倩的变化，他应是隐秘地做了思想准备的，所以当巫小倩说要回南方工作时，他表现得极为淡定，不像春节巫小倩要去北京那次，哭得伤心欲绝。他甚至做了一个很有型的表情，是那种经历了"烽火戏诸侯"之后的神态，巫小倩一时半会儿没弄清楚。刘夜这种不痛苦也不依恋的表现，使巫小倩觉得很亏，她原以为刘夜会很激动。她说："刘夜，我知道你厌倦了，你还是喜欢水灵的小姑娘，你只是在我这儿找点成长经历。"刘夜从容地一笑，说："你想什么，你自己心里最清楚。"刘夜的话很刺耳，一下就把巫小倩噎住了。通常，巫小倩无话可说时便会发怒，这次也不例外。她大叫道："刘夜，你把话说明白点。"刘夜说："我知道你一直看不起我。"巫小倩一呆，心里承认了。刘夜接着说："你随时可以抛弃我，从不考虑我的感受，先是北京，这次又是南方，你活得很自私，你只爱自己。你走了也好，我已经浪费很多时间了。"

　　彼时楼下响起当当的敲打声："卖糖包子花卷馒头喽！"

　　真是一对狗男女。巫小倩喉咙里咕噜两声。

2003 年 12 月 6 日完稿

$\boxed{4.}$

尊严

外面划拳喝酒的叫声依旧热闹。他感到那些热闹的叫喊声十分刺耳，
他从来没想到自己会享女儿的福。这福烫着他的良心，烫着他八分醉
意的头脑，烫着他纵横交错的脸皮。

事件很简单。2004年10月28日下午，吴大年被公公打了一巴掌，非要自己的男人张子贵出面，要公公为打人之事道歉。张子贵不依，单说长辈给晚辈道歉，公公给媳妇低头，世间并无这等道理。吴大年不相饶，最后竟离家出走了。

　　都晓得张子贵性子随和，感情上素无二意，为人处世也从无歹心，除某月某日踢死过一条幼狗，不曾伤害其他东西。张子贵热爱土地，但因是家里独子，被爹娘宠坏，不曾学会种田，婚后仍不懂稼穑之事，且多数农忙时节在外县卖蚊帐，跑一趟少则十天，多则一两个月，总之卖光了蚊帐才回。若碰巧在家，吴大年与爹娘在地里劳动，他则殷勤地递茶送水，撑把黑洋伞，用他酷似太监的声音，在田边指点江山，贩卖江湖逸事，也讲一些卖蚊帐的趣闻。

　　平常时节，张子贵赚得几个现钱回来，喝着小酒，打点耍牌，兴致起来就吃喝牲口，斥责吴大年，仿佛财主之于财产，炫耀而满足；或者与人为旧年的米价、前年的亩产争得脸红脖子粗，显示他内里行家的优秀品质。张子贵本以为生活大抵不超出此，不承想这婚后第十年，吴大年竟会公然作对，要爹向她一个女人服软。

张子贵不晓得吴大年积郁已久，新账旧账一并清算，只道自己拿得准吴大年的脾气，小打小闹常有，断不敢真正放肆。所以，卖完蚊帐回来，听吴大年说挨了爹的打，张子贵反骂将起来：

"这老婆娘，尽耍姑娘脾气，安分的日子，你还嫌什么。"见吴大年倔而不屈，张子贵颇不快活。吴大年的身体，张子贵最熟悉不过，她后脑勺并无反骨，鼻梁不歪，嘴唇也不薄，手粗脚大，极老实的劳动妇女，今天何以有拼个死活的样子。

吴大年说道："舅舅不疼，姥姥不爱，我有什么脾气可耍。你眼里几时有我？每次卖完蚊帐回家，你都是先去你娘的房间，把钱一五一十数给她。兜里能剩几个零碎钱给我已是万幸。你把我当个人的话，总得和我商量着办，我几时对你的爹娘苛刻过。你一出去几十天，从不给我留点家用，说句不怕耻笑的话，买卫生纸都没钱，厚着脸皮找人借。"

张子贵听了奇闻般惊诧："你这婆娘，要用钱，跟娘说就是，一家人，还那么夹生。钱给娘，有什么紧要，我没兄弟，你没妯娌，又无人与你争家夺产。"

吴大年不爱听："那是你的娘。她手掐得紧，我懒得去掰。憋屈。你一年到头没打过赤脚，不知道种田的辛苦。我犁地、挑谷，更不用说插田打禾锄草喷药，你有过一句好声好气的关心吗？只知道对人夸你老婆力气大，能犁地。我又不是牲口。"

张子贵琢磨谜面似的，越发困惑："夸你不高兴，难道骂你才好吗？你真是怪脑筋。娘手紧一点，也是为了这个家，将来得好处的还是咱们。"

吴大年见张子贵不开窍，无一句体己的安慰，积郁更甚："要她帮我积那棺材钱做什么，我不怕死了没人埋。我与你爹娘闹意见，你不问缘由，就说我的不是，你是他们的儿子，只认爹娘，合伙把我往脚底下踩。你要是不辨是非也没关系，你几时有个丈夫的样子，在中间调解劝说？"

"胡说八道。你吵什么，你不和他们吵，怎么有这些麻烦事情？给我把衣服清出来洗了。"

"是，把我憋死了，你们就清静了。"吴大年不动。

"别死呀死的，你死来看看？"张子贵不耐烦。

吴大年绷紧脸，沉默半晌，继续说道："就拿这次来讲，我玩了一阵耍牌，把挑谷子去打米的事忘了，你爹指桑骂槐地刺我，我不过是回敬了几条道理，你爹说不上理，嫌我怠慢，铆足劲一巴掌打上我的脑袋。"

张子贵说："爹是有打人的毛病，打过我，也打过娘，打是爱，骂是亲，如今打了你脑壳一巴掌，证明爹没把你当外人。"

吴大年嘴唇直哆嗦："张子贵，你凭良心说一句，你爹该不该为打人赔不是？"

张子贵脱下一只臭袜子："没伤没痛的，打就打了吧，都过去好些天了，还提它干什么。爹都六七十岁的人了，给媳妇低头认错，传出去被人耻笑。"

"去不去跟他讲个道理，是你做丈夫的态度；道不道歉，是他当公公的分寸。你不把我当老婆，他就不当我是媳妇；当丈夫的不抬起我，这屋里屋外的人，谁都可以作践我。"

"你这婆娘，几时开始啰唆起来了。喏，我这趟生意不错，赚了一千多，拿去，娘那边给多给少，你说了算。"张子贵脱下另一只臭袜子，取出藏在里面的钱伸向吴大年。

吴大年冷眼一瞟，道："还是给你娘吧，这样就不用怕我卷了钱财，去跟别人生孩子。"

张子贵眯眼淫笑："你胡说八道哩，钱都交给你了，你还不满意吗？来来，睡觉。"

张子贵手举人民币，要揽吴大年，吴大年手臂一横，打得纸币乱飞。张子贵仍是笑，要吴大年留着力气，睡觉时再使。吴大年抢白他睡不出个鸟来，再碰她，就死给他看。

张子贵笑不出来，便舍了她，一边弯腰捡钱，一边恶狠狠骂道："你死啊，有本事死来看看。"他话音刚落，吴大年就拿脑袋撞墙，一连数下，便见她额角鲜血缓慢花开。

吴大年回想结婚十年，好似躺了十年棺材。张子贵无能生育，在家则对她软禁，外出则指派爹娘监督，担心她心不稳，唯恐她身体好，不许她穿得漂亮，提防她存了私房钱。

吴大年是绝望了。绝望仿若一只温暖的手，牵着她走出了村子。走前，吴大年给张子贵留了几句话，意思明确：他若不去跟他爹论理，她永远不再回来，她要在外面"活"，不愿在家里"死"。

远山迷蒙之际，吴大年停在路口，眼望去娘家的路，但见荒草丛生，满目凄迷，通向遥远的记忆。当初只为远离娘家，由这崎岖的路，匆匆嫁到此地，如今，断不能由此复归娘家。当女儿时睡过的床，早被爹娘劈了，烧了，化成灰烬，房间早已成弟弟的洞房。在娘家的痕迹难寻一星半点，此番归去，与外人无异。

吴大年思忖片刻，踏上了去县城的路，愈走愈快，渐行渐远，不多时已只剩模糊的影子。

"嫁给张子贵太仓促，一起生活才知道嫁得不好。早些年离开他，或许还会有崭新的生活（家庭），可能会遇到一个好男人，至少他知道怎么做丈夫。"吴大年眼望两只并飞的鸟，落上枣树丫，不觉恍惚。十八岁时，和村里的复员军人杨向兵好了。杨向兵给了她初吻。爹给了她耳光。娘给了她谩骂。那些茫然无措，含混不清的往事，吴大年想起来仍觉战栗与屈辱。

杨向兵生得一表人才。复员回来完了婚，却是没几日和睦。外人不知其内因，只晓得他的妻子脾性暴躁，文墨不通。结婚四年，生就一男一女，离婚闹得家里鸡飞狗跳。吴大年当年十八岁，身高一米六六，容貌清秀，有倔脾气，也有温柔情愫、慈悲心肠，不知不觉和杨向兵撞出了感情，躲在堤坡的柳树下接了吻。不巧，吴大年的婶婶看见了这一幕，觉得不合时宜，当即禀报吴大年的爹娘。吴大年当晚挨了爹一记耳光，娘迎合爹，对吴大年辱骂不绝，总结归纳就是吴大年太贱。

吴大年躲起来哭，遂相信村里人的话：爹素来不喜爱女孩，她出生后，爹将她抱到池塘边，要淹死她，亏得被人拦住，保住小命。吴大年排行第三，大年三十出生，下面有两个弟弟，娘天生缺少母性，对于子女，感情淡漠。吴大年初中辍学，成为一家之主要劳动力，播种、割禾、担稻谷，一百多斤的担子往她肩上一搁，爹从不心疼。爹见不得她闲着，似乎吴大年应是一头耕牛，必须时刻用鞭子抽打，她忙碌起来，才不算白吃粮食的牲口，爹才高兴。

吴大年背上这羞耻的事，脑海里不断涌出"勾搭""引诱""通奸"之类伤风败俗的行为，想起从小到大的遭遇，更觉悲伤。她压低哭声，翻出一盒火柴，一根一根地啃，啃了满满一盒，嚼出了某种香味。她期望速死，果然昏昏沉沉地"死"了过去。第二天清早，爹在菜园里喊干活，她才"活"过来，"活"过来，死的心也没了。

其实，吴大年轻生并非彻底绝望，仅是对现实反抗，宣泄苦闷，自虐。

吴大年只盼速嫁，当一盆泼出去的水，永不被这个家里收回。可惜杨向兵并不配合，夫妻关系时好时坏，合无宁日，散也难，一团乱麻理不清。吴大年心灰意懒，听媒人安排，相了一门亲，匆匆嫁给了张子贵。

吴大年忘不了出嫁的情景：几件勉强的嫁妆，家具无非是些旧东西，重新上了一层漆；两床锦缎，由她自己攒下的钱添置。弟弟上学，爹不愿送亲，只有娘和一个姐姐作陪，外加男方接亲抬嫁妆的，队伍零落不堪，一行人走在路上，倒像颠沛流离的难民。

话说张子贵一觉醒来，不见吴大年，方想起她睡在隔壁，过去一看，只见铺盖齐整，人去床空。张子贵屋前屋后吆喝几声，无人应答，倒把自己的娘叫烦了。

子贵娘向儿子诉苦："她这些天板着脸，像是借她种谷还了糟糠，也不知谁招她惹她了，这种脾性，不改得了。"张子贵说："这婆娘，是蛮不讲道理，长了一副牛脾气，爹拍了她后脑壳，她硬说是打了她，回来就和我吵，要爹给她赔不是。这下好，连人都不见了。"子贵娘对吴大年素有不满："她那脾性，娘家人都不喜欢，嫁过来又被你惯坏，惯得没大没小，那天要不是我拦住，只怕你爹少不了要挨她的拳头。"张子贵说："那还了得，翻天了。等我来说她。"

张子贵不急不慌用罢早饭，移步到前面的人家，聊了一阵鸡毛蒜皮，回来仍不见吴大年，方觉得吴大年离家出走了。张子贵还是不急，只当吴大年故技重演，懒得花费精力，等她去闹，过不了几天会自己回来，他只需备好嘲弄的话，在家里等她。

头一天，张子贵胸有成竹，从容相对；第二天勉强镇定，心已难安；第三天只觉备受煎熬。不出一周，张子贵彻底慌了手脚，提了瓶酒，去吴大年娘家打探消息，一无所获。吴大年的两个弟弟气势汹汹，尤其是身强体壮的吴中秋，威胁张子贵，吴大年若有个三长两短，张子贵休想好活。这一家人完全不是十几年前的瘦小软弱，张子贵心有畏惧，觉得自己势单力薄，寡不敌众，无论如何要尽快把吴大年寻回来。

张子贵一路走，一路想："这婆娘真的小题大做，脑壳挨长辈一巴掌，有那么大的仇恨，以至于连日子也不肯过了吗？她能去哪里，想必是早有安排。难道我在外面卖蚊帐，她在家里偷汉子，这一次正好借题发挥，与人私奔了？"张子贵这么一想，吓得停止了心跳，热血往脑门儿直涌，赶紧回到家，仔细搜查衣柜，果见吴大年清走了一些衣服，又在中间抽屉里寻见她留的字条，对先前的揣测确信不疑，当即直奔城里去了。

寻了三天，未获任何线索，张子贵打道回府，又拿了些现钱和衣物，继续进城寻找。遍寻餐馆、茶馆、宾馆，都是答无此人。找不到吴大年，张子贵不能回家，一个男人连老婆都搞丢了，被人耻笑不说，还得吃吴中秋的拳头挨他的刀。张子贵思忖，每日在街上遇到不下千人，就不信遇不到吴大年，于是改苦寻为碰。碰的心态微妙，既显示张子贵的灰心与不确定，又表明了他打持久战的决心。张子贵碰了一段，碰不着，就改守，比如守住某条商业街，一守就是四五天。可惜，此方法也不奏效。张子贵吃面条包子，露宿街头，手上仍是越来越紧，最后攥着仅有的一块钱，在一堆包子面前徘徊。

摊主问是不是买包子，张子贵摇头。摊主问第三遍时，张子贵说他想找活干，管吃管睡就行，不要工资。摊主是个肥硕的中年女人，满脸狐疑，说他这样四肢健全的人，月薪六七百块钱的工作不难找，何必白给人干活。张子贵说他不是出来做工，而是来寻老婆的。

摊主觉得有趣，问详细了，听明白了，免不了发表她的看法："媳妇是嫁过来的，做儿女的可以被爹娘打，那公公打媳妇，说不过去。你女人看重的是你的态度。你寻到她，先要认错，再好好劝说，回去让你爹赔个不是。你暂在我这里干活，包吃包住，另付你四百块每月。"

张子贵从不放弃为自己辩驳的权利，现在觉得摊主偏袒女人，照样要辩护一番。摊主一顿教训："你的女人，要的是你的态度。你不明白这个，寻到她也没有用，不如回家反省自己更好。"

且说吴大年无头苍蝇般冲到城里，在街头坐了许久，把周围看熟悉了，才站起来，在餐馆、茶馆或者宾馆前探头探脑，遇到工厂，也隔着铁门问保安是否招工。走了几十家，到处都摇头，直摇得吴大年两眼发晕，双腿乏力。她靠着树根歇口气，决定降低工资条件，只要有吃有住，三百块钱一个月都行。这招奏效，立刻有餐馆愿意试用，叫吴大年拿身份证来做个登记。吴大年想不到，也拿不出来，性急，与人辩理：

"我们乡下从来不用身份证。我人在这儿，怎么会假？"

"你是谁？有没有人担保？"

"我叫吴大年。保证是真的。"

"你总得有个身份证明。"

"家住兰溪乡金塘村第三组。"

"结婚证呢？"

"没带。"

"你们这些人，太没身份意识了。"

"我下次回家补办身份证。"

"那合同也没法签。"

"不签没事。"

"这样吧，工资二百，填个表，就开始工作。"

吴大年一听，松了口气，颇为吃力地填了表，卷起袖管就进了厨房，刷盘子洗碗拖地，不遗余力，尽乡下种田的蛮劲。没多久，老板见吴大年手脚麻利，吃苦耐劳，是那种以一抵二的角色，竟主动调高了吴大年的工资，另炒掉一个经常偷懒的员工。

说来也巧，吴大年在餐馆碰到了亲戚，那就是娘家小弟媳米红。吴大年高兴有了伴，觉得城市不再深不可测，连温度也有了，夜里与米红睡一床，说了很多知心话，把在张子贵家的陈年旧事，桩桩件件摆出来，说到伤心处，眼泪流淌，米红深抱同情与不平。米红常年在城里做工，多少了解城里人的感情与生活，离婚的事不稀奇，但吴大年要与张子贵分开，她仍是诧异。一是吴大年向来安分守己；二来张子贵不嫖不赌，无不良恶习。米红问吴大年，是否吓唬张子贵。吴大年说忍不下去了。米红劝她冷静，一个女人家，离了婚怎么过。

"我很冷静。就是死在外面，我也不想再忍。"吴大年觉得难过，无法表达心中积累的痛楚，不能准确地将压抑多年的苦水倒出来，举了几桩事情，别人听起来，似乎也微不足道，揪心的原因，仍牢牢地生根盘积在心底。"米红，我命差，当姑娘时，娘家像坟墓；嫁过来，婆家就像一口棺材，住在坟墓和棺材里，是死人，我是死了几十年了，现在才想到要活。"

"娘家人不抬起你，婆家人自然会小看你。你这样过了半辈子了，要怎么活呢？"米红遵循劝和不劝分的传统。

吴大年没回答。她仰面躺着，想起了屋顶的横梁、青灰的瓦片，想起了过去的一件事。

结婚第五年，家里盖新瓦楼房，吴大年一会儿上屋梁接砖，一会儿下地坪挑沙，哪里缺人到哪里，男人能干的活，她都扛下了。风吹日晒了好些天，房子还没盖好，她突然发烧，下腹疼痛。吴大年没在意，忍痛继续干活，很快就撑不住，跑到临时搭建的屋棚里躺下休息。

不一会儿，吴大年听到婆婆的声音："干活的呢？哪里凉快去了，也不看看是什么时候，火烧眉毛尖上了，还不想动，这样下去，几时完得了工？"吴大年知道婆婆说的是她，挣扎着爬起来，又立刻倒了下去，痛得蜷成一团，大汗不止。

这时，张子贵急匆匆进来，二话不说，一把拽起吴大年，才觉情况异样，松开手，不耐烦地皱紧眉头，来回踱了几步，说："这婆娘，生病都生得不是时候。这紧要关头，忙得要死，谁有闲工夫管你。"

吴大年脸色苍白，咬紧牙关，忍住呻吟。张子贵走了。过一会儿又来问："好点没有？那边等着用砂浆。"吴大年动不了，只是流泪。二十分钟后，张子贵请来村里的医生，给吴大年打了一瓶吊针，没见好转，这才把吴大年抬到医院，诊断是急性阑尾炎，肠子烂了，晚来一步命就丢了。

吴大年想着屋顶瓦片，说："娶我为老婆的，把我当老婆看待；收我为儿媳的，把我当儿媳对待，怎么活都行。张子贵只是他爹娘的儿子，几乎没当过丈夫，除了要我睡觉。也没有尽过当爹的责任。米红，不是我咒他，他爹娘一天不死，他一天也不能断奶。"

彼时，米红已熟睡，头枕一张三星手机宣传广告。

这一日，张子贵在包子店干活，忽觉眼前一亮，定睛细看，正是小舅子吴中秋的老婆——白胖圆脸的米红。他放下手里的活计，大跨几步，往街心一站，摊开双手拦住米红。米红吃了一惊，待看清张子贵尖瘦的脸，又吓了一跳，说："子贵哥，你也出来做事了？"张子贵把米红扯到一边："快带我找大年，太不像话，闹了几个月，还没闹够，害我跑来寻她，也没出去卖蚊帐，家里乱七八糟，地也荒了。"

米红不敢莽撞，看张子贵这番态度，只会惹吴大年大发脾气，就推说她不曾见过吴大年。因不想真骗张子贵，米红故意露出破绽。张子贵火急火燎，连带把米红责怪一通："你们以为在帮她，其实是在害她，一个女人，连家都不要了，要什么？你要帮她，就该劝她早点回去。"

张子贵憋了太多要说的话，怨个不停，嘴角积了两团白沫。米红断不清他们的家务事，心里惦着看手机是否掉了价，抽身要走，张子贵影子似的跟着她，米红只得把他带到餐馆来。

餐馆服务员华艳爱管闲事，老远见着了，跑到厨房对吴大年说："米红回来了，身后跟了一个男人，又白又瘦，会不会是你男人寻你来了？"吴大年咒了米红一句，嘱咐华艳去挡驾，自己扔下手中的活躲了起来。

张子贵见不到吴大年，怀疑有诈，又气又急，一屁股坐在餐馆门口，半天不起来。华艳请他不要坐在餐馆门口，影响生意。张子贵见不着吴大年，赖着不走，见华艳模样秀丽，气焰低了几分，被赶走没脸面，索性昂起头进了餐馆，找到米红，严肃地问道："大年是不是有人了，是个什么人，好了多久？"

米红说："子贵哥你净胡说八道，大年哪是那样的人，每天洗碗拖地不知有多辛苦，腰都直不起来，夜里睡觉直喊疼。你见着了只管好好安慰她，别给她添堵。认个错，让个步，她就安心跟你回去了。"

张子贵皱着眉头，疑窦重重："我认什么错？我人来了，她都不见，我真的不知道她要干什么，到底要闹到什么时候才满意，要离婚，也得当面谈，是什么原因要离吧？我又不是一个二百五。”

米红说：“你不要太心急，让大年单独过一阵，都冷静反省一下自己。现在她是餐馆的工作人员，我觉得你至少该尊重她的工作。你把她工作闹没了，她还能找到别的事做，只是更伤和气了。今天你先回去，等我劝劝她，好歹会给你音讯。”

张子贵无可奈何："米红，拜托你多劝她，我这心里面不好受。我怎么亏她了，她这样没完没了。”

张子贵走了。米红与华艳将张子贵的话一五一十学给了吴大年，吴大年忍不住骂道："榆木脑袋不开窍，死到临头还在数落别人的不是。”米红吓了一跳："什么死到临头？"吴大年说："他还以为我闹着玩。"华艳连连摆手："大年姐姐，别说死人这种不吉利的话。"吴大年说："小女孩也这么迷信。你要睁大眼睛，不要嫁错人家。"华艳不服："你和我妈犯同样的错误，女人嫁的是人，不是人家，等我赚够钱，自己当老板，经济独立，自己当家做主。"米红说："当了老板，就不用嫁人了？这里几百块钱一个月，哪年赚得够。你年轻漂亮，应该去夜总会，听说一个月能挣五六千。"华艳说："可以考虑。”

“只怕有比钱更重要的东西。”吴大年说。

华艳问为何物，吴大年避而不答，只说自己要另找工作，免得张子贵来，吵出人命。

果然，次日黄昏，张子贵又来了。华艳对张子贵印象原本极差，觉得他拎不清斤两，自私，狭隘，见面就是一顿训斥："见过烦人的，没见过你这么烦人的，大年和米红都辞工了，别问我她们去了哪里，我不知道，知道也不告诉你。大年姐姐也是个人，她当然有自己的想法，拜托你清醒点，死到临头还不知道急。”

张子贵只想着如何招架吴大年，不承想劈头盖脸的有这番遭遇，嘴巴一张一张，竟说不出半个字来。他不晓得哪里得罪了这位姑娘，凶神恶煞似的，和卖包子的摊主一样，都像吴大年的亲姐妹，张嘴就是道理，女人们到底怎么了？

"什么，什么死到临头？"张子贵脸红脖子粗，抓住这根线索。

华艳斜眼看过去："唬我？你当人人都是吴大年，随你吆喝吗？我看你可怜，给你解释什么是死到临头：一个人心死，人就死了。回家琢磨去吧。"华艳说罢就走了。

离开村里那池水，张子贵这条鱼呼吸困难，后如死鱼般停住不动，两眼翻白，望了餐馆里一眼，慢慢走开去，想到吴大年这般对他，太阳穴跳得厉害，发誓寻到她，架她回去，她休想再离家半步。

桥南桃花仑居市中心，街道下坡拐弯处，有个铁观音茶馆，门口吊了红灯笼，木头廊柱，雕花窗户红漆门，古琴洞箫琵琶埙，各种器乐交相弹奏，从不停歇。耳朵听来似是热闹，进得里面，方知生意清淡，除去零散的服务员，委实找不出几个茶客来。

米红初进门，清一色的蓝色小碎花对襟衫，晃得她眼花缭乱。服务员请她坐，她不敢，说她找人，找吴大年。服务员说稍等，我去转告吴部长。米红误以为吴大年改了名，待吴大年一身灰色西装出来，米红脖子就僵了，像一截木头栽在地里，待吴大年走近，眼神又直勾勾，两束电焊火光似的，射向吴大年胸前的工作牌，认出那几个汉字："部长：吴大年"，这才浑身一激灵，全身筋骨活泛起来，嘴舌却转不圆了，结结巴巴地说："哎呀，士别三日，那什么，大年，好啊你。"

应是穿了高跟鞋的缘故，吴大年走路的姿势与先前也有所不同。她把米红拉到里边坐下，服务员上了两杯绿茶。米红不喝，问多少钱一杯。吴大年说随便喝，只是普通的茶。米红渴，喝一大口，烫得不敢作声，打着手势问吴大年怎么当了部长，遇到什么贵人。吴大年说："有天茶馆发生了一件事，客人意见很大，老板觉得我处理及时，方法措施也很好，让我试当楼面部长。"米红问："老板是哪里人？多大岁数？结婚没有？"吴大年笑："你一天到晚想当老板娘，总有吃亏上当的时候，也不怕我告诉中秋休了你。"米红说："我是为你操心呢。前些天，你男人找到我，说他在冰厂搞搬运，手生冻疮又红又肿。后天是你生日，他想看看你，托我说个情。我看他怪可怜的，你就答应了吧。"吴大年略一思忖，说："他必须答应绝不干扰我工作，更不许拽我回家，如果来了又闹个没完，我死也不再和他抵面。"

吴大年生日，张子贵果然来了，上下拾掇得挺干净，提了一袋富士苹果，两包桂圆肉，走亲串戚般来到茶馆，也不进去，凑近木格子窗户往里瞧。见吴大年一身笔挺西装，和喝茶的男人有讲有笑，眼睛生动有神，张子贵心里一阴，几步跨进茶馆，很不客气地喊了一声"吴大年"。服务员惊讶地望向他。张子贵说："我是她男人。"吴大年走过来："小声点，又不是在家里，茶馆里有客人。"张子贵声音更大："我不是你男人吗？"吴大年压低嗓音："我在工作。如果要吵架，等我下班再吵行不行？"张子贵见吴大年低声下气，疑她心虚有鬼，越发理直气壮："我不是来吵架的。"将手中塑料袋朝茶桌上重重一搁："我是来喊你回家的。"吴大年强忍怒火："下班再说。你先走，别影响老板做生意。"张子贵屁股沉下来，稳稳落在凳子上。"我点菜，不是，点茶。"

服务员递上茶单，张子贵拣便宜的点了。抽烟，喝茶，看吴大年的屁股忽左忽右，十分从容。这从容原是表象，张子贵没撑多久，便显出烦躁不安之本质，情绪一触即发。吴大年晓得张子贵要闹事，悔不该一时心软，上了他的当，受了他的骗。古琴与洞箫交织的音乐铿锵有声，听起来好似卵石翻滚，山谷回音，瞬间归于静寂。正是这静寂的缝隙，张子贵大喊一声："你跟我回去。"吴大年走过来，回答："张子贵，你不要在这里发癫。"张子贵咬牙切齿："我就是发癫了，我不癫才怪！家里的女人跑了，全村人看我的笑话，丢死人，家里田没人搞，地也荒了，你不知道我挨家挨户找你吗？你还躲，躲起来自己玩得起劲，有意思吗？有想法就当面谈，不想过就算了，躲到何年何月？"吴大年原本急性子，憋到此时，已是忍无可忍，什么也顾不得了，一把抓起张子贵带来的东西，往街心一丢，大声说道："我跟你说过一百次没法过了，要离啊，就等你签字啊，我不要再受你的气，我看见你就讨厌！过生日也不让人安心，你去死，死了我更清静。"

桂圆肉散了一地。苹果骨碌碌地，满地打滚。张子贵眼看着一个滚到车轮底下，一个填了街道坑洼，还有一个滚了很久，一直滚到视线之外，耳边只听得吴大年的骂声："你去死，去死，去死……"声音一浪高过一浪，打得张子贵晕头转向，放软口气，说："回去吧，家里没个女人，心里不踏实。"吴大年喝道："你滚。"张子贵坚持不休，吴大年抓起茶杯朝自己脑袋上砸，头破血流杯子碎，方才告一段落。

米红先获得香肠厂招女工的消息，说与吴大年听了，又给了中介一百元费用，两人转弯抹角寻到香肠厂。工作是手工灌制香肠，紧缺女工，当即被录用，两人高兴不在话下。

吴大年被张子贵一闹，不得不辞去茶馆的好差事，心里烦躁，一刻也难容他，晓得不可再次心软，便与米红商量办法。吴大年告知米红，休要再充好人，领张子贵前来撒野，害得东奔西走，无安身之地；另外，她要正式提出离婚，问米红怎么办理，是去法院，还是公安局。米红到底见多识广，说城里人离婚找民政局，农村的可能要去乡政府办，我帮你打听一下。

灌香肠的工作不太享受。每天穿着雨靴，两手油腻，浑身脏污，屋子里的气味让人反胃。晚上睡在积水的房间，铁床架在水面上，脱了靴子上床，被子潮湿阴冷，躺进去人半天都止不住哆嗦。

作坊狭小、昏暗。米红仍劝吴大年："离了婚，你会遭罪的。"吴大年用力往肠衣里塞肉："遭什么罪不是遭，在家里只会憋死。米红，我想挣钱买个小房子，你不会觉得可笑吧？"米红摇摇头："太难了。"吴大年将封口扎紧："不，哪怕是二手房，我算过，有可能的。"

"大年，你真的要离婚？"米红如梦初醒般。"我想清楚了。我不是真要他爹给我道歉，只想他做一回丈夫，去跟他爹论个理。你倒看他那泼皮的样子，哪回不发癫。"吴大年额头上贴着纱布。米红说："他把钱都交给你了，我看你就算了吧。"吴大年咒了一句："我恨。恨自己的命。"米红说："有个孩子就好了。"吴大年摇摇头："不是这个问题。"米红悄声说，"子贵哥问我，你是不是在外面有了。"吴大年道："把我逼急了，我真的去找男人。"

这时，有人低声喊"老板来了"，大家不作声了，作坊内只听见工作的声响。

吴大年感觉老板在背后缓慢移动，在米红身边停了，弯腰检查米红刚做好的香肠。

"你，米红妹子吧？"

吴大年突然听见老板说话，条件反射似的一弹，扭头望去，这一望不打紧，惊得吴大年大气不敢出，小气出不来，心里波涛汹涌，浪打船翻。

"天哪！向兵叔叔！" 米红一声惊叫，满心欢喜。

次日，杨向兵差人传话，请吴大年与米红搬去二楼住。米红高兴，脸上开出向日葵。吴大年面上平静，内里七上八下，不晓得会发生什么事情，不愿搬，仍住水房，打算不久转工。

且说大年照自己脑门砸了一茶杯，张子贵见血就两腿发软，白脸涨红，怕她砸他，不敢再说一字半句，甚为狼狈地走了。回冰厂扛了几日水泥包，想到吴大年穿上西装，当了楼面部长，心里没一处踏实，暂且不敢去茶馆找她，戚戚然过了些日子，待发了工钱，买得一只纯金戒指，直奔茶馆而去，想到吴大年眉开眼笑的样子，禁不住骂道："死婆娘，这下满意了，乐呵了！"

偏生不巧，张子贵到得茶馆一问，吴大年走了，竟然舍了茶馆部长不干，又躲起来了。到哪里去了？服务员告诉张子贵，她回家了。张子贵不晓得服务员耍他，只道吴大年消了气，回心转意了，不觉心中暗喜。

张子贵马不停蹄，路上转了两趟车，行了五里路，回家天未黑，碰到村里的熟人问话："大年没一起回？两口子都做工，挣得不少吧？"张子贵心一沉，敷衍几句，埋头往家里赶。吴大年果然不在。张子贵摔门踢凳子，没个地儿发泄。子贵娘说道："她爱在外头野，让她野，看她野到什么时候。不吃点苦头，怎知道家里的好。你也不要去找了，省得我跟你爹在家，心里空落。"

晚上张子贵与爹娘谈起生产的事。子贵娘说："我跟你爹都老了，你爹又得了血吸虫病，干不了体力活，你的身体弱，也吃不消，家里的田承包给人，自己种点口粮地算了。"张子贵不依："现在粮食不断涨价，我家田地肥，包给别人，太亏，再说，种田人怎么能不要田。"子贵娘说："七亩多田，你哭都哭不出来。"张子贵理直气壮:"还有吴大年呀,谁家女人比她能干。"

"她,人呢?"张子贵娘鼻孔里挤出几个字。

张子贵感到自己扑空了,跌倒在地,很尴尬。

张子贵郁郁不乐,回到自己的房间,检查柜子,见吴大年又清走了一些衣服,包括她结婚穿的套裙,心里越发不舒坦。吴大年收拾打扮,给野男人看,张子贵恨得咬牙切齿,想起曾有个女人说,吴大年打牌的时候,跟男人态度暧昧,有个男人暗地追求她。张子贵当时审过吴大年,吴大年说:"没那事情,是你不经逗,才有人故意逗你。"张子贵后悔当时草率,未做深究。那个女人讲的完全可信,吴大年和人私奔,是早有苗头的了。

张子贵左思右想,无以为证,百无聊赖地打开抽屉,见里面平放一张信纸,捏起来一看,竟是一封离婚协议书。张子贵不明其意,仔细看罢,方晓得是吴大年和他谈判,她为甲方,他为乙方,最后甲方要求解除婚姻关系。张子贵颇觉污辱。又见吴大年想得周全,早在甲方空白处签了名,盖了猩红指印,气得两手发抖,满嘴唾沫星子无处喷溅,憋得额上青筋暴起。另一页纸上留了米红的手机号码,他若想清楚了,打电话通知她回来办相关手续。

单说这协议书。那一日,吴大年和米红眼见杨向兵是老板,一个百感交集,一个心花怒放。米红云开雾散,对香肠厂好感有加,吴大年则觉雾霭迷蒙,不晓得米红另有所图,自己暗下决心不做久留,避免与杨向兵重提旧事。米红已打听清楚离婚程序,这头一步,便是写离婚协议书。至于怎么开头,中间怎么写,怎么结尾,米红都学来了,末了还告诉吴大年,全是杨向兵所教。协议在杨向兵的间接指导及米红的协助之下完成,事情说明白了,文句也算通顺,吴大年天黑潜回家,放进抽屉,再连夜赶回城里。

眼下,这张子贵捏着协议书,不知如何是好。家里缺了女人,只觉得屋子里每一处都是虚的。他一夜未睡。鸡叫三遍时，坐起来，又读了一遍，仍是火起，骂了吴大年一通，翻箱倒柜，找到半截铅笔，在纸上写道："离婚，不止死一条命。"

米红搬到楼上后，和吴大年聊天少了，生活有了新内容。单说这晚上十点，米红接到张子贵的电话。米红总是关机，耽误他找吴大年，张子贵极为不满。米红说旧手机坏了，才换新的。张子贵要和吴大年谈。米红说："她没和我一块住。"张子贵紧张："她跟谁住？"米红说："你明天上午九点再打。"米红正躺在杨向兵的怀里，有更重要的事情要做，懒得与张子贵周旋。米红比吴大年小七八岁，早在米红初嫁，杨向兵就相中了米红的丰胸，苦于无从下手，不承想她会自投罗网。前不久，杨向兵送给米红一部三星手机，正是米红梦想的那款。米红扭扭捏捏，让出半边床，嘱咐他千万不可让吴大年知情，这正中杨向兵下怀。

张子贵见米红支支吾吾，话不爽快，料想有隐情，只道是吴大年在干丢人的事，恨不能把天捅个洞，将吴大年捉奸在床。他哪肯明日再打，热血上头，先将吴大年骂个够，再求米红告诉他地址："米红，难道你就这样忍心看着姐夫妻离子散？"米红冷笑道："这会儿说自己是姐夫了，我结婚，你连酒都不来喝。"张子贵不接茬儿，一味地求米红告知住址。这米红望一眼杨向兵，脑筋转几转，说："找到她，打死你也不许说我给你指的路，现在我告诉你大概位置，金发香肠厂，在桥北，靠江边这条线，厂很小，你要仔细花点时间找。"

张子贵急了："江边六七里路长，哪里找得到？"

米红说："你要尽快，说不定哪天她又走了。"

张子贵问："她是不是有人了？"

米红笑笑："我不知道。"

那一日，吴大年趁黑潜回家，在路上碰到自家的狗，见到她十分亲热，狗尾巴摆得高兴，打着响亮的喷嚏，嗓子里还发出尖细的声音，似是抗议这种阔别。狗东西两三日不见，亲热得夸张，从不拿她当外人。

张子贵不在家。房间长期无人住，有股霉味。老鼠爬过窗户的洞，很从容。吴大年顿觉酸楚，心生凄凉。她开了窗户，捡齐整床铺，把东西归类，最后才找出协议书，原以为张子贵会答应找他爹讲理，求她回来，未承想是那般恶狠狠的威胁。她屁股落在床边，环顾四周，眼泪就落了下来。先是无声地掉泪，继而慢慢抽泣，最后呜呜咽咽，无助地软在床头。她呜咽一阵，又转向抽泣，后复无声响，抹掉最后一滴泪，在被晦暗的灯光映得模糊不清的四壁中间站立半晌，仿佛完成一种仪式，扯扯衣裳，未待公鸡打鸣，坚决地走了。

据说杨向兵出了一趟差，拿了一批订单，这次大批地招聘新人，工资条件开得也比较优越，准备大干一场，扭亏增盈。吴大年出嫁后，对杨向兵之事所知无几，只晓得后来他还是离了婚，出了村，做过小买卖，混了多年，至今不曾再娶。事隔多年，吴大年仍是爱怨交织，只是身为人妇，不去细想当时。

不巧，这一日晚饭后，吴大年回宿舍，被杨向兵堵在胡同里。吴大年无处可躲，站着不动，拿眼数墙砖。杨向兵邀吴大年去喝茶，比村干部斯文有礼。吴大年更是拘谨，只说她不渴。杨向兵说十几年不见，随便聊一阵。吴大年推辞不脱，同意在附近江边走走。江边人行道上，梧桐成行，走过一棵又一棵，冷风一吹，吴大年慢慢地清醒了，自然了，话也多了起来。吴大年最终发现，她和杨向兵都是有理想的人，只是他的理想大，要造福村里人，办厂挣了钱，将来给村里修路，在村里办更大的厂，让村里老少都有工作，家家都富裕起来；她的理想，则是一定要张子贵服软，找公公道歉。

吴大年想起自己的婚姻，几欲开口倾诉，终觉难堪。这一次，话刚咽下去，杨向兵就问及她的家庭。吴大年回答过得去。杨向兵说你很辛苦，我都晓得。吴大年又是一阵难堪，晓得是米红多了嘴，心里咒了米红，便沉默下来。她感到自己累了，软弱了，稍不克制，就可能倒向杨向兵。漫长的岁月迫使她低下头，她现在已人老珠黄，而杨向兵年富力强，自己空洞单薄，不堪一比。即便杨向兵说她"成熟了，比当年更有韵味"，吴大年也只是将头埋得更低。

往事毕竟稀薄。吴大年感慨几遍，回到现实时，对杨向兵已有新的情感，如在荒漠独行时，遇到清水与绿洲，心头仍是快慰。不承想杨向兵则另有所图，为十几年前道歉，欲与她同床共眠。吴大年颇为失望，忍了脾气往回走，杨向兵心不死，一路尾随，说他一直想她。

再说昨晚，张子贵得米红指路，连夜到江边寻了一通，未有结果。今日夜里，江风呼呼直灌，江水迷蒙，张子贵沿江接着寻找。脸被江风吹得刺痛，觉得城里比乡下要冷得多。不免想到往年这个时候，坐在火炉边，运气好，抽一支"白沙"烟（"长沙"烟也不赖），喝杯热茶，心里心外都是暖的，或者打点耍牌，日子神仙一样，只怪这婆娘生事，害得他也有家难归。

张子贵一路想，一路找，脖子长了，眼花了，一路也不曾闻到香肠厂的气味，只有一个乞丐，戴顶烂毡帽，一身破棉絮，缩在垃圾桶边。这时节已寻得差不多，张子贵已经不冷了，嘴里喷着热气，不急不缓地逼近剩余的每一处。不多时，张子贵看到一块灰色木匾，不够板凳宽，不及扁担长，上面几个拳头大的黑字：金发香肠厂。大喜过望，四下里一环顾，也不进厂，倒退了几步，躲到梧桐树后，贼似的探出半只脑袋，盯紧香肠厂的小门。

张子贵手背的冻疮奇痒难忍，便借树皮的粗糙磨痒，磨得龇牙咧嘴，嘬嗞吸气。巧也不巧，正是这时节，吴大年忍了脾气走在前头，杨向兵紧跟在后，仍在表白他的感情，不惜赌咒发誓。张子贵见此情形，血脉偾张，恨手中无一物可使，双手乱扳，竟从废栏杆上扯起一根锈铁棍，飞奔过去，照准杨向兵脑袋一番乱棍猛打。

张子贵不曾使用过凶器，不晓得铁棍的厉害，见血星四溅，男人扑倒在地，手脚抽搐，方知要出人命，也顾不得吴大年，拔腿便逃。

杨向兵失血过多，到医院就死了。

单说张子贵棍打杨向兵时，吴大年看得仔细，不喊也不叫。铁棍与脑袋的撞击之声，清脆悦耳，吴大年恍惚回到茶馆，身穿灰色西装，脚踩古琴节奏，为客人倾壶，茶叶开花缓慢沉落，水霎时就绿了。念及那喝茶之人，年纪四十好几，面相慈厚，多次拿眼光向她示好，举止从未轻浮，反有父爱之仁慈，自张子贵到茶馆一闹，不复见此人，心头甚为惆怅。及见杨向兵倒地抽搐，张子贵仓皇逃遁，吴大年并不急于呼救，倒想及张子贵的威胁：要离婚，不止死一条命。吴大年晓得，张子贵做得出来。眼看地上奄奄一息的人命，吴大年突然发现希望：倘若杨向兵一死，他张子贵的命，就看她怎么处置了。于是又拖延片刻，方才喊人救命。

警察录取口供，吴大年讲述事发过程，言灯光太暗，未看清行凶者模样，不晓得从哪里冲出来，猛击杨向兵脑袋，她不曾见过这种场面，吓得喊不出，叫不响，完全傻了。警察又问其他情况，做了记录，见她惊魂未定，安慰她几句，说杨向兵欠债很多，少不了有人蓄意报复。

杨向兵死，米红头一个受惊。自从与杨向兵做了野鸳鸯，米红虽图了小利，获了安逸，终归是遮遮掩掩，少不了每日里提心吊胆。如今闻得杨向兵被人棒打致死，几近魂飞魄散，只道自己脱不了干系，多方猜测，竟怀疑是自己的男人吴中秋所为，或是他闻了风声，进城来干了这桩厉害事。

米红心里七上八下，往家里赶。一是给杨向兵家里报信收尸，二是打探吴中秋的虚实。途中想及杨向兵死了，工钱无处讨要，真个是爹死娘嫁人，竹篮打水一场空，好不懊悔。然而，天灾人祸，孰能预料，非自己能左右的事情，自然不当自己后悔，只是遗憾杨向兵开出的空头支票，尚有多张未曾兑现，如今活人成死鬼，承诺泡了汤，既不能追至阴曹地府随了他，只有作罢。不若多想吴中秋，这般及那般，皆须应对有方。

愈近村口，情愈怯。米红远远望见自家门口一桌牌，及至看清吴中秋的脸，心便落下来，稳稳停当一处。吴中秋见米红回来，倒有几分突然，赶紧下了场，陪米红进屋说话。听米红说杨向兵被打死，工钱无处讨，吴中秋不胜惋惜（不晓得惋惜人命还是工钱），转身迫不及待地将杨向兵被打死的消息告诉门外的人，供大伙消遣了好一阵。

夜里，米红与吴中秋商量，一起进城做点小生意，虽说小本小利，但踏实稳妥。吴中秋舍不得牌桌边的好日子，推说爹身体不好，最近咳得厉害，他理当在家尽孝。米红听罢讽刺道："我自嫁过来，你爹哪天不是这样咳？你还说得出'尽孝'两个字，不怕人笑掉大牙。你爹若拿对你十分之一的好对待大年就好了，她何至于受婆家欺负。"吴中秋说："我看大年脾气硬，婆家也不敢怎么欺负。"米红："大年要离婚，张子贵不肯，扬言要弄出人命来。"吴中秋说："何至于离婚，大年外面不会有相好吧？"米红心惊肉跳，幸好夜里黑，脸红也看不见，便将吴大年怎么躲，张子贵怎么寻的事情一五一十地讲了。吴中秋噢了几声，听见他爹在隔壁连续咳嗽，吐痰的声音清晰可闻。

米红在家住了三日，吴中秋同意进城做麻辣烫生意，但得米红先租好房，看好地盘，待一切就绪，他方才过来当老板。

米红先回厂捡拾衣物。到厂门口一看，只见门上有锁，且打了封条，门的右上方贴着一张告示，白纸黑字写着杨向兵是诈骗惯犯，在全国各地骗取订货单，以高薪酬劳聘请劳工灌制香肠，拖欠工钱，最后一走了之，躲到另一个角落故技重演，周而复始，如今是捉了死人归案，特此告知。

吴大年春风满面，额前刘海别到一边，竟有两弯柳叶眉，令人颇觉惊艳。眼睛虽说不大，此际蕴蓄极其丰盈的情感，倘若变成水珠子溢出来，断不是泪。她正在回家的路上，内心快乐如鸟，叽叽喳喳，晓得此番回去，定有好戏可看，早已忍不住欢喜，不曾有半分愁苦。下汽车后，她买了一颗槟榔，嚼得忘情，到村口唾在路边，主动和人打起招呼来，遇特别相熟之人，还要小伫片刻，大声说笑，均不在话下。

张子贵正躺着抽烟，见吴大年进门，嗖地弹起来，仿佛是吴大年一脚踏中了机关。吴大年佯装平淡，心里晓得，张子贵是被鼠夹子夹住的老鼠，命被她攥着，果然不再威风了。张子贵迟疑片刻，清了嗓子，扬声道："大年，你回来啦！"突兀之声将吴大年吓了一跳，她晓得他是喊给他爹娘听的。果然，没几分钟，子贵爹娘一起来了，因为争先恐后，两人几乎是挤进门来的。子贵娘显出阔别的热情，抓住吴大年的手，脸上肌肉没哪处不因笑而牵动。子贵娘从未笑得这般狠，连牙龈都不顾一切地展露出来，贴心话一句接一句。子贵爹被晾在后头，横竖插不上嘴，加之说话本不利索，早有猴急之态。待子贵娘放下大年的手，子贵爹瞅准空子，说道："孩子啊，回……回来就好，爹不……不该打你，爹向你赔礼……道……道歉，要是还不解气，就打爹一……一巴掌。"

吴大年应接不暇，未曾料到好戏开场如此之快，竟有些不知身在何处，一时不能完全从先前的小心谨慎中走出来，不知如何应对，索性扭身走开。子贵爹只道吴大年不原谅自己，急得不行，跟在后头"啪啪"打了自己两下。吴大年听得一清二楚，着实吃了一惊。原先只晓得子贵娘嘴皮薄，能说会道爱做戏，不料想平时节老实巴交的子贵爹，演起戏来也是毫不含糊。她见张子贵在一旁犯错待批的蔫状，晓得他想什么，便说道："爹怎么还记得这事，我跟子贵说过，不怪爹。是不是，子贵？"张子贵早就矮了一截，待要伸直腰，见吴大年笑面虎的模样，又缩将回去。子贵娘忙打圆场，念及大年在外面油水差，吩咐张子贵去砍几斤猪肉回来。说话间，已从腰间掏出钱来递与张子贵，说从今往后，一家人和和气气过日子，一面又嘱咐吴大年好好歇息，待饭香菜熟时，再起来吃饭。

仿佛贵客临门，几个人分头忙活去了，吴大年留在房间里，想起往日光景，两相对比，心里快活自不待言说，在这家人面前，到底生出几分神气来。打量四周，发现窗玻璃要换，被套用了十几年，该添新的；梳妆台油漆斑驳，拉环掉了，抽屉打开合不上，合上打不开；衣柜门咯吱作响。对于张子贵一家鞍前马后，唯唯诺诺，吴大年心知肚明，演不花钱的戏，点个头哈个腰，不伤筋不动骨，经济实权牢牢在握，并不曾真正损失。吴大年要的，远非这表面的功夫，张子贵的命，亦不至于这般廉价。她在外头多少长了点见识，晓得坐稳这家中的第一把交椅，才算得扬眉吐气。

吃饭时，子贵娘给吴大年殷勤夹肉，又拣好听的话说与她。吴大年嫌子贵娘说话太过油腻，言不由衷，更觉反感，一低头，看见桌子底下啃骨头的狗，便叫它一声，狗随便摆了几下尾巴，甚是敷衍，吴大年便骂道："狗东西，变得真快。"

夜里，张子贵把新买的金戒指拿出来，给吴大年戴上，说了些甜蜜话语。

"公安局的人说，杀人要抵命，绝不能让犯罪分子逍遥法外。要我想起什么来，及时通知他们。"吴大年把这句话挂嘴边，倘有人不顺她意，就将这话摘下来，摆弄几下。听者害怕，吴大年得逞，从家具更换，到床褥新添，全遂了她的意。吴大年将自己赚的钱，一分不留地存了，张子贵出去卖蚊帐，所挣之钱，一文不少地交与她，仅此不够，吴大年晓得子贵娘手中有些积蓄，想方设法要挖掘出来，让她尝尝伸手讨钱的滋味。

回家这些日子，吴大年养懒了，也养得眉目清秀起来，口味越来越刁，尽想吃不在季节的蔬菜。这一日，外面日头朗朗，只因吴大年想吃小白菜，子贵爹肩挑大粪，子贵娘抱着一包菜籽双双去了菜地播种。

张子贵提心吊胆过了一阵，尊娘所教，待吴大年如救命恩人，纵使心里几分不情愿，到底怕坐牢，怕偿命，不得不压了先前的性子。眼见事情淡了，想到她终归是自己的老婆，便生了闲心，要把她从恩人的神座上搬下来，做自己的女人。吴大年有意推而不就，只问张子贵这些年交了多少现钱与他娘，何事花钱，花了多少，她心中有数。

"从前比不得现在，我不想当你的什么恩人，家里挣钱靠你，这里里外外的事，理当我来操心，你娘到该享清福的时节了。将来过世，我这做媳妇的，少不了给她买上等的棺材。"

张子贵说道："这样的话你千万别对娘讲，娘活得好好的，恐怕被你气出个三长两短来。钱都建了房子，也不晓得还剩多少，回头我问问娘，把折子给你保管。"

吴大年嗯了一声，接着说道："我这些年身体吃了亏，现在感觉不行了，天气一变就周身疼，别说挑不起百斤担子，就是空箩筐也吃力了。你不想我死得早，就下田干活，支持我调养身体，省得外人以为我好吃懒做。另外，这么些年，我爹那边，我没尽过孝心，今年是他七十大寿，可能会花费大一些，你不要埋怨。"

"你一直恨你爹，怎么想起尽孝来了？"张子贵不晓得吴大年中了哪门子邪，说的想的都变得古怪稀奇。吴大年只笑不答，眼里有股冷意，令张子贵脊梁骨冷飕飕的，仿佛面对的只是一个阴魂。

且说说吴大年的爹，这个唤作吴有德的老头，日子从没宽裕过，手上略有积蓄，就被儿子们"借"了，一年到头小病不愈，舍不得吃药，儿子们习以为常。嫁了的女儿，也不常回，回来也不亲近，权当走个形式。吴有德多少有些落寞。倒是吴大年最近回得勤了，不仅带来川贝枇杷之类的止咳药，还有吴有德嗜好的烧酒，烟也是好烟，走时还留点钱，嘱咐他多吃肉。都晓得吴大年如今在婆家当家做主，只料想不到，她会将诸般好处带回娘家，孝顺曾经想溺死她的爹。

有一回，吴大年扯了块布料给她爹送过来，又帮娘烧了几个菜。吴中秋随米红去城里卖麻辣烫，只有两个孩子留在家里，外加大弟弟吴国庆一家四口，一共九个人吃饭。大呼小叫，热闹景况自不待说，正值其乐融融之际，吴大年笑着说道："爹，他们说我刚生下来的时候，你把我抱到水塘边要溺死我，我不信这些胡说八道，爹怎么是那种狠心肠的人。爹，你多吃肉，这肉炖得很烂了。止咳润肺药一日三次，要记得吃。夜里少打一点牌，多喝我带的普洱茶，你年纪大了，自己要多注意身体。"

吴大年不紧不慢讲完，起身给自己添饭。孩子们闹得一团糟，米红的小儿子摔倒了，打碎了碗，吓得大哭。大人们一窝蜂处理孩子的事情。吴大年瞟了她爹一眼，见他投箸停杯，面有愧色，晓得溺她之事不假，人言虎毒不食子，孰料人不如畜生仁慈，心头难过。

村人眼见吴大年孝顺，每每说起，均啧啧称叹。古语说，棍棒底下出孝子，全然不虚。久之，教训子女时，无不以大年为楷模，对吴有德羡慕有加，少不了当面奉承，吴有德心中有事，愈加闷闷不乐。

吴有德七十大寿，甚是热闹。单说吴大年买的鞭炮，就放响了一个下午，张子贵心疼，恨吴大年烧钱不手软，无计可施，少不得张嘴同乐。

晚宴主食是面。每桌摆有七八个菜，皮蛋、辣椒萝卜、花生米、小炒猪肝、剁辣椒等，多为下酒所用。大家喝得高兴，吃得痛快。席间有人说道，吴老倌，养女好啊，到老来享的是女儿的福。众人附和。吴有德正夹一粒花生米，手一抖，花生米砸在碗碟边上。吴大年给大家添酒，说道："当然是养儿子好，女儿总是别人家的，谁家愿意生个姑娘，白养十几年？"

吴有德闷头喝下一杯，显了醉意，红了眼圈，混浊的眼睛里，几乎要掉下什么东西来。无人见过吴有德哭，也无人相信吴有德会流眼泪。灯光晦暗，人声嘈杂，这一瞬间完全被忽略了。又过一阵，吴有德喝醉了，吐了一地，被扶回房间。这才有人低声说道，吴老倌好像不大快乐，是对大年愧疚呢。吴有德坐在昏暗的灯光中，脸上老泪比灯光明亮。他坐一阵，站片刻，腮部肌肉颤动。外面划拳喝酒的叫声依旧热闹。他感到那些热闹的叫喊声十分刺耳，他从来没想到自己会享女儿的福。这福烫着他的良心，烫着他八分醉意的头脑，烫着他纵横交错的脸皮。他强烈渴望再来点酒。他看见窗台上的农药瓶，他拿在手里，抱在怀里，然后拧开了瓶盖。

饭后茶余，到了放烟花祝寿的时候，吴有德还未起床走动，大年娘唤他来点烟花，进房间便闻到房间有股农药味，便觉不妙，喊他不应，叫他不醒，一摸，早已气绝。喜事变丧事，连夜扎灵堂，做道场，哭声一片。吴大年只是泪落如豆，并不曾哭出声来。

米红向吴大年诉苦，说生意做不下去了，悔不该叫吴中秋进城，现如今，瞒着她与妖精勾搭成奸，华艳是个婊子，她早就看出不是好东西。

此时，吴大年已掌经济大权，成为一家之主，调遣那欺软怕硬的公婆，使唤张子贵，均不在话下，早练得果断、条理分明，摸透了人心。听米红讲罢，吴大年问她是否原谅中秋。米红纳闷，说原谅如何，不原谅又如何。吴大年说道，不原谅就离婚；原谅就扯平了，谁也别戳穿，继续过日子。米红心里咯噔一下，佯装不解。

吴大年不急不缓，说："你和杨向兵，我早知道。中秋那边，我来跟他谈，你的事，我也不提。都回家算了，养猪、种菜，照样挣钱。另外，你在家要对我母亲照顾周到。"

吴大年一番话，令米红脸红心跳，既尴尬又狼狈，没想到吴大年竟然处处心机。她权衡左右，依了吴大年所讲，保全声誉和家庭，私底下却怨她使用挟制手段，却又无可奈何。

吴大年将张家上下钳制，并不胡作非为，当家做主，倒也有条不紊，久之，竟使公婆真心归顺，张子贵心服口服，吴大年也松了钳，家庭呈现美满和谐之态。为弥补无子之憾，吴大年几番进城，烧香拜佛，请菩萨送子，不出几月，果然腆起了肚子，张家上下欢天喜地。

只是有多事者传言，吴大年是找菩萨借的种。

2006 年 10 月 10 日广州穗园西街

5.

后遗症

不知道几点了。原来可以做时间坐标的东西，都消失了。只听见资江河里传来邮轮的鸣笛声，像一头发脾气的老黄牛。

一

那天早晨，我刚睁开眼睛，就被几个人弄走了。闻不出是哪条道上混的人。他们用硬家伙顶住我的后背，麻利地将我塞进了面包车，把我眼睛蒙了，警告我老实点。路上没人说话，只有打火机点烟的声音。三四十分钟以后，我被牵进了这个暗间。

我能猜到一点来头。前不久，趁着雾气不散，动植物们都发蔫的时候，我与伙计们"做"了一件大"生意"。他们用战利品回家孝敬爹妈，我只有到老妈的坟上烧纸钱。不知道老爹埋在什么地方，曾经问过田甲，她说老爹的骨灰撒进了资江河，流到海里去了。

田甲的话信不得。我没见过海，把海想成茫茫的黑夜，在海里安身，算不错的归宿。

像我这种不良少年，在社会上混了些年头，经历比同龄人复杂，不必同情，要歧视也随你的便。派出所的人，有事没事便拎我过去问东问西，我对那儿的环境比自己的身体还熟悉。与他们合作的次数多了，配合起来，很顺他们的意。不过，他们见到我也烦，我对他们那一套也没什么期待了。听听这些无聊的话：叫什么名字，住哪个片区，多大岁数，有什么前科，等等，都是些明知故问的东西。除了年龄数字的变化外，我的回答都是一样，包括语气，正确得令他们频频点头。在这些问题上，吃了不诚实的亏，那才叫蠢货，想混得溜一点，只有保佑遇上比你更蠢的人。

坦白说，没有比问话更令人犯困的了。条件反射，我一进派出所就哈欠连天。当然，不排除环境单调的缘故。就那么点空间，还塞了四条腿的静物，两条腿的动物，搜搜刮刮算一下，就是一张桌子、三把椅子、他们和我，外加吊在桌子中间的灯泡一个，黑垢旧茶杯两只——那是他们用的。如果说漏了什么的话，那就是地上的烟头、满屋子游荡的烟雾。他们的眼珠子像夜里觅食的老鼠，除退缩敏捷以外，还不知疲倦。

第一次和他们打交道，我会绞手指、挠痒、抠鼻孔……后来戒了，老实得像一截木桩。配合一些温顺、无辜与少年的天真，甚至表现出敬畏与信赖。这样一来，我便有在灰墙上找乐子的余地，玩玩自己的影子了。不过，一旦被发现，他们就把灯泡弄得天旋地转。他们的动作是善意的，我偶尔会对撒谎感到不好意思。我们不是敌人，只是游戏伙伴。

眼下这间暗室，比派出所更单调。局面差不多。有一把椅子，看上去该我坐，我坐了上去。房间里除了墙壁，没什么看头。地上没有烟头。也没人喝水。有时连喝水的嘴都会消失半天，把我晾在屋子里。屋子里的灯，要么不亮，亮起来就白花花的，就像夜里的汽车迎面开过来。我差点没扛住。是年龄帮了我。他们可能意识到，几个大男人欺负一个少年，本身就欠体面，如果还用点什么手段，就更丢脸了。

他们留下两个人对付我。一个长条，一个短促，像被随手捏出来的模型。他们自己倒不觉得，慎重地移动各自的身体，像对待小心轻放的易碎品那样，安放在适当的位置。他们不慌不忙，像掌握了不少证据。这种场面我见多了，小时候跟父亲读孙子兵法，知道以不变应万变的道理，便装迷糊，不合作，也不抵抗。

我好像在哪儿见过他们。胖的那个看起来蛮舒服的，他有一具营养不错、听从自己操纵的身体，肤色很白，脸上安了一只慈祥的大鼻子，鼻孔大得像欢迎参观的博物馆，鼻毛一点也不乱，可能是里面通风效果好，也没有擅自跑到鼻孔外面来。

与大鼻子相比，瘦的那个身体像被砍掉了一半，暗黑的脸上，有一种巨大的责任感，也像是在强烈思念那被砍掉的另一半身体。我很快发现他的习惯，他隔一阵便两肘夹腰耸一下，很流畅。他把我弄神经质了，每次当他耸完，我就要等待他下一次的动作，根本无法集中精神。

我私下叫他竹笋。他瘦得像竹子，又那么喜欢耸。益阳话里面"笋"和"耸"的发音相同。值得一提的是，大鼻子和竹笋，似乎是受过专门的组合训练，配合起来出奇的默契与谐调，一静一动，一唱一和，活像双剑合璧的武林高手。

大鼻子埋头看材料。竹笋那张责任感很强的脸，顽强地正对着我。我只有研究"博物馆"的屋顶。它谈不上好看，造型很普通，表面比较干净，没有痣，也不像我长那么多粉刺，只是略微偏红。

大鼻子像大象吸足水那样仰起头来，熄了灯的"博物馆"里两团漆黑。他用怀疑的口吻，对我一系列的真实情况提出了疑问，不知道他们从哪里弄到我的材料。

大鼻子侧脸瞟我，说："田由是你的真名？"我说是我的合法老爹取的。

大鼻子一听，好像要笑起来。竹笋掉转笔头敲敲桌面，警告我放严肃一点。大鼻子继续盘问我的年龄，他认为我应该有十八九岁。我说我真的是十六岁，没爹没妈的孩子，容易显老，这很正常，可惜不能把我老妈从棺材里揪起来做证。

竹笋受到启发似的，忽然问我："你母亲叫什么名字？"

我故意露出那种死了老妈的难过相，心里想，真没意思，老妈叫什么名字，跟你们的事情有什么关系。

大鼻子摊开脸，笑得很厚道："你要老老实实回答，他这个人，很有责任感的。"他故意把"责任感"三个字说得特别用力，像给印刷字体加黑。

我靠向椅背，打了一个哈欠，说："这个我看出来了，不就是要老妈的名字吗，又不是贞操。"

我把老妈的名字说出来，迅速打量两人的表情反应，也想到竹笋该耸了。竹笋好像听到指挥似的，果然两肘夹腰来了那么一下。

我松了一口气，心里舒服起来，突然觉得有很多话想说。我说："多年前，我老妈被我老爹毒死了，老爹被拉去枪毙了，我还有个姐姐，她叫田甲，是县精神病医院的护士，长得好看呢。"

竹笋一直用严厉的眼光看着我，好像紧牵着一头什么牲口，听到这里，他似乎感受到我的诚实，心肠软了，便松了缰绳，放牲口到江边饮水、撒尿、蹶两蹄子。

不知道竹笋有什么毛病，手心直淌汗，一不留神就弄湿了笔记本，所以，他除了偶尔耸那么一下之外，还要频繁地用毛巾擦手，比任何人都要忙碌。这跟他脸上的责任感倒是一致。与我的从容相比，他更像受审的犯人，说实在的，我有点同情他了。

二

这场面有了点意思。在竹笋把手擦干净之前，我插一段话，给你讲讲益阳县城。不用问，我爷爷那辈人就已经在这里了，再往上数几代，也不一定能攀上什么皇亲贵戚。这个地方，没什么好玩的，也没什么看头。乡下的池塘不少，多半种了莲藕，夏天荷花热闹，菱角好吃又扎人。村里的茅屋很多，青砖瓦屋也不少，鸡飞狗跳的很太平，没有政治风波的袭击。我知道说"政治风波"，是因为我老爹的关系。其实我也不了解那段历史，老爹从不和我谈这些——老爹死时，我还小得很。这个慢慢再说吧。至于益阳县城的特点，我一想，便想到松花皮蛋之类的土特产去了——的确有那么点意思——皮蛋壳剥了，竟能看见一朵一朵的松花——这是我小时候感到最奇特的事情。

大鼻子顶着"博物馆"上厕所去了。你别去猜他撒尿时用不用手去扶，他烟囱一样的两个鼻孔，肯定是成倍地卷进了秽气。我说远了，我想趁这机会告诉你们的是，我打八岁起，就改说一口流利的普通话，从此不留半点益阳口音。听过益阳话的人应该知道，益阳话听起来，像开动手扶拖拉机，不用卷舌头，"地址"说成"地此"，"湖南"就是"吴兰"。那时学校老师上课都用益阳话，连朗读课文不例外。我从一年级开始悄悄学习普通话，经常看黑白电视机里的新闻联播，暗自操练舌头，我天生会模仿。我跟所有人都讲普通话，老爹老妈羞愧得不敢抬脸走路。那时候我不说"×你妈妈"之类的口头禅，比小姑娘还要干净斯文。应该说，老爹还是遗传了一些优秀品质给我。人家以为我的普通话是老爹教的，这里我正好澄清一下，我老爹跟随毛主席，喜欢毛主席的语言、毛主席的腔调。

我对父母的事情，远不如田甲了解得多。田甲比我大十岁，像我老妈那辈的人。

　　我这么一说，想起了一些乱七八糟的事情。例如，我老爹、老妈、田甲，还有我，唯一共同干过的一件事，就是一起吃饭，我们家总像是在谈判，老妈和田甲一方，老爹和我一方。不扯远了，大鼻子和竹笋已经各就各位，竹笋耸了那么一下，坐定了，马上要用严厉的眼光拴紧我了。

　　顺便说一下，大鼻子质疑我，就是因为我说普通话，他认为我不是益阳人，他还忍不住夸我普通话讲得好。我不是外地人，也不知道外地的样子，连长沙都没去过。

　　"请问……你们去过韶山毛主席的家乡吗？"我想跟他们聊点什么。大鼻子忘了拉裤子拉链，红内裤挺扎眼的。我考虑要不要提醒他。但一会儿就打消了这个念头，因为这个露出红色内裤的特殊窗口，可以供我不时消遣一下。

　　显然，我的问题把他们难住了。大鼻子沉浸在短暂的回忆中。竹笋眼珠子转了几圈，在原来的位置停下来，脸上的责任感里有一些羞涩，迅速催生出一个新鲜的品种来，就像杂交出来的水果，说不上名称。

　　"我见过……毛主席。"大鼻子好像大病了一场，声音和身体很不谐调。我知道，他正在我这样的少年面前挣面子。我故意表现巨大的惊讶，完全不在意夸张表情使我看起来狰狞，像要一口咬掉他的大鼻子。

　　大鼻子见我上钩，慈祥地笑了。"'文化大革命'时期，懂吗？比你成为一粒精子的时间早多了，小鳖。"他叫我小鳖，仿佛还摸着我的脑袋，手指像一群笨猪崽。

　　"文化大革命，我知道呀。听说去哪儿都不用花钱买票，比现在好玩。"我对"文化大革命"一点也不了解，只知道死了很多人。这本来是我老爹的职责，他到死也没有提过半点"文革"的事。

这时，一直沉默的竹笋，脸上杂交出来的新品种弹出了叶子，开出了花，结出了沉甸甸的果实，他把这果实挂到我眼前："老实说，你父母怎么死的？"

三

× 你妈妈，让一个孤儿来讲父母的死，缺德，这跟你们的事情有关系吗？我在心里骂。其实我蛮高兴的，他们扯得越远，越不能获得什么有意思的东西。可能他们也有点疲软，失去在我身上寻找信息的耐心，想就此消磨时间也不一定。我看见竹笋摆好了记录的姿势，手指尖又钝又圆，比手指本身大了很多，就像五个长着大龟头的小弟弟。说句公道话，我不得不承认，竹笋是完全称得上可爱的人。我保证搜肠刮肚，翻出对老爹老妈的记忆，满足竹笋那群长着大龟头的小弟弟。

你也听听吧，我正跟你讲的故事，少不了这些内容。记不太清楚了，大约是十岁的时候，我还在学校呢，突然接到老妈死了的消息，老爹在老妈碗里下了毒，他被抓。在精神病院当护士的田甲，对我用三句话概括了这件天大的事情，还说她告发了老爹。老爹不久就被判枪毙了。

枪毙犯人那天，人们兴奋得像是过节，到处议论纷纷。我朴实的老爹，在"文革"中当过革委会主任，春风得意了好几年。但是，"文革"结束后（也许没结束）老爹就装病退职了，离开了学校，进山里砍楠竹，编做桌子椅子，或者小动物。我记事起，老爹就是一个民间手工艺人了。他的脾气很倔，除了沉默，就是暴力，弄得家里阴气沉沉。我后来听到老爹当革委会主任时的事情，比如老爹毁掉了别人的前途，结了不少冤家……还有人说老爹趁机夺人妻子——我不相信这个，这是对老爹的污蔑。也有那有名有姓的事，说老爹把一个姓张的画家整惨了，原因是画家在乞丐的下巴画了一颗痣，老爹认为他侮辱毛主席。

刑场在资江河边的荒地里。我不知道，田甲怀着什么心情去看老爹吃枪子儿。她那天脸色平常，两眼冷漠，临走前，把老妈遗像中的笑容擦得透亮。老妈十八岁生下姐姐，她们像姐妹一样，姐姐似乎对老妈的爱情了如指掌。她们对我隐瞒的秘密远不止这些。我想问点什么，田甲便对我露出敌意。作为家中各自孤立的人，我唯有与喜怒无常的老爹努力结成同盟。

执行枪毙那天，很多学校都空了，我的学校也不例外。为了占到最好的观看位置，很多同学带了干粮，大清早就出发，往资江河边的刑场赶。那一天到处都是人，蚂蚁窝一样。有的人根本不知道刑场的具体位置，跟着别人瞎转。老妈死了，老爹被抓之后，我不去学校，也没人管了。没多久，我就混上了城里的不良少年，抽起烟来。我那天也去了刑场，纯粹是不想让同学看不起。他们基本上都看过枪毙犯人，没看过的低人一等，错过了更会遗憾终生。他们说，当枪子儿冲进身体里时，能闻到肉香，像八月十五的粉蒸排骨。我熟悉这种味道，粉蒸肉是老妈的拿手菜。每年中秋，老妈在选肉上十分用心，每次都要跟屠户磨嘴皮。我对死了解不多，甚至不相信老爹会死，我相信他会灵活地就地一滚，躲过子弹，在晚饭时跨进家门。

那天淡雾弥漫，空气潮湿，资江河水平静无波。荒地的茂盛野草被踩成了泥浆。我立在重重叠叠的背影之后，感到老爹像星星那般渺茫。看不清十米外的景况，雾仿佛铺到了世界的尽头。我晃荡了很久，始终在人墙之外。似乎每个方向都朝向老爹。枪响时，我的身体一震，仿佛击中的是我。我没想到真正的枪声那么沉闷，沉闷到愧对于我的想象。天空绽开一朵蘑菇云，像一头野兽。毛茸茸的胃被蘑菇的纤维纠缠。我想呕吐。连续响了四枪。不及我那把打鸟的弹弓枪声音清脆。有一小会儿的寂静,接着人群骚动起来,发酵似的膨胀。我被挤到边缘,挤到老爹牵我走过的街道。街上一个人都没有。汗水或雾水,从我的发梢往下滴,落到街面,砸起软韧的声音,听起来是黏稠的,透明的。

老爹中枪的情形,我是听田甲描述的。她对执刑者说,她是犯人的亲属,她受到特别待遇,被安排在一个无可挑剔的角度观看,就像在角度很好的软座包厢舒服地看音乐剧。她说你老爹被蒙了眼睛,身穿灰色囚衣,因为双腿发软无法站立,几乎是吊绑在一根柱子上,身体抖个不停。我听得入迷,没有在意她用"你老爹"的说法。她用得意的眼神舔了一下我的表情,接着说道,枪响时,你老爹好像被人捅了一拳,身体一弹,血立刻流出来,衣服上就暗了一大块。她说的和电影镜头表现得完全相同,我确信无疑。老爹隔了多久绝气,田甲不肯说,我脑海里却留下枪口的青烟,像是由某个人的嘴里吐出来的。我后来对田甲说,老爹本来可以不死的。田甲却回答道,死了了了。她说了很多个"了"字,就像山谷的回音那样,我以为我的耳朵坏了。

四

你看到了吧,竹笋低头睡着了。要知道,我老老实实地讲老爹老妈的死,并不是为了听竹笋打呼噜。我希望引发他们的回忆,最好是大谈"文革"的事。根据他们脸上的皱纹与那股经受过什么的眼神,我猜测"文革"时期,他们应该有不平常的经历,或者别的什么不愿提起的事,如果能听他们说上一阵子,我愿意掏出身上那包上等雪茄给他们抽。大鼻子在屋子里走动,脚步轻得听不见,他是怕惊醒竹笋吧?有大鼻子的这份体贴,我觉得竹笋一觉醒来,应该会变成胖子,胖得像大鼻子这样,靠一双玲珑秀气的小脚,温顺乖巧地支撑那一身肥肉。

　　我停止说话。大鼻子仍在走动。他一定在想他自己的事情。我也疲乏了，口渴得要命，打算闭上眼眯一会儿。我不觉得我睡着了，似乎是刚闭上眼，就受到肉包子香味的强烈刺激，打了一个很响的喷嚏。竹笋被我的喷嚏惊醒，满脸茫然。小桌上摊开几个白塑料袋，分别装着花生米、腌萝卜和凉拌松花皮蛋。大鼻子正满口包子，对着啤酒瓶费劲地嚼咽。竹笋迷迷糊糊拿起了筷子。他吃东西时还是一脸责任感。我不知道现在几点了。房间里拉掉灯就一片漆黑。如果允许我夹一筷子，我很想把青皮黄心的皮蛋，连同红色剁辣椒一起扒进嘴里。他们嚼腌萝卜的脆响，让我感到自己的牙齿闲得发慌。食物填进他们的肚子里，我越来越饿。我想起小时候，老爹每个月发了工资，都要做一回小笋炒肉。眼前的食物，与老爹的小笋炒肉一样遥远。我很久没吃东西了，我感到已经在这里待了好几年。

　　算了，让他们吃饱撑死，我还是给你说我的故事。我老妈就那么死了，丧事是田甲一手操办的。当时，老妈的灵堂占了半条街道。那几天的雾气很重，看不见天。我好几次觉得老妈的影子在雾里晃动，像鸟一样寂静。做法事的通宵达旦，把死人的消息传得更远，他们还装腔作势地唱哀痛的调子，哭得死去活来。田甲在老妈的丧事上，倾注了巨大的热情与悲伤，她好像生来是为老妈操办丧事的，在这件事上表现的成熟，远远大于她当时的年龄。那个吹唢呐挣钱谋生的，在换气转调之余，对田甲发出赞美，甚至希望能在老妈的丧事期间，凭吹唢呐的技术勾引田甲，于是几乎吹炸了腮帮子。

　　老妈一死，我便忘了老妈的样子。老妈的遗像我看着挺陌生。我甚至不太知道，怎么悲伤。花圈上的花朵开得很艳。不知道哪里的土壤，能养出这么肥的花朵来。老妈突然拥有这么多花，不知道她喜不喜欢。黑的白的红的绿的，司空见惯的稀罕少有的，密密匝匝，都围着她开了。有一朵脸盆那么大的白花，开得很愤怒，在灵堂的中间，像一朵白色的蘑菇云，花瓣白得堆满了雪，仿佛掐一下，便会满手粉嫩的奶水。所以，我脑海里突然显现我的婴儿时期，想起了老妈的乳房。在老妈的怀中，老妈的乳房就是一朵花，洁白的、永不凋谢的花。现在这朵肥硕的白花面前，我的大脑像婴儿一样清澈单纯，像雾一样混里混沌。老妈的丧事期间，我唯一做的事情，便是数那些花。老妈下葬时，那些花都点燃了，是我的哭声将它们化为灰烬，风将那种吮不到奶水的婴儿的绝望哭泣带到丛林，插上枯萎的枝头，来年弹出新叶，开出鲜花。

我连续做了一个月的噩梦。有时梦见老妈死于堕胎，像一条母狗那样，垂死的时候，那弥留的眼神却充满柔软的力量。我梦见老爹吃人，梦见田甲对老爹开枪，枪口冒出红色的烟雾。老爹中弹倒地，脑袋在地面砸出圆坑。大雾瞬间吞噬了他。等找到老爹时，他的脸已被野狗或者什么东西啃得血肉模糊。

每次梦里醒来，我都想与田甲打架，想揪住她的头发，将她固定在某个北风口，将她风干。只是人们常说，田甲与我将相依为命，她是世界上唯一与我有点瓜葛的人了。

老妈死后，夜里厨房总有异样的动静，像是老妈在下厨做饭。半夜里水龙头突然哗哗地淌水。灯自己亮了。窗户弹开了，冷风灌进来。我胆战心惊，田甲则从容不迫，合上窗，闭了水龙头，瞟我紧抠鞋底的脚指头，脸上散漫潮湿的雾气，覆盖了她的黑眼睛。

我每天夜里睡不着。我感到老妈无所不在，她在角落望着我笑，朝我打手势。在黑暗中操持家中的一切。家里出奇地干净、整洁、静寂。家里就是老妈的灵堂。即便是在学校，女老师的衣裳，也静寂得令我心中发冷。死亡的气息无处不在。某一天,我完全不去学校了,也不回家,而是去了另一个县城当童工,后来什么也不干了,只想无恶不作,却总是心慈手软。老爹被毙那天的浓雾,使我从此两眼眯缝。

我老爹不希望被人了解,甚至对于我——他唯一的儿子,也是这个态度。老爹偶尔有快乐的时候。某次我在全县朗诵获奖,戴了大红花,老爹笑得腼腆。老爹希望我考大学当新闻主播。我生日那天,老爹以罕见的温和给我买了新衣,我坐在老爹的自行车前,招摇过市。以后,老爹总是一边刮竹篾,一边听我朗诵。刮竹篾的声音很细脆,老爹很慈祥。刀片下的刨屑像花骨朵。我一度以为幸福生活就是这样子的。不过,我老妈的反应不冷不热,她对于梳出圆润的发髻兴趣更大。田甲的目光是阴冷的,她故意弄出很大的声响,干扰我与老爹的和谐相处。我嫉妒田甲与老妈的亲近,她给老妈梳头,那双富有计谋的手,因犹疑显得更从容,突起的骨骼使她的手指修长而世故。她身穿老妈的蓝花对襟短袖小袄,领边袖口,到处空空荡荡。

有时候,老妈在昏暗的镜子前,往腋下涂抹明矾遮掩狐臭,下垂的奶子不失水分。我以为明矾是冰糖,偷吃了一回,舌尖上留下一股怪味。老妈将这个特定的姿势遗传给了田甲。田甲也依赖明矾,在昏暗的镜子前往腋下涂明矾时充满骄傲,乜斜我,眼睛里伸出鞭子。田甲一直仇视我,有一回她在洗澡,我只是经过浴室门口,里面便飞出半截红砖,砸中了我的大腿。

老妈说她的益阳话。老妈对我近而不亲,像母鸡对待小鸡一样简单,保证我饿了有饭吃,困了有床睡。老妈的心在田甲身上。她们经常说悄悄话,如果我或老爹出现,立刻打住,像沉默的昆虫,头角碰触,再各自爬开。房间的过道狭窄,田甲不和老爹说话,只是侧身让道。墙缝间的蜈蚣爬得很快,步划齐整的脚步十分壮观。蜘蛛吊在半空中荡秋千。我不知道房子有多少年的历史，墙砖像老爹的牙齿，有层黑垢。窗户的玻璃裂了，老妈在冬天蒙上塑料。生锈的图钉，在老妈的眼里生锈。春天照旧开花。田甲的虎牙越长越尖利。智齿顶穿了她的牙龈。她拔掉它，血淋淋的扔到瓦顶上。

我们的房间都很简单，那些陈设使我们看上去从不睡觉。我们像四个幽灵，影子在墙上穿梭。老妈热衷于储存南瓜、冬瓜，她将它们塞到床底下，像一个个人头。在深秋前绝不想起它们，直到蔬菜断季的时候，逐个摸出来卖了。留下一两个自己吃。有时一刀下去，会切出一窝没长毛的幼鼠。田甲收养它们，玩弄它们，通过透明的肉体，查找内脏的位置，将它们一个个玩死。

田甲是个怪胎。有一天，我在街边用弹弓打鸟，准确地说，是教小孩用弹弓（我已经懂得羞涩，主动放弃了这项娱乐）。麻雀停在电线上。天色越来越青，就像浸在水里的灰布。灰布中，冒出一蓝一白两个影子，蓝的在前，白的在后，脚底无声，像轻功超绝的武林高手，一路狂奔。蓝影子那双污浊的赤脚从我眼前飞快地划过。他头发凌乱，嘴里嗷嗷怪叫，把麻雀惊跑了，还吓愣了孩子。白影子呢，紧追不舍，快要追上蓝影子，便主动慢下来，与蓝影子保持距离。白影子帽子歪了，白衣服很脏，光着左脚，右手提着一只高跟鞋，气喘吁吁。这时，前面的蓝影子突然掉头，直逼白影子。白影子以更快的速度掉头就逃。于是，白影子在前面，蓝影子在后面，朝来的方向狂奔，突然消失了。

田甲像一个陪练的运动员，和她的病人在街上狂奔。我乐于看到这种景象。她以这种方式跟紧病人，并将他引回医院，有时要追赶、奔跑一下午，直到医院更多的人赶来协助。我曾经见过病人追上田甲，先是张嘴咬她，接着一阵癫狂暴打，然后坐在马路边发呆，接下来，田甲鼻青脸肿地抄起一条木方抽打病人，打得手臂发软，病人纹丝不动。

五

我被人推了一下，身体一弹，跌倒在地。× 你妈妈。最恨睡觉时被人弄醒，我差点骂了出来。大鼻子在我身边徘徊，竹笋坐在原地，满脸责任感。桌上根本没有什么腌萝卜、松花皮蛋，大约是他们吃完，并清理干净了吧，连一小片也没给我留下。

"小鳖，做梦了？想姑娘了？"大鼻子捏根牙签在嘴里捣鼓。我感到他身上的匪气有点藏不住了。我害怕流氓恶棍，我情愿落到警察手里。

你不知道我生长的这个城市，没什么消遣，打打杀杀是家常便饭，当然人头落地的机会不常碰到。街道到处是坑。汽车像瘸子那样一瘸一拐。车牌永远糊着泥浆，辨不清号码，和老房子一样，模糊不清。街上的灰尘很大，下雨全成了黑泥浆，一脚踩上去，便发出和姑娘亲嘴的声音。

大鼻子催我讲田甲的事，他说精神病院的护士，一定被精神病人强奸过。竹笋庄严地点头附和，好像他就是那个事实。我只想早点结束越来越无聊的谈话。我口干舌燥，如果不是为了跟你把故事讲完，我绝不会跟大鼻子他们啰唆下去。我已经厌倦了他的"博物馆"，竹笋的大龟头手指也没意思了。我想看到别的景色，比如马路边的树、驴粪、交配的狗。待在屋子里，像上了链条的狗。

一起听吧。田甲哪年结的婚，我忘了，嫁的男人叫丑臣，我见过一两面。我没有参加田甲的婚礼，或许是因为年纪小，不记得。田甲与丑臣的关系，跟虚构的一样，一没见他们出双入对，二没见田甲提丑臣这个人，嘴里也蹦不出半点丑臣的事。

田甲敏感得像只兔子，竖着两只小耳朵，听到细小的声音，身体都会一震，一缩一弹的身体，像在跳一种奇特的舞，用田甲的医学术语来说得难听点，是抽搐，或者是痉挛。

田甲医院的病人，病情有轻有重，据说不少是在"文革"时期发的病，有的人自杀了，有的人在这里疯疯癫癫地打发日子。有人靠政府的钱治疗，有人是子女混得富贵了，钱没地方花。还有病人和我老爹有点瓜葛。我老爹早死了。这你知道。

从外表看，这个医院有点像闹鬼的房子。招牌是红色的，字都缺胳膊少腿。外墙爬满了青藤，窗户裂开很多缝，透明塑料胶布贴了好几层，风还是能进到屋子里。从窗口经过的白衣护士，就像一道闪电。病人有时会在窗前站一整个下午。医院里夜半三更传出的号叫更是可怕。

说到这儿，我看见大鼻子在与竹笋低声交谈，竹笋点了三次头，头点得缓慢，拖泥带水，最后，还侧过头瞟了我一眼。我不知道他们在做什么决定，应该不是把我砍了剁了做成肉包子吧。我一身骨头，没油没膘的，吃起来肯定不合胃口。我这么想时，有点害怕了，如果我死了，就失踪了，人间蒸发了。田甲是不会报案的。我有什么理由保守她被强奸的秘密。当然，我没有亲眼看见，只能转述我听来的。

据说吧，田甲到精神病院工作不久，19号床那个时好时坏的病人缠上了她。这个人清醒时，对人很温和，还会追求护士，疯癫了见人就打。有一天，田甲值夜班，病房情况正常，她伏在桌上打瞌睡。突然，19号病人冲进来，抱住了她。田甲挣脱，边跑边喊救命。喊也没用呀，一起值班的另一名护士吓得往外跑。田甲被逼到女厕所，就没路走了。当其他人赶来的时候，19号病人已经把她强奸了。医院命令，所有人对这件事严格保密，违反纪律的一律开除。医院特别照顾田甲，安排了护士陪她，安慰她，还让她休了假，到北京长城、故宫等地玩了一圈。其实，田甲并不像他们担心的那样伤心，她拿着医院的差旅费玩得十分尽情。后来，只要谈起强奸，她就两眼放光。

现在，大鼻子和竹笋的眼睛也放光了，目光聚焦到我的身上，好像听到了世界上最奇特的事情。哥们儿，有点好玩了不是？别怀疑，绝对不是瞎编，田甲那种女人，在精神病院待久了，已经搞不清楚什么叫正常了，拿根针管见到人就想扎，扎上瘾了。被强奸，她挺兴奋的呢，神气活现了，她这只闷罐，终于发出了硬币乱撞的声音，快活着呢。

我给田甲的事添油加醋，期待大鼻子和竹笋提些问题，我再搬点情色的东西满足他们。不过，他们没有就此发表意见，收回目光，又埋头低声交谈起来。这让我感到没有意思。他们将我关起来的目的，难道就是要我这样毫无目的地一直说下去？他们太不了解我了，我就是从十六岁一直说到六十岁，也不可能透露一点有关案子的信息。真的没意思，我想耷下脑袋睡一会儿，竹笋用笔头敲击桌子："接着讲，想起什么讲什么。"

我勉强提起精神，×你妈妈，真想一觉睡到共产主义社会。我接着讲，田甲的事，我知道得并不多，要命的是，我说的话越来越真实（除了警惕案子），我发现这是一条发泄渠道，我干吗不全部说出来？田甲那个女人，她在医院那座神秘的城堡里和病人一起生活，睡在狭小的办公室里，很难说她不和病人乱搞。以前，我以为医生干的是屠夫的活，把人拆散、组装、拼接、剔除腐烂的部分、修补损坏的器官。田甲进医院当护士后，我甚至还问过她，她呢，只是轻蔑地翻了我一眼。我总在她的白大褂上找血迹。田甲的手指白得像死人的。吃饭的时候，我会偷看她的指甲缝，看有什么肉末或血污。我后来才知道，田甲的病人的肉体都健康得很，也不是那种哪里发烂，哪里肿胀，只是脑子有病，那种精神上的病，一发作，就像被看不见的手摆弄的傀儡那样。

田甲从家里一搬走，我们那个家便彻底空了。空了的家，像被砍了一刀的伤口，我很少去管它，我知道它自己会长疤。那谁谁谁说，天底下没有不散的筵席，只是我老爹老妈散得早了一点。散得早不是他们的错，"文化大革命"时，散了多少呀！自己沉到湖里的，扯根绳子吊死的，劳动累死的，病死的……剩下的在田甲的医院里，趁清醒时和护士调情，跟散了没什么区别。

　　去年，或者是前年、大前年的冬天，我第一次到田甲住的地方。去她那里干什么，我不记得了，是老妈的生日或者祭日吧——要不，我找她干什么？老爹老妈死时，我都没有依赖她。夜夜发噩梦，学也不去上了，跑到桃花江边当童工时，也没见田甲去找我，求我回学校念书。她自己快活，嫁人啦。她还恨我，她凭什么恨我，我不就是老爹的儿子吗？学校本来就没什么意思，头天离开它第二天就忘了，和人们说的不良少年一起，抽烟、骂娘、江湖侠义，自由得很。

　　说一件我刚混社会时的事情。我遇到一个不要脸的老板娘，吃人不吐骨头，我讨厌她肥头大耳的样子。她榨取工人的血汗钱，用很上流的眼光看工人，我特别想有一天放她的血，抽她的脂肪，风干她水汪汪的心思和那身粉皮嫩肉。

　　那年冬天特别冷，脚指头都起了冻疮。老板娘将压箱的棉袄、毛衣拿出来，发给我们这群童工保暖，把我感动得惭愧了，正打算替老板娘干好活时，保暖服被按每件每月二十元的价格收取租金，直接从工资里扣除了。真是哑巴吃了黄连。我突然想起老爹老妈，差点哭了鼻子。我这只洞庭湖的麻雀，天生不怕风浪，知道哭没有用，受了委屈就得跳起来，我一跳便跳上了老板娘的办公台。我告诉老板娘，如果她收扣租金，我就揭发她是日本人的野种——老板娘是被日本人强奸后留下的种，我清楚得很。老板娘不知道我从哪里得来的消息，她不敢辩驳，又怕我交上当地流氓混混捣了场子，老老实实退回租金，还破例让食堂加了一餐肉。后来老板娘常与我套磁，有一回问起我老爹，我说他死了。她不死心似的，又问我的老妈，我答她死了。老板娘的脸上漂浮油花似的同情，只消一张纸巾，便吸收得一干二净。接下来，她对我的感情，还是像我的伙食一样，清汤寡水。这没什么，我早就知道，她是个伪善的资本家。

六

还是说田甲嫁的那个男人吧。丑臣真的很丑，脸上到处是坑，比益阳的街道还不平整，不过，每一个坑，都洗得干干净净，衬衣领子也很白，看人说话不温不火、不紧不慢，吐词很清楚，很有文化的样子。他蛮有绅士风度，实话说，丑臣这样的男人，益阳小城不多。我活了十几年，只见过这么一个人，把益阳话讲得那么文雅得体。红薯藤上结出西瓜来，他是天才呀，和我一样。不是我自夸，我至今没见过舌头卷得像我这么好的。

男的找对象，都喜欢田甲这样的职业，还有什么教师啊、国家公务员啊，这也许是老妈叫田甲当护士的原因吧。田甲不时灵魂出窍，她身穿白大褂，头戴方角护士帽，神气活现，那些病情好转出院又复发的人，重新入院时见到田甲时，鼻涕眼泪全来了。田甲给他们穿衣、讲故事哄他们，遇癫狂不止的，田甲会给他一针，让他一觉睡到日上三竿。田甲既能忍又粗暴，发起怒来，心里就像埋了一个炸药包。

去田甲家时，要从桥南到桥北，过益阳大桥，中途经过裴公亭。不知道裴公亭有多少年的历史了，反正我生下来它就存在，但我至今没上去看过。这像我和田甲的关系。童年的某一天，经过裴公亭时，老妈曾对我许愿，来年六一儿童节带我上亭子，只是第二年，我和老妈都忘了此事。后来，田甲的病人从亭子顶上跳楼自杀，亭子的门便锁上了，没两年又开了锁，一切照旧。亭子经历了岁月风雨，多少年都不修葺，外壳蒙灰，门窗油漆剥落，越来越像躲藏鬼魂的地方。

雾一天到晚都不散，总是刚天亮的样子。资江河上面滚着烟波，挖沙的船隐隐约约停在江心。看不清江边的灰暗建筑。航运灯塔的红色亮光染红了雾。好像能闻到血腥。这是我从田甲家的窗口看到的。我和田甲没什么好说，只有一支一支地抽烟。她呢，像老妈那样盘起头发，发髻上横插着老妈的浸绿色玉簪，在一边若有所思。我搞不懂女人们的事情。烟盒空了以后，我挑拣了几个能抽的烟屁股，点燃再抽几口。

就这么着，我感到自己坐在那里，慢慢地长成了一个男人。一个亲人都没有的滋味，没什么意思。我的确想和田甲谈谈，老爹老妈死了，活着的，看在死人的分上，真诚一点吧。

田甲突然说起了死去的老爹。我愣了一下，生怕她嘴里吐出令我吃惊的东西来。她讲的是老爹被枪毙的情景，与以前的说法完全不同。她似乎很痛快，很过瘾，眉梢抖动，按捺不住地喜悦。她说："你父亲站得笔直，根本不需要在他后背捆上木板，他是个不会腿软的杀人犯，对我母亲辱骂不绝，他还说，再给他一次机会，他还是要毒死母亲，母亲非死不可。"田甲好像在撕咬什么东西，两排四环素牙齿，显出前所未有的刚硬。她说："你的父亲心太狠，我的母亲一辈子都在熬。"

你听糊涂了吧？我不认为"你的父亲"与"我的母亲"有什么特别的意思，我们家从来都是两派。我对田甲说，那是他们两公婆之间的事情。田甲有一张苍白的脸，结婚时也没有红润过，这时却红了。她粗暴地瞪了我一眼，我以为她想动手打人。她只是抖着手服了几颗什么药。等脸色恢复苍白，接着说："你的父亲，不是我的父亲。"

田甲说出这种气话，我一点也不吃惊。她干吗要说这种话，我也没兴趣追问。我一向不相信她的话。我看到窗外的雾，突然浓了很多，雾气肯定涌进来了，能闻到很酸的潮湿气味，好像江中漂着一些陈年腐尸。跟田甲谈点什么的兴致，消失了，接下来，比我现在坐在这个屋子里更难受。我四周扫视，看看田甲是怎么生活。屋子里光线阴暗，好像天马上就要黑下来。灰墙上挂着老妈的遗照。老妈笑得明亮，牙齿洁白，瞳仁里聚着亮光，好像随时会朝我眨眼睛。田甲继承了老妈的好，不说话时，有一股冷漠的忧伤，我还是有点想亲近她，她是我唯一的亲人了。

她穿着老妈的旧棉袄，蓝底白花，两只手笼在袖子里，好像当她抽出双手来时，手里会握着什么利器。我记得，当老妈穿着这身棉袄时，我是爱老妈的。我在这件棉袄的袖口上抹过鼻涕，用它的襟摆擦过嘴巴，从它的衣兜里掏出过糖果。当某一次老爹将老妈打得遍体鳞伤，老妈一个月没回家，我很想念老妈。

我的脚指头冷得疼，在屋里走了几圈。想起有一年冬天，河里结了很厚的冰，我砸了一块，用嘴巴对着冰块吹个眼，用绳子穿了提在手里。老妈压照片的玻璃早裂了，我知道她一直想换一块好的，便用手上的冰块把老妈骗了。现在想起来，我有点难过，老妈活着时，我什么也没为她做过，还有老爹，他死得多么寂寞啊。我又问田甲，老爹埋在哪里，该去给他烧点纸钱。田甲仍说他火化了，骨灰撒到江里喂了鱼。她像北风扑向树叶那样，冷笑着说："你的父亲，毁了我的母亲，毁了我母亲的生活。"

田甲又一次强调"你的父亲"，我终于感到某种混乱。

因为冷吧，田甲的牙齿磕碰，发出细碎又清脆的声音，在地窖一样寒冷的屋子里飘荡。我呢，满脑子混乱，继续在屋子里转，像一个打算择机行窃的惯犯，扫视了田甲屋里的家具摆饰。我看见了老妈朱漆剥落的梳妆台，铜质拉环锈迹斑斑，老妈穿过的平底绣花鞋，整整齐齐地摆在夹层上。我几乎怀疑老妈没有死，她还在这里生活。我没办法再待下去了，将雪茄烟头在田甲的灰墙上碾灭，抛在地上，一头钻进浓雾之中。从田甲家出来我就病了一场。其间我去了老妈的坟头，我问了老妈许多问题，在杂草枯黄的坟堆上睡了一觉，醒来时突然想起一件事，田甲的家里没有丑臣的痕迹，也许她并没有结婚，也许他们早就离婚了。

七

在大鼻子和竹笋的挟持下，我去外面撒了一泡尿，周围看不到什么，雾里头有股荒凉。×你妈妈，第一次被人押着撒尿，好别扭，我花了蛮长时间才断断续续尿干净了。我压根儿没打算逃跑，我不喜欢过躲躲闪闪的日子。我有办法，让他们彻底死心，相信像我这样的不良少年，胡乱的小混混，干不了什么大事，没必要在我身上浪费时间。

不知道在房子里待了多久，走到外面，才发现空气真的好，打个战，脑子一冷，疲劳就消失了。人生太多出乎意料的东西，现在，我站在这个莫名其妙的地方撒尿，就是一个意外。如果要让这种意外变得更有意思一点，那就得顺着这条道，慢慢往前探索。你也这么想吧。你不如跟我一起想象，被雾遮掩的不远处，应该是一大片树林，灌木丛，毛毛虫吊在叶子上荡秋千，被黑嘴乌鸦一口啄了；黄鼠狼收起猎枪给鸡作揖；大黑蜘蛛连夜赶织捕杀的网；蛇在地上装死……还有更多动物互相设置的陷阱，我都知道。

大鼻子和竹笋聊了几句，他们对我越来越漫不经心。他们不放我走，似乎是在等更上一级的命令。在他们推我进屋前，我敞开肚皮，想满吸一口新鲜空气，却闻到一股松花皮蛋的臭味，是大鼻子在草丛里拉了屎，他这次拉上了裤子拉链。

我感到他们对我的兴趣接近尾声了。他们锁好门，出去了几十分钟，重新坐在我面前，低声交谈，不搭理我。我想方设法，努力排掉吸进肚子里的秽气，没有说话的闲工夫。我真想去外面吐干净，但胃是空的。我仇恨大鼻子，情愿憋尿，也不想再闻到那恶心的气味。

"那么，她说'你的父亲'和'我的母亲'，到底是怎么回事？"竹笋站起来耸了一下，给我布置了这个作业题目。大鼻子以监考老师的眼光看我，好像是警告我不许作弊。我问道："你们是什么人，为什么对我们一家感兴趣？我老爹老妈死的时候，我还小，为什么不找田甲，她知道得的比我多。"本来坐稳了的竹笋一听，站起来指着我说："拣你知道的讲，别啰唆！"

还是顺着前面的讲吧，反正他们只是希望听到我嘴里发出声音。那天，我把烟头碾在田甲的墙上走了。外面灰茫茫的，谁也看不见谁，声音也被雾包裹起来，好像上了天。我不时踩中香蕉皮、槟榔渣、塑料袋之类的生活垃圾，才想到要当心，人间道路的陷阱到处都是。我闻到潮湿的腐烂味道，很单调。有人把剩饭直接倒在街上。冷不丁一盆水从窗口泼出来，像渔网那样一撒。我低头看紧脚下的路，往前走，成功地避过三个危险的障碍，包括一个失去井盖的黑洞。

不知道几点了。原来可以做时间坐标的东西，都消失了。只听见资江河里传来邮轮的鸣笛声，像一头发脾气的老黄牛。这时，闻到锈铁、汽油，以及油漆的味道，我一脚踏进了一扇大门。屋里有雾。头差点碰到吊在空中的汽车。它全身斑驳，像中了枪弹。这使我想到老爹。风抖动薄铁皮，尘土旋飞。我撞到某个金属物品，头昏眼花，猛然发现，已经站在一个房间里。吓人的是，田甲和一个男人坐在昏暗中，像两块废铁，四只眼球的眼白突出。

简直是梦游，我不知道，田甲怎么会在这个地方。我的屁股挨到竹椅，冷得跳起来。那是一把楠竹椅，跟老爹编的一样。我忽然怀念老爹，有点伤心。田甲身边的男人大笑两声，拉亮电灯。那只十五瓦灯泡，吊在屋中间，灯泡上蒙着尘雾。屋子里没亮多少，只是多了那么点情谊，也不怎么冷了。

我喝了一杯茶，昏昏欲睡，靠在椅背上打起了轻鼾。不知道睡了多久。醒来时，田甲坐的椅子已经空了，我甚至记不清，田甲是否曾经坐在那里。那个男人看着我，尖突的喉结上下滑动，大约是咽了一口痰。他的脑袋很大，细长的脖子好像支撑不住了，他将椅背翻到前面，叉开腿，像骑木马那样跨上去，把下巴搁在椅背上，眼睛看着前方。前方是我。他发呆的时候，和田甲有点像。我问他叫什么名字。他说"19号"。我以为是由于口音问题，他说不清"石九好"或者"师秋浩"，重新问了一遍，他还是那么回答，喉结像树上的松鼠一样蹿得飞快，同时收拢叉开的双腿，夹紧椅子靠背，羞涩地保护他的小弟弟。然后，他似乎困了，缓慢地垂下眼皮。他睡着了，死了一样。

如果现在让他吃一粒枪子儿……我无聊地瞎想。房间里的摆设，像审讯现场，我发现，我正好坐在审判席上。这挺有意思。那个男人像被逼供折磨得奄奄一息，奔在椅背上，露出一截细弱的脖颈，等待砍刀落下。我决定戏弄一下他，拍了一下桌子，男人身体一弹，抬起头望着我，像一只怪异的大头鸟，脑袋夹在微耸的两肩中。

八

"19号是我的病人。"田甲，这只来历不明的飞蛾，突然出现在屋子里。我怀疑她躲在墙壁的夹缝中，你也可以说她是一只虱子，藏在男人乌七八糟的头发里。自从老爹老妈死后，我相信什么都可能发生。你会在粪坑里摸到金戒指，鸟窝里掏出个小人儿来。

竹笋和大鼻子没准是国家安全局的，也可能只是两个老混混。我看得出来，他们在努力掩饰某种流氓习气，装出国家干部的样子，尽量对我先礼后兵。不过，你也看见了，到目前为止，说礼也算不上礼，兵也没见使出来，他们不知道自己在干什么。老爹说，毛主席说过，与人斗其乐无穷。我只想吃东西，更想睡大觉。

我看着田甲，嘴里寡味。即便她说男人是她的亲爹，也没什么奇怪。把自己老爹弄去枪毙的女人，不就是个疯子嘛。你看她，一直幸灾乐祸，花痴一样地笑，脑袋撞到了中央的灯泡，屋子里的几个影子，荡秋千似的，晃得我发晕想吐。那个男人，像是为我把脉的医生，把眼睛眯成一条缝。我想起了一个恶心的梦，手指被毒蛇咬了一个洞，整个手头里储满了乌血。我忍不住了，吐了一地。像某种预谋似的，一条黑狗蹿出来，飞快地舔净了地上的秽物，坐我面前，看着我。

灯停止摆动。突然的安静，让我不自在，像无法隐藏心理活动。幸好田甲说起了她的病人："他是我的病人。出了车祸，后来出现了幻听、幻视，还有性欲亢奋，半夜三更把妻子拉起来，叫她听听水龙头漏水的声音，要么强行和妻子睡觉，妻子受不了他跑了。"田甲缓缓说道，和主持婚礼的证婚人一样严肃。19号点点头，向田甲投去赞许与鼓励的目光。我就是婚礼上调皮捣蛋的孩子，故意弄乱新娘的婚纱，横插脏话，搞破坏。说实话，即便田甲在编故事，也不失为消磨人生的好时刻——我还没想好，出了这个门，该到哪里去。当时风声挺紧，不良少年都赖在发廊和洗头妹调情，或在仓库里睡大觉。我挺厌恶他们身上冬天不洗澡的气味，跟农民催化庄稼的氮肥尿素一样刺鼻。夏天还好，每天在资江河里泡几小时，顺便摸到停泊江心的货船上，看有什么值钱的东西。偶尔拿走女人的奶罩，在水面扔来扔去。我们干这些事情时，碰巧还救过人命，并且谢绝了报酬。

田甲在房间里转了一个直径为两米的圈，接着说话："19号是他的床位号。我进医院那天，他就在19号床。我喜欢19这个数字，19的故事太多了。比如，你的父亲12月19日生日，我14岁那年的5月19日，和你的父亲……睡了……你的父亲成了我的人……5月的槐花好香啊。"

你听见田甲说什么了吧？像讲春天很美丽一样，说她和我的老爹睡了。我问她什么意思。她说我是头猪，从小就是一头猪，我老爹也是猪，她是在老妈肚子里随嫁过来的。情况大概就是这样，我听到这段有了意思，来了点小兴奋，原来，我们一家这么复杂。想想以前生活时的情景，总算明白了一点事理。我记不起老爹的样子了，真诚地想了想5月的槐花，还有油菜花、芭蕉花、喇叭花、梧桐花……我觉得田甲撒了谎，告诉她，老爹身上是楠竹的味道。

田甲懒得正眼瞧我，好像我是个白痴。她用傲慢的眼神示意19号，随便说点什么打发我算了。19号沉浸于某种遐想当中昏昏欲睡，从高耸的双肩中拔出脑袋，不愿意错过见证他清醒的机会，他的发言像田甲这部巨著的注解，不小心便带出另一段趣闻来：

"是的，田甲说得对，她闻到槐花香……槐花香满大街，又不是隐蔽的，蜜蜂满教室地飞，还有一只蝴蝶呜呜哭呢……那天碰到一个女孩，我跟了她一路，把她拉到桥底下……那了。我提上裤子便清醒了，后悔了，女孩子哭得厉害，我叫她去报案，我还拉着她一起去派出所。女孩挣脱我……跑了。"19号精神了，似乎在替女孩惋惜，"后来，我总是听到女孩子的哭声，我受不了，跑去派出所自首。可是，他们听了笑我是白日做梦，找我要证据。狗屁证据，我只有找那个女孩子做证人。我每天去那个地方碰运气，整整半年之后，我才碰到那个被我强奸的女孩子。我问她是否记得我，倒霉的是，她的确认不出我来，并且飞快地走了。"

19号的胡言乱语使我更加混乱。他讲故事和田甲一样离奇。如果每个人都会飞，那么会飞就很平常了。我不会飞，我得想办法让自己飞起来，便对田甲说道："丑臣诱奸了我的一个女同学。那天夜晚天色墨黑，狂风暴雨。丑臣把她带到他的宿舍，因为宿舍有人，他揣了一样东西将她领到纸箱车间……我那女同学后来才发现，强奸、性虐待很刺激啊，她就总等着被人强奸。"我幸灾乐祸地捕捉田甲的情绪变化，期待这只来历不明的飞蛾，像撞到玻璃上那样惊慌失措，然后猛烈地扇动翅膀，保证自己不砸到地上。遗憾的是，田甲没有任何反应。只有19号的喉结如松鼠兴奋地上蹿下跳，身体却像是受另一个机关控制的傀儡，手脚垂拖："什么臣……臣，那是什么东西……根本没有这种东西，田甲，别相信他……我们……是最好的……不是吗，那天夜里……在厕所强奸……你……不是很好吗？"19号大脑袋偏向田甲，仿佛就要滚落在地。

他们忽然变得很亲昵，并且调起情来，完全把我忘了。我起身便走了，出来时碰到吃呕吐物的狗，它朝我摆了摆尾巴。我走得更快。我踢到一根铁管，捡起来，打算立刻去收购站卖了它。我注意到，雾散了，露出了灰暗建筑物的轮廓、枯树和荒凉。我一时记不起这是什么地方，身后只是一个破落的旧仓库，田甲和19号在里面，还在昏灯下疯疯癫癫。现在看上去，那实在不像住人的地方，应是野猫、蜘蛛精以及吊死鬼的乐园。

我慢慢想起田甲说"你的父亲成了我的人"，听到不良少年吊儿郎当地唱"连蘑菇最深的阴影都忧伤"，忽然绝望起来。

九

挑水的驼背老头扁担悠悠，桶里的波纹，像老头那张脸。这光景，让我想起老爹。只不过老爹年轻力壮，腰挺背直。我小时候经常跟老爹去河边挑水，老爹对着河水发呆时，我捡起瓦片打水漂儿。我不知道老爹对着河水想什么，他黑着脸，很悲伤的样子。田甲说她和老爹睡了。老爹早死了，睡没睡我不管。田甲一定还骗了我不少事情。我真的想揍她一顿。

墙壁上爬满了绿苔，几棵长草迎风挺立。木格子窗腐烂残缺，我捡起半截红砖砸进去。里面腾起灰雾，窗户里炸开一群蝙蝠。我想揍她。像精神病那样揍她。资江水高涨某种隐痛，停泊其中的船是它身上永不掉落的伤疤。垂柳日夜抚慰它，也抑制不住它咆哮的冲动。田甲在桥北的那个窗口，我想用枪瞄准她的脑袋。让绝望扣动扳机。

我们的裴公亭依山傍水。花开到颓败了，树长到畸形了。顶楼的栏杆边倚着白衣女子，她也许想从那里跳下来吧。我只想揍田甲。像她揍精神病那样揍她。

十天以后，我懒洋洋地逛到田甲的家门口。其实我没打算找她，但是大门洞开，敞开的门吸引了我，我一步踏进房间，把屋里的丑臣吓了一跳。房间里乱七八糟，我猜想田甲不在家，看样子出去不是一天两天了。丑臣头也不抬，对我说："她不在。"我说看出来了。丑臣又说"你找她也没用。"

我说我不找她。丑臣说，"我什么都不知道。"我说："你是外人。"丑臣低下头，仿佛睡了。沉默了一阵，丑臣突然说道："她在精神病院……"我说谁不知道她在精神病院。丑臣说："她在精神病院……已经是个病人了。"

丑臣大约是边想边编，讲得磕磕巴巴，我勉强抓住了故事的脉络，大致复述如下吧：

一周前，19号病人又癫狂了，他不断地弄伤自己，想方设法自杀，成为医院最具危险性的病人，受到特别监护。19号在第三次自杀未遂之后，以超乎常人的智慧，成功地将脖子套进袜子圈里毙命。他用的是田甲的长筒丝袜。不知道他怎么得到那只丝袜。病室里没有任何可以用来自杀的东西。想吞食碎玻璃瓷器吧，餐具都是一次性的泡沫品；想上吊，墙壁或天花板没有挂钩；想跳楼的，窗户装有铁丝网……谁也没想到，19号把丝袜绑在床脚上，自己趴在地上，把脑袋套进去，利用那几十厘米的悬空距离，如愿以偿地结果了自己。

我很欣赏19号的头脑，正常人恐怕想不到这一招。不过，丑臣讲19号的故事，肯定不是为了传播智慧。丑臣最后的话及时证明了我的看法。他说，田甲一看19号病人的死亡通知书，就狂笑不止，笑了三天三夜。那个四十九岁的精神病人，名叫张弓，是个画家，正是我老爹的冤家。丑臣还说，他是田甲的亲生父亲。

我的胸膛结结实实地被捅了一下。这样看来，我老爹夺妻的说法，有点靠谱了？

十

"什么靠谱不靠谱，小鳖，那是板上钉钉的事实。你老爹猖狂那阵，我见过。也知道他那时候'杀'人无数，把人的前途毁了，将别人的妻子夺了……被他逼疯的人，谁知道有多少？他活该被枪毙，死一千次也不为多。嘿嘿，小鳖，尾巴夹紧点好。"久不说话的大鼻子走到我身边，放低了声音，露出虎威，还老朋友似的拍我的肩膀。他是一个内力深厚的武林高手，将暗藏的愤恨，通过手掌击中了我的心脏，我几乎要喷出一口热血。

"那个田甲，可怜，认贼作父，滋味不好受啊！"大鼻子情绪时恶时善，声调忽高忽低。

"照你这么说，我的老妈，原是别人的妻子，被我老爹夺为己有的吗？"他们对老爹情况的掌握，令我背上一冷，不由更加警惕，并打定主意锁定老爹老妈的问题，千万挺住。

"也不能这么说。画家张弓的妻子，是和张弓划清了界限，主动投靠你老爹的。听说那时她刚怀孕，因此保全了爱人张弓的骨肉。她是很懂爱情的。"竹笋站起来耸了一下，迅速接上话茬子。我习惯了他之前冷漠的语调，现在，他的声音和蔼得让我别扭。他脸上的责任感消失了，像是突然接收了我的贿赂。他还耸了那么一下，我已经不在意了。他这个说书人的另一种说法，使我对故事本身的认识更加模糊。我的感觉是，卷入这么一个故事当中，×你妈妈，太无辜了，幸好这件事转移了他们的注意力。

有意思的是，大鼻子与竹笋干上了，他们就张弓妻子的爱情发生了争执。大鼻子认为她不忠，图安逸，与张弓做了同林鸟，大难临头却又独自飞，她应该随张弓去流浪，去赴死。竹笋反驳大鼻子时，显要与他世代为仇的样子，他说伟大的爱情富有牺牲精神，而无谓的牺牲是愚蠢的。知道西施的故事吧？范蠡作为西施没有完婚的丈夫，为了实现自己的政治抱负，不惜牺牲爱情，将西施送入吴国为自己的长远谋略做了铺垫。西施无私奉献自己对范蠡的爱情，配合范蠡最终取得吴越之战的胜利。他们的牺牲都有大价值。而张弓的妻子，某种意义上，就是现代西施嘛。

我听着，看着，突然流下了眼泪。竹笋说得好，他对老妈的辩护打动了我。他标准地道的益阳话也没有任何毛病，而且那么有文化……他那群长着大龟头的小弟弟也随即变得活泼可爱了……他是个特别的人，尽管他没有彻底说服大鼻子，我对他还是肃然起敬了。

我小心地附和竹笋："是呀，我老爹对我老妈很好。我老妈坚持梳发髻，我没见她有什么不贞的表现。顺便问一下，那个画家，田甲的老爹，后来……怎么了？"

"什么？什么的老爹？"大鼻子越来越嫌恶我了，"你有什么资格发问？不看看这是什么地方。"他恢复记忆似的，才想起抽根烟。我立刻讨好地摸出雪茄来，被他一把夺了过去。

"那是瑞士雪茄烟，给你们抽吧。"烟是我和伙伴们从豪宅里摸来的。

"狗屁。哪儿弄的？"我知道大鼻子是以骂来掩饰对雪茄的兴趣和抢烟的尴尬。

"张弓没死，对吗？"我问，希望他们一口气把故事讲完。

"不是你的老爹，死活都跟你没关系。"大鼻子深深地吸了两口烟。

雪茄夹在他粗肥多肉的手指中间，仿佛正可怜地向我求助。室内的空气更糟糕了。

"据说张弓没几年回城了，没死，精神出了点毛病，基本上废了。唉！"竹笋放下握了很久的笔，将手腕活动几圈，似乎在做结案陈词。事实上，如果不是关于我老妈的爱情争执，谈话或许早就结束了。现在我并不着急走了，我喜欢这样的聊天方式以及聊天内容，这对我了解自己的一生很有帮助。也许，田甲和老妈死守的秘密，就在竹笋和大鼻子的争执中。我并不知道老妈临死前对田甲有过耳语，更不知老妈的耳语是对田甲说出了张弓的名字。

"你老妈的死也挺蹊跷，据说你老妈死前与你老爹吵了架，你老爹动手打了她。不过，你老爹主动投案自首，保了一条命。这是政府的优待政策。"竹笋旁敲侧击，似乎暗示我坦白从宽，同时传递我老爹没死的消息。

我压住对老爹死活的疑问，清醒地意识到，在谈话过程中充当配角，以文化知识与和蔼表情赢得我尊重的竹笋，原来是个藏奸耍滑之徒。他对老妈的爱情辩护，几乎骗取了我的信任。

"我老爹对我老妈很好……不会害她。田甲，是个可疑的人……她性格怪异，有严重的抑郁症。她很不正常。说不定她……为了什么东西……会做出某些出人意料的事来。"我想到田甲说"你的父亲成了我的人"。

他们没有理睬我的话，那桩盖棺论定的案件，离他们眼下要做的事情实在太远。他们只是用其做引子，并不会将它错定为主题。竹笋不耐烦地敲了敲桌子，打算尽快结束和我这种人的盘旋。仿佛是雪茄的作用，大鼻子温和了，他的脸上一旦堆满友善，便浮现一种含混不清的羞涩。

"后来我们怀疑，你老妈属于自杀。你老爹呢，知道自己罪孽太多，悔之晚矣，他想死呀，甘愿受惩罚，让良心安乐呀，最终想到以死谢罪，所以，他承担了你老妈的死。从这一点上来说，你的老爹是值得敬重的。尽管你老爹没死成。"大鼻子背叛了竹笋，站到我这边来了。他对老爹的态度判若两人。他表现的同情与宽容使我面对螃蟹一样犹疑。在社会上混了些年头的我，第一次对自己的处境感到迷茫。大鼻子竟然赋予老爹的死一个高尚的含义，仿佛将英勇牺牲者追加为烈士。令我惭愧的是，我先前还看不起他夹雪茄烟的肥胖短促的手指头。我脑子里的思维，一截一截地涌现，似受到强烈干扰的电波，不时出现芜杂的空白。终于，我抓住了一个重要问题："我的老爹，他没有死？"

"这种人，一枪打死便宜了他，就得让他慢慢地死！无知、冷血、权力狂！"竹笋一巴掌拍响了桌子，指着我大声呵斥。我不知道是否由于光线的原因，他的脸完全变了。

"我不想死。"我说，"我的老爹，他在哪里？"

大鼻子满目慈祥，侧身将竹笋挡在身后，低声对我说："他脾气不好，出手很重，你别惹他。他说的是你老爹。你有什么话，好好跟我谈吧。"

"我的老爹，他在哪里？"我已经洞察了他们的把戏。

"你真不知道？邵阳劳改农场呀，判的是无期徒刑。平心而论，他也是受害者呀，是那疯狂年代的受害者。你也是受害者呀，看看你，年纪轻轻，不学好，要是有父母管教，总可以上个学，有个正当工作呀。"大鼻子仿佛成了橡胶娃娃，被不断挤压发出了"呀呀"的声音。

当大鼻子庞大的肉体发出这种尖细的女人声音时，我觉得我只是碰到两个有精神病的说书人，游戏可以到此为止了。我不再理会大鼻子的语重心长，可怜巴巴地哭起来，大鼻子赶紧将剩下的雪茄塞进了我的口袋。

四十分钟后，他们把我扔下车。

解开蒙眼的黑布，眯眼一望，四周是雾，我感到浑身湿漉漉的。

2006 年 11 月 10 日始
2007 年 2 月 5 日完
广州穗园西街

6

裂缝

巫镇冻死过人的冬天是柔软的,那种骨子里的温情几乎无人可以领略。
当巫镇积雪的屋顶冒出炊烟,我就会幻化成那股烟的形状,云游空中。

一

蒙我素未谋面的父亲——那个凉薄无行之人——的恩情，我来到这个世界。我妈薛蓉貌不惊人，心思深不可测，她提前两个月将我这个累赘从她阴暗的子宫里取出来，我在医院的玻璃箱里躺了一个月，从此命比石头还硬，从此我妈比以前更穷。我妈薛蓉的气味在遥远的巫镇飘荡，她干的是猪肠加工的活，系围裙，戴手套，把每一条猪肠子刮得稀薄透明，脸上和猪肠一样发光。我妈薛蓉在镇上举目无亲，她爸"文革"时死了，她妈疯了，在一个特别寒冷的冬天丢了命。薛芙姨妈两岁被春苗剧团的一对夫妇抱养，从小学唱戏。或许是没有一起生活的缘故，我妈和薛芙姨妈不亲密，也不友好，我妈薛蓉还有点仇恨的意味。

黑夜里的玻璃，光洁的瓷砖，不锈钢托盘，容器中的水……我躲进反射出来的世界，跳出我的所在看着我自己，看着我和你们，我害怕掉入你们双眼的深渊——那些虚假的黑洞，游离、冷漠、无动于衷。我妈薛蓉也不例外。

她的眼睛就是雨后的青石板街，泛着冷光。她生下我就藏起双乳，戴上胸罩，束紧腰身。她不抱我，拎起我的胳膊提来提去。我的手臂因此畸形，垂放时与身体保持奇怪的弧度。你可以把这个弧度看作我与薛蓉的关系。她拎着我，好似拎件物事。我悬地两尺，身体打横，事物在我的眼中倾斜，物体反射出两个滑稽的活物，我不知道那就是我和我妈。

"青萝！薛青萝！"我耳边的这般狂风呼啸，大多来自我妈薛蓉肺活量充足的胸腔。即便事隔数年，我与她身隔千里，我妈薛蓉的吼叫声丝毫不曾减弱。"薛青萝"这三个字就是我的肉身。她被认为患有精神分裂症。好吧，就让我开始一个精神分裂症患者的神游。我心中充满雏菊与凤尾花。你看不出我内心的腐烂，你只看得见沼泽地上的芳草杂花。

巫镇人咬牙切齿地夸我"婊子养的"。我珍惜这份殊荣，不屑与镇里的孩子凑堆。我发明了自己的游戏。我追逐小土蛙，在它精疲力竭时捉住它，扒光它灰褐色的皮，当它白皮嫩肉，筋脉纵横的身体开始跳跃，像镇里炫耀新衣的家伙一样恶心。我把它们赶到街上，人们看见嫩白的土蛙，表情惊骇，我很快乐。我现在明白，幸福的成长乏善可陈。想起从前的孤单，我颇为快活。痛苦不幸跟酿酒一样，放在时间的地窖里，慢慢就有了幸福的香味。

自从剽悍的女护士把我逼到墙角，用圆珠笔插抵我的腋下，我老实了，安静得像一团漂浮物。我被她用圆珠笔戳挑起来，变成一件松松垮垮的衣服，她的眼睛好比玻璃鱼缸，我像条死鱼浮在里面。她肌肉发达的面部浊水泛滥，血红厚嘴开了闸，咬着我的耳朵说："经我调教，没有不听话的。"她松了手，左侧的白瓷墙里，我软在墙根像只大虾，剽悍护士的红嘴唇从这块瓷砖，膨胀到那块瓷砖，被一道裂缝一分为二。

黑皮鞋上的微型世界。人头如花生米粒。越近越模糊。每个人都是一个黑洞。不规则的黑洞。遮住皮鞋，捂紧世界，一切仍在风云变幻。广告牌里车辆来去不息，穿越等车的后脑勺，而车窗玻璃映射麻木的面孔，一闪即逝。不锈钢竖框将我的脸拉成柱形，我对着它挤掉一个成熟的暗疮。

我如今置身中国南部的经济中心，要感谢巫镇邻妇的欺骗。邻妇说这儿的垃圾堆里能捡到黄金，我信了。但邻妇只是让我照顾一群孩子，当他们卖光打蔫的玫瑰，要我翻他们的口袋、裤兜、鞋底，还有屁眼。训斥、打骂完毕，给他们发面包，或不给他们发面包。孩子们在夜里像包好的饺子摆在通铺上，翌日揭开黑夜的锅盖，就下到商业社会的锅里。邻妇自己每晚数钱。可惜好景不长，不久被一锅端了。我开始自力更生。城市的趣味在于荒诞，虚幻不实的感觉符合我的口味。我乐意留在这儿。把我的重量放在我的身上，举目无亲的感觉妙不可言。

想当年，我妈薛蓉在举目无亲的自由当中豪放不羁，放下了摆弄多年的臭猪肠，另觅作为，实在明智。有说是生活所迫，有说是好淫恶劳，无论如何我妈薛蓉迅速体面起来了。如今当我看见妓女们清汤寡面堪比良人，深感我妈薛蓉浓艳淫荡的粉饰严重错误，其实她可以更朴素一些，更隐秘一些，不必插上买卖的标签，她甚至还可以打着爱情的旗帜，把一个男人的积蓄骗光。这一点上我妈薛蓉是傻子。很遗憾我妈薛蓉生错了年代，她的遭遇停留在十元大团结的岁月，体会不到检阅百元大钞的快感。你看看这儿的妓女们啊，她们忙碌，她们职业，她们素面华光，她们神采飞扬，不在乎来者是政客、掮客、观光客，还是初生牛犊，她们双手捏紧百元钞票的两端，扯弹两下听纸质音色辨识真假，白天化作良家少女逛街、吃饭，朝穷人翻白眼。

知道今天星期几毫无意义。宠物狗在草地上拉屎狂欢。人行道上的浓痰生机勃勃。打横的车头，鸟一般，脑袋插入车流。空气清甜，草莓柠檬鲜柚水蜜桃的味道觅春似的四处游移。我热爱这蒸蒸日上的糜烂。欣喜地看到红葡萄酒被无赖啜饮，邋遢诗人写蓝天白云，到处是斯文败类和鲁智深嘴里的腌臜泼皮，KTV包房里，《金瓶梅》中打步撩衣上楼找花光鬓影、荡人心魄的妇人，勾挑软昵劲在西门庆之上的人间尤物，到如今全部进化成毫无情趣的嫖客。

流动的纸币，没有归宿的灵魂。它们在各种类型的手中辗转。民工、白领、商贾、明星，最后落到我的手里，只有我将这些漂泊的灵魂细心抚慰。面值五角的纸币有种天生的卑微，甚至模糊了自己的长相。这些纸币像常年流浪的狗，身上有一种浓烈的混合气味。把电熨斗压上去时，那股味儿噗地蹿起来，鼻子便轻易地捕捉到其中的狗屎味，引发我作呕的生理反应。事实上我认真地吐过一次，不可否认的是，那股狗屎味就是幸福。幸福的确会引发呕吐，不需要科学的阐释。科学无法解释精神领域的问题，即便可以，也不能解释我对于幸福的特殊体验。举个简单的例子，怀孕——它最能说明呕吐是幸福的本质。

熨好纸币，放进钱包。人头一律朝上，面朝同一方向，它是一本《圣经》，纸币页面平整光滑，绝对不会折角，大章小节一清二楚。我内心时刻经受着贫穷暗示的折磨。钱的妙处在于，它彻底改变我对幸福的看法和对幸福气味的最终鉴定。我的伟大理想每天随粪便排进下水道。我是它地底下拓荒的蚯蚓，挖洞囚身的鼹鼠，把欲望养得肥大臃肿，历史埋进泥土，经验破土而出，浑浑噩噩长成清凉解毒的苦瓜。

猪肉价格一路飙升。习惯了排队的脊椎动物，知道世界将这样拥挤下去，终究等不到毁灭的那天。这些文明的人，凭靠一些妒忌、私生活的污点、精神上的虱子，以及对日常生活的共识达到彼此了解。人们相信自己不用剃光体毛，便能证明身体及大脑的进化。没有人会向美好事物的裤裆里踹上一脚。人们对一切深信不疑。

我言语偏激，有时对自己深恶痛绝。我会抒情，也会歌颂祖国。我总能看见另一个薛青萝，蕾丝花边白袜子套黑皮鞋，学弹钢琴、拉小提琴、跳芭蕾舞，她有一个渊博的父亲和娴静的母亲，在熨烫过的美好环境里活得像个天使。

二

要造就好的女人，可爱的女人，父亲至关重要。村上龙的话解放了我。我早该将我的不好归之于那个没见过面的男人，然后轻轻松松，过偷鸡摸狗的日子。不过我从没打算做什么好女人。所谓好，无非是男人的评价。我可不想在男人面前像个麻风病患者那样战栗。我喜欢四周的气氛中充斥着雄性的躁动，被压制与隐匿的欲望在树尖上翻飞。人们扯起遮羞布盖上一团糟的生活。眼神躲闪，内心淋病泛滥。楼上的男女抛下用过的纸巾，落在阳台的雨篷上，空调滴水让人整个活在梦幻的雨季。每一个楼层都有一张大床，每张大床上都躺着雌雄二物。底层的人有福了，美妙的下水道交响曲起伏癫狂。我从不错过对任何音乐的审美，包括放屁的音调，咳嗽的穿透力，公交车驶过的轰鸣。出门时，我边聆听边收拾自己，我穿着夜市里淘来的花布裙，带弧度的手臂挽起绣花手提包，另一手曲起来放在腰际，看上去犹如一只翅膀微张的发情母鸡。这个姿势恰到好处地掩饰了手臂的短处。我希望赶上八点十分去海域的火车，我并不是要参加会议或者约会，仅仅因为，我喜欢"八点十分"。

我在街头碰到本市几个相夫教子的富贵娘儿们，她们挺着良好家教的虚假身板，笑容像溺毙的尸体漂浮，浓烈的香水味并未体现其高贵的气息，我倒闻出了廉价。从她们的眼神可以看出她们的男人夜归，或不归，总之忘了把她们滋润。她们把渴望憋在膀胱里，在SPA馆把皱褶的缝隙洗得干干净净，与服务小姐谈幸福的家庭和自己的男人，胸脯却想着不影响家庭的荡魂外遇。

　　我扁平的身体散发少女的纯洁，头发后拢扎成马尾，戴了一条七彩项链企图转移别人的视线，忽略我脖子上早现的皱纹。除此之外，我还有一双忧郁的眼睛，天知道它怎么那么漆黑，既单纯，又狡黠。这不是装的。看到自己这副样子我都禁不住发笑，这完全不像一个风雨铸就的坏人，倒似一个期期艾艾等着男人放倒的柔弱雏儿。我想对女人们说，最好的消遣莫过于坐火车。尤其是当你把气色养好，把黑眼圈干掉，又正值排卵高峰情欲巅峰，你能听见硕大的卵子呼喊"我熟透了"，如果你不打算像鸟类那样用尖叫、炫耀和做出猥亵姿态吸引雄性，那就去野外，去人群，去坐火车，把自己打扮成外表极为华丽的雌兽，两眼秋波慢条斯理。

　　拿到票记下车次车厢座位号，在某个视野很好的角落，看酥胸美腿——事实上不尽如人意，幸好我的期待不在于此。两个交谈的韩国小伙子长相婉约，鬓角长撇，风卷浪涌。我胃口大开。其中一个多望了我两眼，高山流水，鼓声急躁，可惜语言障碍，只有隔着玻璃橱窗，勒紧裤腰带，看奶油蛋糕流光溢彩。那一刻我最大的心愿是满口韩语，一汪秋波，明眸皓齿，杀人见血。有几双不相干的眼睛盯着我，盯着我脖子以下的部位，我虚张声势的胸部全赖以海绵为主的"戴安芬"。

　　人们携带器官挤向检票口。各式各样的肉体、气味。这是一个进退两难的馅饼。每个人都成了馅饼的核心。女工作人员有着一副可爱的粗大嗓门儿，扩音喇叭将她的嘴替换成巨大的洞穴，从那里发出令所有旅客蠢蠢欲动的声音，闸门一开，人流如泄洪的欲望，拥往通道。所有人朝自己的目标赶去，而我为自己的漫无目的与空虚无聊深怀感激，我感到一种新的生活随早上的阳光升起。五分钟后便看到景色宜人的乡村，香蕉树、甘蔗林、鱼塘和田埂上的狗，伴随车厢里操方言大声谈生意的聒噪，空调适宜，歪头打盹的大肚皮男人也不打呼噜，来自巴基斯坦的大眼黑肤的人警觉地守护自己的财产。

我在自己的国家，甚至说在自己的火车上，有种不可言说的幸福。

有时候，我并不打算在火车上遇到什么，甚至会放弃唾手可得的皮夹子，从人们的眼里，从反光的物件里，从自己的面容上看见童年，就像一场模糊的电影，只等我到场，便一幕接一幕地开始放映。

我的童年啊，就像安迪·沃霍尔的"撒尿画"《巴斯基亚》，随着尿液的蒸发，颜色逐渐被氧化，只是《巴斯基亚》成了风格特殊的艺术作品，时隔多年的童年被尿水冲走了植被，裸露荒土。是谁向我的童年撒了尿，使它氧化成如此宝贵的艺术珍品，如今安放于薛芙姨妈那粉红羊绒铺成的温暖怀抱之中。其实薛芙姨妈和我的童年没什么关系，她来镇里的次数屈指可数，她只是偷偷抱过我一回，余下都是我在台下看她唱戏。

岁月已经以理想的方式过去，薛芙姨妈的唱腔总在我心里头回响。我不得不说，我仍十分怀念巫镇，它穷得只剩下美，那种不足为外人道的宁静秀美，今天看来纯粹是自欺欺人。

巫镇有几百年历史，巫镇架通南北的桥也是明代某个官人为方便吃喝嫖赌的杰作。如今桥头上立了一块碑，碑上雕刻的颜体字说明此桥为国家二级保护文物。镇里气派的戏院，不断翻修以保持原貌。我就是在这个戏院里看了薛芙姨妈的演出。我那时有四五岁，已经到过镇里所有的地方，野狗一样闯过不少祸。街头巷尾的人对我格外友善，眼睛里藏着自鸣得意的高贵，笑容里拎得出沾着蜜汁的刀子来。他们大都长着一头稻草，我敢说虱子在里面筑了风景秀丽的窝，那时候我期待某一天虱子们开口对我说："嘿，婊子养的，我们一起玩吧。"

巫镇冻死过人的冬天是柔软的，那种骨子里的温情几乎无人可以领略。当巫镇积雪的屋顶冒出炊烟，我就会幻化成那股烟的形状，云游空中。我在南部的烈日之下，常不自觉地竖起衣领，感觉北风贴面，心肠凛冽。空气里有股浓烈的金钱意味。拿这两个地方相比委实无聊，我只是希望能谈论一下巫镇，这对我是一种慰藉。有时候巫镇是既聋又哑的，唯一有生命的地方，唯一的消遣处就是戏院，舞台上的仙子和那灿烂的灯光。

有天下午，我妈薛蓉体面地出了门，我坐在烤火箱中自己玩牌，听到雪粒儿敲响了屋瓦，接着飘起了雪花，眨眼工夫就变成鹅毛大雪，不多时外面的青石板街就白了，镇子里一片死寂。我从烤火箱里爬下来，穿上棉鞋，倚门看了看白茫茫的世界，三两下蹦到街心。街上一个人都没有。飞扬的雪调皮地钻到我的脖子里。你想象那个小人儿在无声大雪之中愣了五分钟之久，突然撒腿奔跑，摔了一跤，被街角拐弯处的石礅磕破了头皮，她在雪地上滚了几圈，爬起来，抓起一把雪擦拭额头的伤，雪就红了。老实说，想到这一幕我顿觉心力交瘁。以后我再也没有比那时更快活的时刻。我甚至很多年没见到雪，没见到下雪的巫镇。我好像是在那个雪地里摔了一跤，巫镇没了，我直接长成现在的样子。

我进了戏院，舞台正在落幕换景，那些黑压压的人头借机说话咳嗽放屁伸懒腰擤鼻涕上厕所。接着换了一种曲调。帷幕拉开。舞台上空空荡荡。后台传出一种冻得哆嗦的唱腔。我站在舞台侧边，使劲靠近音箱，声音透迤，比北风灌到脖子里还冷，响声震麻了我的耳朵。二胡打头的某个锐利音符突然在我心上锯了一下，千百种乐器一起砸向我的脑袋。戏子醉醺醺地奔到舞台中心，天旋地转地绕了几圈，最后撩起前摆，厚底靴八字步歪站，眼神直视前方，昏昏欲睡地唱"啊……我柳梦梅……"。

我笑起来。踮起脚扒在舞台边沿，骄傲地看着光彩夺目的薛芙姨妈，唇红齿白的薛芙姨妈。我知道她在做戏，小声地笑了起来。薛芙姨妈很投入，眼泪在灯光下闪亮。我趴在那儿认真地看薛芙姨妈摇摇晃晃，绸缎戏服颤颤巍巍，一双三套云高靴宛如醉酒东奔西走，绝望地，薛芙姨妈一拂长袖，洒下一串鳞光，消失在幕布后面。

我被一只鹰爪揪住扔出了门外。

三

脸上积了经验，眼里有大量，十指圆润，言语温婉，眼睛高度近视——火车对面那人模狗样的斯文家伙让我大倒胃口。倒退几年，恋父情结使我很容易对这种人芳心暗倾，在他们的怀里麻风病患者一样战栗，恍惚间命运放进了内镶红色绸缎的宝盒，觉得自己是颗珍珠在野生的蚌壳里长得润白与价值连城。

眼下，我只想确定他的钱包在哪只口袋，选择接近的方式，估摸下手的时机。

对面的男人朝我一瞥，我便明白这是一个压抑型的成功男人，这种人出门就渴望做一头猛兽。我给了他漆黑的一眼，含混暧昧。他那张上等人的脸表情丰富极了。我看见他的裸体，被可爱的食物、啤酒和知识撑起了小腹，遭迫挤的肚脐眼流露窒息的绝望，犹如他夹缝求生的灵魂。妻儿在勒索他所剩不多的精力，他像个懦夫在深夜里涌起出逃的冲动，天亮前恢复萎靡、一室之主、我爱我家。

他用君子之态和我搭讪，后炫耀地谈起了通货膨胀的热门话题。我又替我妈薛蓉惋惜了，她错过了一个好时代，她只睡过巫镇的男人。我总是毫无理由地想起她，这真伤脑筋。我一点也不爱她，就像她对我。我们是两块不同的石头。

我妈薛蓉后来开过小照相馆。找她拍照的多是男人。那些男人都比平时笨，需要她亲手教他们把手怎么放，头发怎样梳，眼睛往哪里看。他们任她摆布。她用手指弹掉他们落在黑衣服上的头皮屑，问要不要试穿西装照相。她把男人带到楼上的试衣间，在他们穿上那种后面开衩的鸟尾巴套装前，她已经谈好价钱，亮出白肉。完事后面色不改，呼吸平稳地走下楼来。她有好腰身，臀部大幅度地扭动，她把胶卷带到县里去冲洗。她很少按时交付照片。照相馆慢慢只剩一架老式的相机和墙壁上油烟熏过的香港景色，我们在这里炒菜吃饭，炒锅挂在香港中银大厦的窗口，海湾上堆积锅铲、漏勺和油腻抹布。

我对我妈薛蓉在巫镇从不掩饰的生活充满敬意。为了生存，她提前两个月将我扔到这个世界。"我"现在所遭遇的，并不是我所遭遇的。我坐在这儿，我是我妈薛蓉，我把裙摆往大腿上方提了两寸，含住矿泉水瓶嘴，啜饮一大口，猩红的嘴唇十分活泛……想到我妈薛蓉那一套不合时宜的做法，我差点笑场。我是这么做的，收拢双腿，把裙摆往下扯了扯，遮住膝盖，然后像雏儿谈性一样，羞答答地请教君子什么是通货膨胀，如何抑制通货膨胀。我抓住"膨胀"不放。君子露出经验丰富的自信，说通货膨胀就是指流通中货币量超过实际需要量所引起的货币贬值、物价上涨的经济现象。

我扫了他腰围附近一眼，黑色鳄鱼皮带严肃、贞洁地套牢下半身，他臀部左侧鼓起的地方，应该藏着一只饱满可爱的皮夹子，里面有整齐的人民币，甚至美金。我对君子抑或君子的钱包露出崇敬之情，白痴似的问为什么会膨胀。君子调整身体，为消除危机四伏的紧张，他笑了起来，脸上淌过不可捉摸的情绪。他十分乐意表现自己，说货币过度增加，物价持续上涨，钱不值钱了，照我看来，中国今年的通货膨胀应该大于百分之十五了。

我说，我喜欢膨胀，反正国家经济是好是坏，都不影响我当穷人。我和睡在天桥底下的人一样，只关心身上的虱子、中午的面包，顶多再关注一下与收入密切相关的天气。

君子摘了眼镜，掏出镜布擦了又擦，仿佛我什么也没说。我忍住兴奋，内心快活得一团糟，就像男人攻克了良家妇女的堡垒。君子的动作欲盖弥彰，他那颗比女人容量大三分之一的大脑绝对没体现任何优势，他的祖先从猿人演化至今，为了交配、繁殖，延续种族命脉，四出游荡、找寻理想的交配对象，练大了大脑，于此时竟也一无是处。

列车服务员推着小车吆喝过来。她是一位黝黑壮实的妇女，用一种会几国语言的狂妄语调，操多种方言数报推车里的食品，声音像一群五颜六色的鸟。

君子买下两瓶橙汁，说，从这里也能看出通货膨胀的痕迹，像这种饮料，比上个季度上涨了百分之二十。他递给我一瓶。看来他一直没间断思考膨胀的问题。握瓶的手指挺年轻。我能读出它们进行抚摩运动的轨迹、节奏与喜好。我知道对我妈薛蓉来说这些无所谓，甚至器官。我痛恨我的审美习惯，她只求囫囵吞枣或被囫囵吞枣。我妈薛蓉错过了这个好时代。她作为物品的价值被淹没了。

接下来我故作矜持，装作欣赏窗外的风景，心里惦记君子的皮夹子，举止青涩。君子对我颇具好感，邀请我下车后去百年大礼堂听演讲。嗬，倒退十年我会抓牢这样高雅迷人的机会，义无反顾爱到丧尽天良，如今我只想告诉人们别谈什么爱情，只管颠鸾倒凤地睡，少壮不努力老大徒伤悲，要善于探索与发现敏感地带。

我并不急于拒绝君子的邀请，我讨厌音乐会、展览、讲座等一切道貌岸然索然无味的活动，但我喜欢欣赏那些衣着考究的物群在特定的环境里进行礼貌与修养充分的自我折磨——为了这个知识分子的丰富皮夹子，我倒是不吝表演天赋，诚挚地表达对艺术的向往与热爱，炫耀我的音乐天分，小学三年级就指挥全校学生齐唱《学习雷锋好榜样》。

君子不打盹，不读报，我无可乘之机。

风景单调，棉花堆的云朵白得纯洁，云朵边沿泛黄，是阳光污了它。

我内心的灿烂因而布满瑕疵。

当火车匀速滑进海域车站，我突然涌起一股很×蛋的伤感。我顽强地抵抗这股莫名其妙的情绪，咬牙切齿，为"伤感"这种东西感到羞耻，可我竟未能把持自己，这一刻我问自己怎么到了海域？我是什么东西？我是我吗？在对面的君子眼里是一堆肉吗？一堆好看的，可以小炒、清炖、红焖，可以用任何方式烹饪的肉吗？他是否看见我的脑袋，黑发蓬勃的脑袋，里面装的不是大便，是一堆没被凿通的天才的脑浆，它可能是柏拉图、爱因斯坦、莎士比亚、拿破仑。我要一直这样混下去吧？倘若不幸活到八十岁，我还有漫长的六十二年，了无生趣的 22 630 天，平淡无奇的 543 120 小时，即便我怀着美好心情每天坐一趟短途火车，往返四小时，还剩下 452 600 小时的空洞。挖一个家庭的墙脚已经微不足道，墙内墙外都不再有人对性和出轨这样的小事愚蠢地全力以赴、倾家荡产。我多么想去杀一个人，烧一栋房子，或者干脆把自己捆成人肉炸弹扔进火车站，以表现我的非平庸之处。可我天生只勇于小偷小摸，安于一只皮夹子的成果，享受与猎物周旋的可爱机智。想想当年我妈薛蓉作为一个坦荡的婊子，她身上的那种无耻与勇气是多么高贵。

有没有行李需要帮忙？君子问我。我问他我看起来有多大？他有点惶惑，取下黑色密码箱，说现在不宜妄作猜测，他要掌握更多的信息，才能科学地下结论。倒退几年，他的幽默以及他说话的样子会使我的灵魂打摆子。现在我讨厌这种近乎卖弄的调情术，我天才的脑浆开始沸腾，我胃口倒尽地紧随着他，希望他把我拉到暗处扇我两嘴巴直截了当地把我奸了，我作为一个受害者理直气壮地垂败双手回到该去的地方，忘掉这只皮夹子。

君子十分绅士地带我到了百年大礼堂门口。我知道有不少名人洗了桑拿换了内裤挖了耳屎剪了鼻毛割了包皮来这里兴风作浪，唾沫横飞。底下座无虚席的观众也为此沐浴熏香净身吃素恭候莅临被知识熏黑鼻毛。这栋鸟屎一样灰白的建筑物门口，立着胡适、鲁迅、爱默生等人的雕像。天上蓝天白云，地下绿草青青，空气清爽，身体里暖流暗涌。

君子将一张印刷精美的门票塞给我，并附了一张名片，嘱咐我演讲结束与他碰头。我几乎对这只皮夹子失去信心，他老江湖似的谨慎令人生厌。已经陆续有人进场了。我在门口想了两圈，压根儿不想听别人废话，也不打算再浪费时间。正要把门票扔进那个器官状的垃圾桶，忽见君子的头像印在票面，下面一行美术字体写着"著名经济学家朱希真"，演讲题目是"也谈中国股市及海域房地产市场的走向"。我被咬了似的缩回手，把门票举到眼前再看了一遍，的确是他。照片十分严肃，眼神介乎精神病与哲学家之间，表情是那种大便不通畅的凝重，我断定他当时穿的是屁股后面开鸟尾巴衩的西服，平角内裤，皮鞋透气良好，没有脚气。

我边想边朝大礼堂门口走，脑子里浮出一锅滑嫩嫩的水煮鱼，豆芽莴笋打底，炸枯的花椒红干椒与白肉拥挤，性感迷人。于是我进门寻座时显得十分急切。在沸腾鱼乡、巴蜀风之类的餐馆常常看到这样排队等候的人群。我一看座票，前排正中间，心里好不娇宠。好餐厅的服务生都忙得像陀螺，东西好吃，顾主自然就不会计较了。更何况我得了这种有助于食欲的理想座位。

店主介绍今天的主厨和所烹饪的菜名之后谦坐一边，著名经济学家朱希真头戴白高帽在一片热烈的油爆声中登台献技。大蒜、生姜、胡椒、料酒、白糖、油盐酱醋诸多配料准备齐全，大碟小碗铺陈一堂。

今天天气真的不错。社会稳定，街上热闹，校园枪杀案发生在遥远的美国。昨天喝的咖啡现在嘴里还泛苦味。也许那只是一杯加了过量镇静剂的白开水。我身边尽是些一边说着温情话语一边下毒的人。他们担心我把小便拉到床上，也怕我识破他们的诡计，有时候对我小心翼翼。我对他们说我不是我，我只是我的替身，真正的薛青萝比我小两个月，她在另一个时空，正穿着晚礼服弹钢琴，台下掌声雷动。她温和、渊博的父亲正满目慈爱地望着她，她知书识礼的母亲薛蓉此刻也是容光焕发，激动得泪水盈盈……未等我说完，那些穿白大褂的女人亮出针筒把我扎得老老实实。

我饿极了。天知道我是谁。我扎了马尾巴坐在桃花江畔痴望江中空泛鸟类凌空对岸楠竹茂盛。我是白雪世界里的一粒黑蛹，春天来临时变成黑蝴蝶隐入树林。我是一条居无定所的水蛇，不习惯泥土与芳草。我谩骂人间。

被生活滋润或对人生充满迷惘的体味散发，大礼堂里有股说不出的荒唐气氛。舞台灯光使台上那些和薛芙姨妈一样做戏的人油亮的额头更见光泽。我砸毁塑料餐具，屡次被剽悍护士收服，她知道我的软肋其实不在两腋，而在对自我的幻觉。

四

我的语文老师魏或生是复杂的人物，脸瘦瘦如猴，他当过兵，干过农活，人到中年仍是无妻无子。朗读课文时他喜欢舌头乱卷表示自己在"外面混过"，不惜将"秋雨打着人们的脸"哆嗦成"愁雨打着人们的卵"。他对我们的德智体以及厚颜无耻的修养教育功不可没，全班同学几乎全部成为巫镇心狠手辣的江湖仁义之士。我后来明白男人的犯罪和艺术都是为了抑制勃起，渴望被先奸后杀的女人灵魂上插着胸针。我对他印象极好，想着有机会和他干一桩杀人越货，令巫镇人肃然起敬的勾当。

巫镇长在半山腰，一年四季云雾不绝，夏凉冬寒，姑娘的皮肤被这种气候浸得润白打滑。巫镇的体内不生脓疮，仅有的毒素基本被后山的竹海稀释，这片美妙的穷山恶水流淌平静。

魏或生在课上教我们写景，他形容后山的竹林"雾山滴翠水溶溶"，我当时听不出任何言外之意。他耐人寻味地瞅着我，我脑子里河水流淌。他还动辄写什么"楠竹四季常青，傲寒凌霜，集顽强、坚贞、刚毅、挺拔、清幽于一身，与松、梅并称'岁寒三友'，是具有高尚气节的象征"之类的烂俗言语，只有他完整地遗留先人蚩尤的古怪面目，我看得出他努力按捺对女同学兴兵作乱，侵吞邦国的野心，我们都想着有一天把他擒杀了，砍他的头颅，肢解他的身体，用他的骨头缠上布头播鼓，这应是件他殷切期盼的事情。

竹林是巫镇著名的野合之地，是小鸟天堂，也是催情幽会的处所。想到此处，我恍然明白了一个道理：我们小学老师抽人的竹鞭，如果说仅仅是得到大自然的润泽，断不会那么柔韧、结实，抽起屁股来绝不会那么疼。我们巫镇的竹子由根纵深土层繁殖，竹笋在顽石的重压下破土而出，在世世代代那么多沉重、悲怆的身体和情感的重压之下，在20世纪80年代，正值我含苞欲放的时期，它们茂盛得乱了世界。

遇上春色泛滥的季节，翻云覆雨的竹林里还开出一些莫名其妙的野花。那些毛茸茸的春笋，从腐叶与杂草中崛起挺立，被暗褐色皮肤紧裹的内核，生命奔涌。潮湿的春夜，能听见窗户外竹笋拔节的声音。

巫镇脚下的桃花江在阳光下灿烂，在云雾天散发幽光的江水，深不可测，像夜晚的竹林一样，隐藏着对人类发起突然袭击的怪物。我通常在洗衣码头的青石板边，抠水底石板上滑溜的绿苔，捉盘吸上面的水螺。从河面仰头看巫镇，它像荒废已久的灰色城堡，里面居住着巨大的蝙蝠与蜘蛛。尤其是当群鸟从竹林里飞出，盘旋在巫镇上空，更是令人深信不疑。

现在，我坐在百年大礼堂里头疼得要命。我坐在这儿安静地体会头痛，感到轻松如意。过道里站了一排人，像等待清除的废物。著名经济学家朱希真嘴冒青烟，双手挥舞菜刀，做出剁砍的姿势，脸上已没大便不通的凝重，仿佛正为找到了某个诀窍而窃喜。

他正在说什么膨胀的问题，我记得他在火车上说中国的通货膨胀已经达到百分之十五，现在他说中国并没出现通货膨胀，经济在可喜地发展，物价上涨代表人民生活水平显著提高。讲堂内数百人同时吐口气，顿时形成一股强大的气流，那里头夹裹着剧烈的小笼包、大蒜、麻辣火锅以及上等牛排等怪异杂味，冲击并撩拨朱希真教授油黑的头发，他用手摸了脑袋一把，捋发，露出国王般的微笑。

你认为膨胀了吗？我左边是个二十几岁的小伙子。他羞涩地回答他不懂，他是学计算机的，是个软件工程师，但他认为朱希真教授讲得很精彩。

我低声说膨胀就是欲望的巅峰状态，如果不得到合理有效的梳理与发泄，身体机器内部就会病症不断甚至瘫痪不起，一个国家，甚至一个灵魂，都是如此如此这般这般。

大约有两秒，我从小伙子放大的瞳仁里看见冷静的自己，又从自己的瞳孔里看见他变形的面容。他那双褐色清澈凡事信赖的眼睛一眨巴，几乎是惊慌地离开了座位，另一个屁股迅速填了过来，面朝讲台，虔诚引颈。

我凑过去低声说道，假话，全是假话！我认为朱希真教授对你我以及在座的听众进行了一次预谋周全的强奸，为了这次机会他兴许准备了几十天几个月甚至几十年，就像魏或生从我出生起就盯上了我。看不出来吗，朱希真在做戏，在说谎、行骗！东西胀了，兜里的钱瘪了，我们院里的钟点工明嫂提百分之三十的酬劳也只能吃劣质花生油、死猪肉、烂菜叶、糙大米、臭鸡蛋，电影票八十块钱一张，爆米花十块钱一小筒，能看得轻松、吃得愉快吗？撑着吧，隐瞒吧，粉饰吧，崩溃，迟早都会崩溃！

我似乎激动得要跳起来大喊，其实我一直嘴唇紧闭，没吐一言半语，与他人表情一致，幸福地望着朱希真，完全沉浸于一个经济界权威的真知灼论里。如此近距离地接触大师不可多得，聆听天籁瞻仰圣容的荣幸必将数月不洗颜面，经年不掏耳屎。

讲台上的灯光因某种情感愈显炽热。朱希真教授喝水、擦汗，脸色红润，脂肪温和，如身怀绝技的武林高手慢条斯理。

我没有忘记他的皮夹子，它是唯一使我保持理智的东西。它只是一个皮夹子而已。我突然觉得朱希真教授有一场更大的阴谋，他在窃取比皮夹子丰富万倍的东西，因为堂而皇之与权力威信蒙蔽了所有人。事实证明，对权威的迷信只会使人类越来越愚蠢，越来越易受摆布。瞧这些人，瞧这些需要他者来阐释自己人生的人，瞧这些无头无脑的墙头草！我庆幸自己没有卷入其中。我差点哈哈大笑起来。

我不懂元神出窍的法术，却总是如梦初醒般，被眼前的事物惊倒。发现自己待在这么多动物中间，却永远不可能遇到真正的我，满心失落，昏昏欲睡的惆怅把我带到僻静之处，那里波光粼粼。

魏或生和我妈薛蓉曾是同学，因为这层原因，魏或生对我理所当然地照顾有加。我今天四肢健康地坐在这里幸运地听朱希真教授谈膨胀问题，足以证明过去竹林里发生的一幕是"我"此生的甜点，痛苦这只球与我擦身而过，落在不知名的地方。我没有受到损害，世界没受到损害，魏或生也没有受到损害。

竹林是人生必经的幸福林荫，在那儿秘密"成人"的巫镇姑娘不计其数。

淋了几场春雨，后山的竹笋就膨胀泛滥。如果巫镇人不抓紧时间拼命掰笋吃笋，笋就会长到巫镇的街头，长到你的家里，从你的卧室地下顶破你的床。我热衷于掰笋，切片晒作干笋，冬天炖肉外卖或者扔进垃圾堆都无所谓。竹林里的时间与空间迷乱怪诞。每一棵竹子都在生长自己。我在里面消磨时光，给我妈薛蓉足够的时间把好不容易到手的男人搞完。

我往竹林深处走。鸟叽叽地叫。密集的竹子遮天蔽日。我身背竹篾篓子，裤脚湿了一截，腿上冰凉。一想到被我妈薛蓉提前两个月拎到人世间，我得按照现有的生命轨迹走下去，我单薄多病的身体便对她充满厌恶，我愿意死在竹林里尸体被狼虎叼去。我居然很想念我素未谋面、不知死活的父亲，我妈薛蓉却对此守口如瓶。

我在竹林里拐弯抹角，专走无人踩过的地方。竹林幽暗，腐泥潮湿，鞋子踏湿了，下肢冰凉清醒。我快活地吹起了口哨，模仿鸟叫。春笋没心没肺地泛滥。我没心没肺地收拾它们。我弯腰从胯下看见了魏或生，瘪脸憋得像猴屁股，样子十分滑稽。魏或生冲过来，憋红着脸把我按在地上。我一动不动，认真地说："魏老师，你是不是我爸？你见过我爸吗？"魏或生惊异地爬起来，样子难看地跑了。

我把竹笋背回家，我妈薛蓉头发蓬松面色红润地从楼梯上走下来，眼里一股霉味。我拉亮灯泡，屋子散发一圈昏黄的屎光，虫子在木墙上啃出的图案花纹相当丰富，给我一种说不出的温暖，散发出来的朽木气味像竹林里的腐叶，自由散漫狂妄自大。

我仇恨的眼光发现，我妈薛蓉老了，她裹着那种床单一样的大花睡衣，那些大花已经一朵接一朵地萎蔫了。

天知道我那时心情多么复杂，一边动了恻隐之心，一边又要测试我妈薛蓉对我的心肠，心底里升起痛快的邪恶。我缓慢地捡拾头发上的树叶草屑，眼泪在眼眶里打转，用力抠湿衣服上的泥土，低声说："魏或生是个畜生，他强奸了我。"

我斜觑我妈薛蓉，只见她脸色苍白，身体在大花朵里起伏，像是突然胖了，胸部猛地大了起来，好像要从屋子里弹出去。

为了装得更像，我开始抽泣，最终哭得悲伤欲绝。

我追悼似的哭泣没持续多久就被我妈薛蓉吼断了，她叫我闭嘴，今天的事对所有人闭嘴。她上了阁楼，弄出很大的响声，夜再深一层时，她收拾打扮妥当出去了，并从外面锁好门。我知道她要外宿，去慰藉那孤单无偶的男人，翌日将随晨曦而归。

清晨，我在巫镇奇怪的吵闹声中醒来，门仍被我妈薛蓉反锁。空气潮湿，淡雾在巫镇上空弥漫。乌鸦叫声粗鲁地掠过。一群更小的鸟往林子里扑腾。我从窗口望见深绿色的桃花江波光粼粼，探向雾际。江边聚了些人，也有人正朝那儿奔去。

不多时，我妈薛蓉头上沾着雾水回来，说魏或生淹死了。

我大惊。我毫不怀疑是她把魏或生推落桃花江。我妈薛蓉为我杀了人，她是在乎我的。我妈薛蓉那张毫无表情的面孔后面隐藏着对我的柔软心肠，我心底涌起一股暖流。

朱希真教授真正进入演讲状态，热气腾腾的汗水与情感交织，在大礼堂上空如巫镇的云雾缭绕。朱希真教授字正腔圆的高亢声音令台下如桃花江一般碧绿哑寂：

"照我说，海域的房价1.5万元一平方米，一点也不高，一手房均价1.5万元真的不算高，大家根本用不着慌张，也没有必要人云亦云惊慌失措。房价上涨好不好？当然是好事！1.5万元不是一个可怕的数字，要看人民的幸福指数。房价大涨，这是经济发展的必然规律，犹如大江东去，绝对不是谁呼唤来的。倘若要跌，就凭我一介书生怎么能挺得住？炒房没有罪呀！房价上涨导致一些企业外迁产业转移，是历史的必然，是由穷变富的必须经历的过程啊！我不妨再豪放一点，如果明年海域的房价比现在低一分钱，我向全海域人民道歉。"

说到这儿，朱希真教授站起来，辅以有力的肢体语言。

他高潮了。

静默。还是静默。终于，观众骚动了。

有人大声喊道："请朱教授对自己的言论负责，下一个严峻的赌注！"我扭头看见软件工程师那张代表中低收入的工薪阶层的脸涨得通红。

"打赌自宫吧！"后面有人喊，"还要涨？太荒唐了！"

"呸！为什么你们这些经济学家，不关心广大老百姓的真实需求和痛苦，却这样赤裸裸地和那些利益集团狼狈为奸？"

"你是狗，最听话的哈巴狗，一根骨头，一块肉，立刻就迎上去了！"

"不对，是猪！被地产商喂养的猪！"

原先安分的听众轰动了。有理性的质疑，有起哄的无聊人，也有舔老板屁眼儿却得不到回报而借机发泄的浑蛋。总之，朱希真教授讲了一番比中国足球更臭的话，引发了矿泉水瓶、可乐罐、污言秽语的集体轰炸，人们的文明与修养统统见鬼去了。朱希真教授不得不匆匆谢幕，进了后台贵宾室喝茶压惊。

我对混乱的场面兴趣不大，不明白人为什么总是聒噪不休，简直是一群发疯的病人，我真想给他们每人注射100毫克哌替啶，让他们头痛、头昏、出汗、口干、恶心、呕吐，对个别猖獗的给予极量注射150毫克，让他瞳孔散大、惊厥、心动过速、血压下降、呼吸抑制，最后昏迷。并非因为与朱希真教授的交情或朱教授的皮夹子我才站到他这边，我实在是对于这种敢为自己的胡言乱语负责的知识分子刮目相看。都说流氓易作，君子难为，难为朱希真教授。这些起初心怀崇敬的市民毫不留情地架起高射炮掏出鸟枪搭上暗箭夹裹愤怒朝朱教授嗖嗖发射，终于发现自己买不起豪宅阔宅的原因，竟是由于朱希真之类的妖言惑众、煽风点火、推波助澜。对别人说话太在意本来就是病态，把别人放的屁当作救命稻草来抓就更是病得不轻了。我委实没有想到，看上去那么健康红润的市民，一到这种时刻便表现出粗暴的弱不禁风。

我以为局面会严重失控。令人失望的是用不着保安员维持秩序，人群骂骂咧咧嘻嘻哈哈地离开了百年大礼堂。这是一群多不执着的人哪，说不定那骂得最凶的私底下谦卑地握着朱教授的手，恨不得舔他患了多年的老痔疮。

毫无疑问，在无情、冷酷的海域，玻璃建筑物高耸，光污染使人们的言行都带一点狂乱的意味，它讲究速度，动作频率越快，精神越颓丧越无所依，每一具物质充裕的肉体顶着空虚的面孔四处寻欢作乐，城市内在的杂乱无章与表面的井然华丽毫不相配。然而，这也正是我深爱它的原因。我到这儿来，为的就是怀着仇恨与它亲密相处，寻找饱满的皮夹子。

　　后来，我到了朱希真教授的豪华套房。倘若不是抱着最后一线希望，我早就撇下他去追随另外的皮夹子了。令我五体投地的是，朱教授竟然毫无挫败感，他精神焕发严肃活泼，对我纯洁的青春温情脉脉。

　　酒店房间那种明白的暧昧能省去不少废话。朱教授情绪不坏，显现良好的心理素质，他泡了两杯安溪铁观音，我看得出他在极力扮演君子的角色。我很合时宜地想起我妈薛蓉，她错过了一个好时代，错过了这应有尽有的高级房间与两米乘两米的大床。此刻，倘是她在著名经济学家的身边，她没有崇拜，从不景仰，唯一想做的只是解开他的裤腰带，把它弄起来尽快完事揣了钞票走人，当然她必定学会了把纸币对着灯光照出那真实透明的水印来，海域的假钞比任何地方都要泛滥，她要的就是这个水印。在她看来，谈几句知心话猥亵话以示人畜之分，这种讲究和文明礼貌的下流招数只有上等货色才用。我妈薛蓉还说，婊子对城市的作用，有如阴沟对宫殿的作用。她对自己的贡献十分认可。

　　朱希真喝口茶，叹声气，说人在江湖身不由己。我乐意配合他的抒情，不想前功尽弃，耐着性子说："朱教授，你的语气像是舞女。"朱希真的一身好膘笑了，说："倒也真有相似之处，只是她们卖笑，我卖的是学问知识。"我说："我是私生子，我妈把我拉扯大，我是搞医的，关注人的精神疾病，在康复医院工作，那地方离市区不远，有好几栋白色的房子，院墙很高，墙顶扎满玻璃片，长了爬山虎。我还是早产儿，早产儿比足月儿聪明，这得感谢我妈，提前两个月将我拿出来了，才赶得上今天荣幸地遇到您哪。"

朱希真教授含蓄地微笑，说："这丫头片子！"

我从光洁的衣柜上看见朱教授志得意满的样子。热气腾腾的水雾缭绕不绝。我们的身体有点变形，像幽灵一样举止轻盈。我倒床仰面嬉笑，朱希真教授扑上来脱光我，像张劣质棉花做的陈年棉被那样盖了下来。他说："你这个小狐狸精，我会爱上你的。"我笑得眼泪直流。我拍了他皮夹子一巴掌，说："你在百年大礼堂说谎，你骗老百姓，你不是好鸟。"朱希真教授大约以为我对禽类了解不多，他表情自信，仿佛他是全世界的最大最漂亮的那只鸟，正滑翔在青天白日之间，俯瞰人民水深火热的幸福生活。

他说："丫头，你不懂，人在江湖身不由己。"

我说："我见过的鸟的确不多，洞庭湖的麻雀，竹林里的黄鹂，高原上的雄鹰，甚至田间的野鸭子，这才是真正的大鸟，我有生之年算是能一眼辨认出来，其他如野生鸟、观赏鸟、尤其是国家重点保护鸟，我很惭愧只能初步认识那都是长毛会飞的禽类。"

我的脸部和下肢映在银色透明的冰箱门上，朱教授倒水的手偶尔进入画面，似乎在玩某种魔术。我抿嘴微笑延续矜持。床上用品平整如新。壁纸浅灰，灯具粉红，我在想如何速战速决。

朱希真教授因打哈欠向我道歉。我说："朱教授您累了，您休息，我走了。"他说："你去哪里。"我看了一下时间，说："朱教授，您歇着吧，认识您很高兴，能和您聊天更是莫大的荣幸。老百姓素质太差，您别和这群乌合之众一般见识。"

我假装站起来，朱希真教授一把拽住我的手，旋即松开，怕它跑了，又轻轻捉住它，试探性地拿捏了几下。我始终看着光洁如镜的衣柜，朱教授像头直立的大熊那样手脚愚笨，我是一株开花的树正千朵万朵。

我说："洗澡可以解乏，我……您……今天的演讲真的很精彩呢。"

"嗯，我真该洗个热水澡，等我一会儿，我带你去吃饭。"朱希真教授说完和衣进了浴室。我心里正骂得高兴，他又走出来，解开鳄鱼皮带，说："我在这儿脱，你不介意吧？"我低下头，心中狂喜。

冰箱门里装着风景。朱希真教授脱下装有皮夹子的外裤，露出多毛的白肉和方格平角短裤，和我预见的一模一样。他拎着长裤犹豫着往哪里搁。沉甸甸的钱包往下坠。我说："您把裤子挂浴室里去吧。"朱希真教授一听，便十分豁达地随手搭在椅背上，微笑地进了浴室。

我倾听里面妙不可言的哗哗水声，敏捷而准确地摸向皮夹子。

五

我沿着玫瑰大街往前走，像广场的鸽子那样扑扇着翅膀，两眼黑亮浑身洁白，肚子里咕噜咕噜叫声祥和。善良的小鸽子，无辜的小鸽子，红烧的小鸽子，统统啄着玉米粒与面包屑。皮夹子沉甸甸的。公交车嘎嘎驶过。喷泉池里泡着矿泉水瓶与塑料袋，清洁工正在满腹牢骚地打捞。此时，我想象从浴室里出来的朱希真教授，不觉满怀同情，这一刹那我与薛青萝合二为一，我接着大骂朱希真是头虚伪的蠢猪，我与薛青萝又一分为二。

我拐进了一个破旧的小区，我打算在某个僻静处清点朱教授的皮夹子。一个身系黑色宽腰皮带的保安员，手里电棍乱晃，对拾破烂的半老徐娘污言秽语猖狂谩骂，显然是半老徐娘侵犯了保安的王国，没有听从他的指挥放下手中的烂纸壳立即消失，他嚣张得一塌糊涂，一点也不担心过度上火损毁自己的心肝。而在垃圾堆里跌打滚爬过岁月的半老徐娘也是当仁不让，以我最不欣赏的大嗓门咆哮着，面对电棍却又节节败退。保安员仗棍欺人，黑皮鞋喑哑无光。半老徐娘不识时务默退，并不悲壮地扑向电棍。两人纠缠得难解难分，完全陶醉在语言唾沫的喷洒中。

对峙的场面热烈，遗憾的是无人围观。

海域人总是在赶时间，都有自己的问题需要解决，只有我野狗一样闲逛，我义不容辞插在二人中间，语重心长地说了一句大家十分熟悉的俗话："本是同根生，相煎何太急，大家都是背井离乡……"我话未说完，半老徐娘就号啕大哭起来，保安员赶紧把电棍插进腰间面色惶恐地走了。

我无意触碰了半老徐娘伤心处，脱不开身，她拉着我哭诉遭遇："年纪不到四十未老先衰，丈夫瘫痪多年，家中田地荒芜，儿子又得了白血病……都说海域经济太发达，废品也值钱，就随了老乡在这边风吹日晒，厚颜无耻，你瞧瞧，捡破烂活都这么难……"

我见她皮肤焦黄多褶，两眼混浊生悲，嘴角泡沫源源不断，毫不夸张与生活肉搏的真实处境。她站在那儿，锻炼语言能力那样没有停止的意思，我摸出朱希真教授的皮夹子，鳄鱼品牌，光泽耀眼，里面有两三千块现金。我捏出几张递给半老徐娘，她眼睛一亮，速度之快，几乎是劈手夺去。

徐娘在点数，我转身走了。经过与朱教授耗尽精力的周旋，以及半老徐娘的声音酷刑，我感觉一身膘油都抽干了，肚子里尤其空荡，只想大吃一顿潮州牛肉丸、冬笋炒肥肉，再来一大碗白米饭。

我身上虽有药物混杂的气味，但你们不应该像朱希真教授那样相信我是医生，还掌握了护士的那一套。你们是不犯病的聪明人。我比你们在子宫少待了两个月，这是个明显的差别——很抱歉我又提起这件乏味的事，我太快活了。

上帝知道，我是多么善良！倘若看见目光悲戚，在寒风中毛羽瑟瑟的小鸟，缩在干枯的树丫间，周遭一片挡风的树叶都没有，我会有一种强烈的慈悲想将它放进温暖的鸟窝，不管它是国家重点保护动物还是一只普通的麻雀。我愿意是一颗呼啸而出的子弹，穿越所有障碍冲到需要我的地方。

我脑海里想着冬笋炒肥肉、潮州牛肉丸，脚却踏进了长沙米粉店或者拉面馆。我总是这样。心里想的与做的很不一致，医学家们是否分析出这是精神分裂的一个特征，我不得而知。

我以半昏睡状态走着，我感觉体内被抽去某种东西，感官越来越迟钝，我靠着马赛克墙，顺着雨水攀爬的痕迹延伸到一个恍惚的梦境，我陌生又古老的巫镇，青石板街闪着冷光，人们装束怪异，身上头上裹了些杂七杂八的东西，身着襦裙弱不禁风的姑娘头上堆起乌云，小鸟一样梳理自己的羽毛，因为街对面峨冠博带面如鸡蛋的男人羞得满脸通红。我的几个流氓同学整个冬天不洗澡摇着纸扇风流倜傥专干调戏妇女的营生，晚上偷鸡摸狗吸白粉腾云驾雾日复一日。没有人认得我了，我大喊大叫大声骂娘也没有一个人搭理我。我兜兜转转回不到那个黑黢黢的家，最后坐在戏院门口号啕大哭。魏或生面色苍白浮肿，和我妈薛蓉穿着戏服在街上相扶相搀，好像在演梁山伯与祝英台。他们从我面前凌波仙子似的滑过去，身后扬起漫天尘沙，到处都是亲切的呼唤："嘿！婊子养的！"

鬼使神差，我已经排在"长沙米粉"的队伍中，饿得更厉害。队伍慢慢被收银机吞噬。我埋头计算十三亿中国人每天吃掉多少东西拉出多少吨屎。眼睛在脚尖上做算术题。不知出于什么的干预，总在最后快算出来的一刻被打乱。我手中的十元钞票被提前收走。当我与收银小姐的粉脸正面相对，她又以母仪天下的姿态等我出示钞票。我说："你已经收了钱。"她轻蔑地说不可能。我仔细看她，她的脸上除了粉底和雀斑，没有任何说谎的蛛丝马迹。我十分讨好地说："我的十元人民币是熨过的，干净平整，我认得。"收银小姐咻的一声冷笑，说："你叫一叫，看看哪一张钞票会从抽屉里跳出来，想白吃是不？没门儿。"

随着收银小姐高亢的音调一起，四周蓦地变得杀气腾腾。坐的站的吃的等位的挤满了米粉店的人齐刷刷望过来。酱猪手、臭豆腐、剁辣椒、酸豆角、炸油条、冬笋干，人多口杂气味混杂。我竟无法替小角色的无耻开脱，痛恨把我烧着了。

收银小姐的态度正是我期望的，我低声下气正是为了让她更加趾高气扬。我十分喜欢看别人那副欺软怕硬的嘴脸，而我又天生喜欢和这些所谓的强者较量。如果你知道我在巫镇的历史，你会明白这种情况下，面对长着一对嫌贫爱富的眼睛的粉面雏儿，我小拇指都不想弹一下。我的目的是把自己变成低声恐慌的虫子，主动爬到这只迷人小鸟的嘴里，将她的气焰喂肥一点，再看她怎么把自个烧成灰渣子。

我在粉面雏儿的脸上展开的回忆时间过长，她竟有些迷人的不自信，敲键盘的十指也不那么雀跃了。我慢慢露出笑容，就像从腋下抽出匕首，凑近她压低声音说道："天气还不错，是蓝的，不是血色，注意到了吧？你呢？听朱希真教授的演讲了吗？房价1.5万元一平方米也不算高，要看人们的幸福指数。你爱国吗？为中国足球做点贡献吧……瞧瞧我们，活着就为了吃这种鸟事丢人现眼……通货膨胀得厉害，知道吗，所以大碗排骨米粉涨了两块，哈哈，你衣服挺漂亮，双排纽扣，噢，我敢打赌你属猪！你能一次生下一支足球队，有足够多的奶头喂养他们！"

啪！我挨了一个大嘴巴。"你神经病！疯子！"尖锐的女高音刺破耳膜，在米粉店里绕梁狂奔，夸父逐日般追赶难听又空虚的词语。所有人屏住了呼吸，所有气味停止了扩散，所有物体身陷真空。一切都在静候我的回应。无数目光期待我给他们百无聊赖的生活精彩的一击，给他们贫乏的精神世界扔去一个新鲜热辣的肉包子。

电视新闻里男主播的解说成了世界唯一的声音：本月20日，23名韩国人质被塔利班绑架，要求韩国军队撤出阿富汗，并释放关押在阿富汗监狱中的所有塔利班成员，否则将处死人质……

我的心忽地变得柔软可欺。我十分乏味地垂手走出米粉店，一边打着空洞的饱嗝。我回头望一眼米粉店的玻璃墙——我正走进狭窄的老街，经过鲜花拥挤的花店——只消半块砖头就能哐当砸毁这可恶的一切。

六

地铁口，一个上了点年纪的妇人拉着二胡唱《常回家看看》，麦克风连着音箱，行头齐备，身上的天蓝色戏服波光粼粼，她目不斜视，像脚下装有零钱的小盒子那样毫无表情。我背靠灯柱坐舒服了，想到我姨妈薛芙，再想到我妈薛蓉。我毫不怀疑是我妈把魏或生推进桃花江的。人们把泡得白肿的魏或生从水里捞起来之后，我妈薛蓉患了厌食症，慢慢地瘦成一具骨架，风干在她躺了四十年的木床上。我有点不由自主地抒情，疲惫与倦怠将心搓揉得十分脆弱，眼睛慢慢地湿了。但我警惕这种时刻。这可恶的噪声。这不伦不类的歌手。我的手压着满不在乎的皮夹子，一个酬谢的子儿也没有给。

我打开皮夹子数钱，里头有几张弄不到密码的银行卡、"天上人间"夜总会的 VIP 卡、山姆店的会员卡、健身卡、购物卡，还有那头蠢猪的身份证。我把钱取出来，将剩下的东西扔到垃圾桶，一时又后悔没留下来，借机敲诈他一下，再弄上几千块，甚至在酒店时，我应该拍下他的裸体，做成光碟赎卖。当然，这确实太伤朱教授的感情了，他是信任我的，他对社会和媒体撒谎，唯一对我说了真话，我对他多少该有点待朋友的意思。

我饿得不行，但完全想不出吃什么，我什么也不想吃。我靠着拐角处的灯柱，打算从脑海里甩掉可怜的朱希真教授，盘算怎么花掉这笔钱，只听得豪放的笑浪滚过来，夹杂我熟悉的方言，响亮放肆，我背后的灯柱也震颤不已。不错，正是那位徐娘，她精力充沛意满志得像头牛那样健壮，正向同行高谈阔论，吹嘘她只消几句话，一个蠢货就给了她四百块钱，张张都是货真价实的人民币，她打算趁人的良心还有点柔软，改卖嘴皮编悲惨故事谋生。啊，人类无坚不摧的进化，那古老的，经历侏罗纪、白垩纪年代的智慧的仓库密码无意间就被徐娘这种人才掌握了，她们将进一步为人心越来越冷越来越硬越来越麻木不仁做出不朽的贡献。她们全是天才。

无论如何，今天运气不错，人生花絮飘飞，我打算再去火车上干一次，但听得一段二胡之后，那上了年纪的妇人忽然唱起了戏曲：

虽则俺改名换字，俏魂儿未卜先知？定佳期盼煞蟾宫桂，柳梦梅不卖查梨，还则怕嫦娥妒色花颓气，等的俺梅子酸心柳皱眉，浑如醉……

我定眼看去，妇人脸上早已入戏，水袖往外抛出老远，动作绝不偷懒。我走近妇人，将她打量。妇人面前有份百来字的笔墨纸张，说是因为剧团解散，唱了几十年戏被分到工厂，工厂倒闭下了岗，只有继续在大街上唱戏。因为什么在大街上唱戏无关紧要，说出来也没什么意思，戏唱得好听就行。我像小时候扒在舞台边听薛芙姨妈唱"我柳梦梅"那样，忍不住窃笑。薛芙姨妈两眼秋波，嗓音美得杀人。假使我这样和薛芙姨妈在一个陌生的地方相遇，人生将会是多么可爱。当你以为人生在世无亲无故的时候，突然跳出一个比馅饼还香的姨妈，你做何感想？

我问妇人是哪个剧团的，她说是益阳春苗剧团，我问她认不认识薛芙，妇人说认识。我说她是我姨妈。那妇人惊得不行，捉住我的手，很夸张地喊了一声"青萝啊"——

薛芙姨妈还活着，并且活得这样自由，一个人在地铁口唱戏，那么大的舞台，那么多来来往往的人，间或有几个硬币落在她面前的小盒子里，多么美妙的金属声啊。

可怜的薛芙姨妈，我陪着她在那儿唱得口干舌燥，行人寥落，把她拉到麦当劳，边吃边喝，源源不断地说话，说的却是海域的生活，哪儿干坐都得付钱，妙龄妓女正在发育的胸脯，酒店里头一只鲍鱼超出一个家庭的一个月的伙食费。啊，薛芙姨妈，几十年杳无音信，我们太欠交流了，这些年遇到的新鲜事情实在太多，决不能轻易被一块汉堡包堵住思维，所以我们要拼命地吞咽，直到噎得眼泪双流。

薛芙姨妈的样子，那完全是戏里头的表情，很夸张，也许她早就分不清戏里戏外了，她又捉住一根薯条，像握住一只蟋蟀。她面部肌肉抽搐，嘴巴嗫嚅两下，我似乎听到了二胡的演奏，感到薛芙姨妈就要悲戚地唱出一段往事和心里话。但妇人什么也没说，她完全被数不清的薯条迷住了。

漂亮的薛芙姨妈，脸上的褶子全是风情，每个毛孔里都藏着戏。吃饱喝好，我随她去她的住处，打开了城中村某所房子的某扇房门，很小的地方，收拾得干净齐整，墙上的戏服标本一样，落了些灰土。我不敢想象还有谁让一个胸部萎缩步入老年的女人独自生活，这实在太不近人情了，我妈死后，我的良心活了，我无比仁慈的良心每遇这类事情就犹如刀割。

我妈生前对我无话，死时告诉我她的秘密，无非是薛芙姨妈抢走了她的男人，而那个男人就是我的亲生父亲，他们不知道我妈已经怀上了我。我自娘胎开始就有如此精彩的经历，实在是非同寻常。你也看到，我与众不同的生活。薛芙姨妈说，其实她一直把我当自己的女儿，但我妈薛蓉不许她和我亲近。薛芙姨妈说："你妈那个人，很倔。"我说这我知道，我妈对自己比对别人更狠。

薛芙姨妈进厨房给我烧茶，茶杯配有垫盘，到这份儿上了，还穷讲究。我翻看她的影集，薛芙姨妈在舞台上的光辉形象真是无与伦比，这样的角色，古今中外无论男女都会有些风流韵事的，薛芙姨妈怎么可能例外。所以，当我看见薛芙姨妈和一个男人相拥的照片并不惊奇，我惊诧万分的是搂着薛芙姨妈的那个男人，多像朱希真教授啊。

但是，薛芙姨妈收回相册，茶杯中有张嘴淡淡地说："这个男人，死了多年了。"

很高兴薛芙姨妈一点也不悲伤。我也笑了起来。

我看见另一个薛青萝，在她知识渊博的父亲腿上念佶屈聱牙的《四书五经》，撒娇学习，靡费时日。父亲身材高大，戴圆框眼镜，两眼有神，冷静理智有条不紊，他慈爱、温和，在学习上又不乏严厉，督促薛青萝习画练字，带她去公园坐船观鸟，假期游名山胜水增广见闻。薛青萝在父亲的肩膀上看到更远的地方。她长成健康貌美的女孩，拥有所有足月儿具备的好肺好心好肝好脾好肠胃。她总是被男生包围，女生嫉妒。她考了名牌大学，英语过了八级，托福考了满分，漂洋过海镀了金，做了"海龟"，知名企业的大总管，跨国公司的 CEO……她回巫镇时，巫镇也光彩照人。镇长请她赴宴，邻居们送来桃花江里捞起的新鲜活鱼，乡下打来的野鸭子，饱满的艳羡，昔日对她心生爱慕的男同学躲在暗处偷看她曼妙的身姿，心里头陈醋泛涌。

我没什么好抱怨的。世界就在我的眼皮底下。我正过着陶醉无负担的人生，绝不踌躇满志，做梦都巴望提拔、尔虞我诈；也不为脚气、狐臭、鸡胸、病菌之类的东西忧心忡忡。我酷爱海域的真实生活，尤其是那龟头一样饱满的火车头，拖着人类的欲念狂奔。我并非试图向你灌输什么观点，像我这种心态良好的人绝不会教你堕落。夜幕降临时我心里会有爱情，如饥似渴的爱情翌日清晨随日出消沉幻灭。

我对巫镇的感情，比夏季露出河床的桃花江还浅。据说巫镇已经开发为旅游景区，他们挖空心思从腐烂的棺木中掘出几位历史名人，修建了名人们狎妓赏月的水榭楼台、艺术长廊，已经有不少附庸风雅的人慕名前来，其结果变成食客，贪婪地吞噬巫镇的地瓜、臭豆腐、田螺、狗肉、田鸡，以及远近闻名的松花皮蛋，各种垃圾在桃花江上漂流，鱼虾们尽其所能往遥远的地方迁徙，纷纷累死途中。竹工艺品和茶叶销往世界，财源滚滚，人民生活的幸福指数猛然上升。很抱歉我没有请教朱希真教授关于幸福指数的计算方法，在不甚了解的情况下将"幸福指数"送给了巫镇人。

晨曦中那个薛青萝云鬓高耸长袖缥缈一目十行：肉体是灵魂的形式，灵魂是肉体的形式。灵魂孕育肉体，我纯洁的灵魂，包含着天堂之光，美丽的肉体也想得到这光，快乐的风度和可爱的外表多么和谐。啊，多花必早落，桃李不如松。桃李出深井，花艳惊上春。新人如花虽可宠，故人似玉由来重。美人在时花满堂。美人去后空余床。床中绣被卷不寝，至今三载犹闻香，香亦竟不灭，人亦竟不来。相思黄叶落，白露点青苔……

2008 年　平安夜

7.

路上有惊慌

一生只呈现一个意象，胜于写出无数作品。感情也是一个道理。
旅行者这一生的意象，就是那株叫作诗人的植物，
或者说是那个名叫植物的诗人。

一

　　早起。天阴有雾。一夜噩梦，腮部鲜活的青春痘使旅行者脸色暗淡。她松松垮垮，走下酒店台阶，心想打道回府，两腿又径直往前。对自己撒娇，被自己拒绝，旅行者坚定地走向马路对面。背囊饱满欲裂，七彩耳环晃荡，登山鞋一步一震，树叶颤动，尘土纷纷。军绿色裤子到处是口袋，装有话梅、姜片、口香糖以及零钱、手机、碎纸，像杂货铺。诗人植物的照片，独占一处，他温和的怀疑主义者的眼神，紧贴旅行者的大腿。

　　"愉快或悲伤地走在现实的影子中，势必错失此刻正在形成的那个景象。"旅行者嘴里含着话梅。紫色太阳镜反光。脸色冷酷。那闲于抽烟，并不主动揽客的的士司机很有个性。她朝车窗俯身。个性司机止不住一阵抽搐，如见鱼咬饵，扔了烟屁股，恢复生意人的殷勤。

　　"去西南汽车站。"旅行者说。一杯温水的声音。司机黑脸白牙，黑须遮住上唇，哑巴一声，问旅行者"打算到哪里游玩"。"你认为该去哪里？"

旅行者反问。司机嘴里一团银光,问:"姑娘哪里人?"夹生的普通话。出生地。籍贯。户口所在地。工作生活的城市。旅行者半晌回答"不知道"。司机两眼一翻,眼珠子好比玻璃球从黑暗中滚到了亮处,闪烁了一下,消失于黑暗。余光落在旅行者的手上。腕上套着一串佛珠。十指交叉,指尖、指甲修得精致。

"烧香拜佛还是游山玩水?"司机问道。

司机说了好几个地方,重点提到巴隆镇,周到地介绍了当地的民俗风情,并说11月来,不算最佳,但避过了旅游旺季,宾馆打五折、六折,便宜得一塌糊涂,他打个电话,三折都能住下。司机停下活泛的嘴巴,从后视镜瞟一眼旅行者。后者果然高兴,说真的吗,那去巴隆。司机说一点也不假,曾帮过许多朋友订房。旅行者阴了脸:"其实也无所谓,反正就是出来花钱的。"司机尴尬,他沉默片刻,问旅行者的职业。旅行者又兴致勃勃地要他猜。司机猜了一百米远,旅行者一路摇头,突然决定去拇指山。司机踩一脚刹车,说道:"西南汽车站没有去拇指山的车,只有郊区的新站才有。"

车往郊区开。城市的新鲜色彩越来越淡,慢慢地开始破败、杂乱与荒芜。旅行者心慢慢慌了,旁敲侧击道:"汽车站弄到郊区,真没道理。"司机嘴里一团银光,笑而不答,好像旅行者已是瓮中之鳖。旅行者摸了摸背囊里的刀,两万现金,手心出汗。路上的年轻小混混,眼含得意与邪恶,仿佛她正向他们的网中游去。水草倒向两边。寂静的声音振聋发聩。车停了,一个小混混弯下腰,与司机相熟,边说话边放肆地看旅行者。似乎是商量先奸后杀,或劫财弃色。旅行者耳边警车鸣叫。一头掀泥巴的猪。鸡飞狗跳。云盖住了太阳。一具女尸。人们议论纷纷。早晨的阳光,熟透的橘子颜色。白面团般的小猪崽,在地坪里滚动。一支足球队。撒开伶仃细脚,满地花瓣印。父亲皮带穿了一半，反抽出来："瞎了眼，见猪不赶。"母亲用身体挡住："孩子还小，哪经得起皮带抽？"猪散了。父亲与母亲还在厮打。漫长的空缺，母亲失踪。一包酥脆的油炸兰花根，带回了母爱。偷看姐姐洗澡。浴室里飞出一块砖头。一条红领巾做的三角裤，度过整个夏天。顺着河水长堤，到镇子里看戏。韩湘子化斋。孟姜女哭长城。磨坊产子。长十倍年纪的老头老太。比现在的音乐厅安静。月色乡间。花鼓戏通宵。天亮时，母亲终于出现，趴在母亲背上做起了梦。天井里两株参天古树。对准学校的木地板缝，朝楼下的教室吐痰。赤脚泥泞，指挥全校合唱学习《雷锋好榜样》。偷看试卷。尖嗓子的男老师厉声喝道：站住。

"还有多远？"旅行者心里凶狠，话却温和，接近怯懦。

"过前面立交桥，左拐就到了。"司机换挡踩油门，把积在嗓子里的痰吐到车外。他锁起眉头东张西望。

"这是去哪儿？"司机犹疑的态度令旅行者心中的疑虑加重。

"马上到了。走这条路近，否则要绕很大一圈才能掉头。"司机说。趁旅行者掏钱的工夫，又补充道："去拇指山的车已经开了，到巴隆三十分钟后有最后一班。"

二

膻味使车厢空气黏稠。座位肮脏，辨不清底色，似乎从没拆洗过，泛黄的油渍被磨得光亮，如抽象的绘画作品。车上一半座位是空的。空的座位隐含着某种阴谋。旅行者在后排坐定，迅速观察车上是否有危险人物。车里人无不是头发枯乱，手和脸呈暗红和深黑调和的颜色，皱纹沟壑触目惊心，那些穿在身上的汉服和藏袍，都闪烁油腻的暗光，散发极为刺鼻的怪味。

车开一段，都开始闭眼打盹。坐在第二排的那个壮年男子，用一种牛或者马的眼神，仍不时回头扫旅行者一眼，没有色欲，也无好奇，似一对假眼球般空洞无物。车要从上午走到傍晚才能到达巴隆，旅行者想聊个熟人添点胆量，便朝壮年男子点头致意，他却赶紧缩了回去，再也没有看旅行者一眼。

仿佛一只鸟儿飞进森林。旅行者的精神好了。

眼前还是庸常的山，拐个弯又是重复。旅行者嘴里乏味，含颗话梅，从裤腿边上的口袋里摸出植物的照片。她的食指与中指间露出一行字："当你从我和日落间走过，只有影子进了我的帐篷——给魏尼。"照片很快被旅行者翻过去。翻过来一具身体。身体被旅行者的两根指头分成三段，隐约魁梧。

"当你从我和日落间走过，只有影子进了我的帐篷。"旅行者长久地保持一个姿势，琢磨这句话的意思，以及植物写这句话的用意。旅行者摸到一种虚无，嘴里"咯嘣"一声，嚼碎了话梅的核，仰靠座背，张嘴呼吸，抵抗突如其来的晕车。

片刻，鼻子消失了，变成了鳃。鳃的呼吸，拍出浪潮，像车前的雨刮，不断刷新胡子司机的样子。除了黑脸白牙，旅行者对胡子司机失去任何的记忆，连车牌号码都忘了。仔细回想乘车过程，她越来越觉得胡子司机是个坏人。西南汽车站不可能没有去拇指山的车。他那张黑脸鬼鬼祟祟，不一定能掩盖他所有的心理活动。比如他和途中那个小混混的交谈，以及小混混放肆的眼神，只有对落于陷阱的猎物，他们才会那样自得，也只有落入陷阱的猎物，才有那么纤细敏感的神经察觉到异样。车穿过那偏僻的道路时，速度明显放慢，司机换挡的手，失去先前的流畅，手背青筋突起，嘴巴紧闭，电影中罪犯作案前都有这种神情。

车抖得厉害，旅行者被颠醒。不知道睡了多久。往车窗外一瞟，倒抽一口冷气。车在半山腰摇摆，而悬崖一侧，江水滚动，在车里看不到路面，感觉如在飞机上遇到强烈气流。昨晚在餐桌上，还有人提到某位诗人翻车落江，即被狂卷而去，车无车迹，人无尸影，如一滴水被蒸化消失于诗歌界。

旅行者挪到车中间坐稳，这样她所看到的，除了云绕群山，就是群山入云。如少女的前胸隐约。天是一块干净的蓝布，白云就是布上的破洞。山是彩色的。当地人拿着晚报在读："……数小时后，尸体全部打捞上岸，其中一名叫魏尼的女性，外地游客，1970年生……"这则消息不太理想，旅行者不满意，理想的做法应该括号加注"资深记者"，再用加黑的字体介绍深入险区的缘由。1.活得没意思（虚无）；2.爱上有妇之夫，不能自拔（绝望）；3.工作采访（理想）。隐身飞翔于城市上空。什么都没有变。办公桌上的稿子还是乱七八糟，同事们照旧辩驳、请客、调侃，生活得有滋有味。诗人植物在孩子上学，妻子上班，自己独处时才流淌悲伤。悲伤使他的脑袋杂草丛生，剃光了胡须的下巴，瞬间长成一只刺猬。他因而更像一位哲人。他打开上锁的抽屉，抚摩照片中的她，偶尔写一首"献给WN"之类的诗。妻儿回家时，他已经锁好抽屉，脸上的胡子收割完毕，毛发恢复原样，系着围巾往滚水里下饺子。

不过，比一条受伤的狗腿康复的时间不会长太多，诗人以成熟的心智正确引导自己，很快，他不再给死人献诗，他知道给死人献诗的徒劳。或者生活中突然出现一抹彩虹，温柔地夺走了死者的墓志铭。

于是寒意从旅行者的脚部逼上来，贴心毛衣失去质感，身体跌入空空荡荡，车子好比开进了冷冻库。旅行者冷得直哆嗦。她找出外套穿上，扣严，把它们朝身体压紧，再看窗外时，只见雪山从天而降，如屏障般横在眼前，仿佛触碰到了她，令她的身体产生了更为巨大的震颤，只觉得浑身都在飞翔、回旋、尖叫、眼泪在飞，河流、湖泊、海湾在她身上穿梭来去……旅行者第一次见到雪山。而实际上，她只是冷漠地贴向车窗，像个哑女。

雪色山坡上，黑色的牦牛如随手撒下的种子。鹰浮在空气里。牧民打鼾。司机已有疲倦之态。

车在雪山顶上继续盘旋。

两小时后，旅行者取下挂起来的身体，软在座椅上，又有了睡意。

群山障目，偶尔有抹残红飘过旅行者歪斜的脸。城市以及高楼，平原与大海，山以外的可能，都沉到旅行者的梦里。旅行者错过日落以及一条漂亮的狗，一群当地的绵羊，和面朝山路的茅厕。一个急转弯身体滑向悬空，旅行者轻易地醒了。

夜色浸湿车厢。车内魅影重重。

"到巴隆没有？"见已过了到达时间，旅行者朝司机大声喊道，如一条活鱼摔在地上乱蹦。车正沿着发亮的溪水密密地缠。除此之外，万物沉静。极像一只活蚁爬行于僵死多年的巨兽之上。所有人都回头看旅行者，昏暗中每一双眼睛都在闪光。旅行者仿觉遭群兽围攻，后悔暴露自己。

见无人搭话，旅行者声音凶悍起来，又觉得充满黔之驴的滑稽，心中犯虚。

那只慢条斯理的老虎司机，半响才回答："一小时后到花地，终点站。"

花地是什么地，是村寨、乡镇，还是城市，旅行者一无所知。刚上车时，问司机几点到巴隆，司机说下午五点，并说车里会有广播通知。司机肯定知道她要在巴隆下车，甚至全车人都知道，她还是错过了巴隆站。穆罕默德为了不把猫弄醒，将斗篷剪掉一块，司机和车里所有人具有同样的美德，为了不打扰瞌睡，让旅行者一直坐到花地。而旅行者觉得自己根本没睡着，或者说仅打了一个盹，她问司机："为什么没有到站的广播提醒？"司机毫无愧疚地说："广播线路半路上坏了。"这时，胡子司机鬼鬼祟祟的脸，在旅行者眼前一闪，再看老虎司机，也似一个心怀鬼胎的人，根本不敢正视她，顶多从后视镜里瞟上一眼。他们莫不是串通好了。旅行者心跳得似蛙鸣，摸出手机，手机盲区，半点信号也没有。此时天已经全黑，那些打蔫的脖子根根都直了起来，顶着沉默的脑袋，好比机场或者火车站前举起的接客牌。他们要联合起来把她干掉！旅行者心里缤纷马蹄。她试着和前排的妇女搭讪，她后悔没在路上和妇女培养感情。妇女声音淡漠，说的不是汉话，并且丝毫不能感受到旅行者内心的恐慌，车一停，头也不回地下了车，和接车的亲人叽里呱啦。

车子迅速空了走了，人群流向花地。旅行者不动，有落花人独立的肃杀或忧伤。如刀削过的建筑贴着山壁生长，窗口透射晦暗亮光。是个小镇。翻了一天还没翻到头的山地，仍有直立行走的动物与烟火，旅行者心里泛起暖意。结束洪荒般的行走，她想赶快找个安全的住处，上床。然而哪一处不是陷阱？大多数店铺已关，面馆还热乎着，里面的人警觉地注意到了旅行者，她的装扮，以及反光的眼镜。他们低声交谈，肤色暗红，在暧昧的光晕中十分突出，白眼球滚动灵活，似乎在密谋，怎样把旅行者剁成肉酱，灌进包子里，卖了，收回滚滚白银。他们裹着被子似的棉袄，让人确信气温很低。到他们露出白森森的牙齿大笑时，旅行者打了个寒噤。

三

灰白、干燥、坚硬的小镇，全是石头。没有太阳，却亮得异常。街上如被风扫过，什么人也没有，多数店铺没开，只有面馆冒着热气。旅行者戴着太阳镜，哈欠连天。一夜噩梦纠缠，合眼即被惊醒，几乎整夜未睡，天亮梦魇散尽，继续睡，再睁开眼已是下午。又吃了一碗面，在宾馆前站稳，含着话梅等车，看不到任何车辆，只觉鼻孔干燥嗓子疼，里面似裂开千沟万壑，冷风劲刮，呼吸不太轻松。她转身回到服务台，女服务员的脸被电炉烤得如同熟透的地瓜。两颗神秘的地瓜，女巫似的，使用她们的语言，眼里有点点星火，见旅行者走近，闭了嘴巴，仿佛偷嘴的蛤蟆。

旅馆根本没有其他的房客。莫非住进了黑店？旅行者边走边迅速观察周围，捕捉蛛丝马迹。地面是白色瓷砖，拖得干净。右侧的山水国画边上，有可疑血色，近看方知是吃饱的蚊子，被人用手指压死了粘在那里。

"有没有地图？"旅行者问道。一只地瓜发愣，另一只说："没有，你要到哪里去？"普通话歪瓜裂枣。旅行者咳嗽一声："不知道，全乱套了。"那只地瓜接着说："我觉得你该去月岭雪山，红军当年从那儿爬过。"旅行者觉得这只地瓜不同寻常："远不远？"地瓜指着旅行者："你流鼻血了。"旅行者手一摸，红的。"这里海拔才三千九百米，月岭更高，你身体承受不了。"地瓜幸灾乐祸。"我请你当导游。"鼻血止住了，话梅在昂起头时滑到肚子里，旅行者吐词清晰。地瓜裂了："嘻，导游呀，不行，我当班。"

旅行者与地瓜对话时，另一只地瓜一直在接电话，她握着话筒几乎没怎么开口，似乎电话里正在播放音乐。

人性如何承受，有一个画好的天堂在其尽头，没有一个画好的天堂在其尽头。一个朴实而狡猾的侧影。喝人血长大的骨骼。在自己的身体里如鱼得水。无所适从的风。鼻子和人作对。植物沉默，汁液暗淌。

一辆小面包停在宾馆门前，车窗内探出的脑袋朝服务台喊："有没有房？"旅行者大声答"有"，怕车开了，疾步走出来，与提箱子的男人擦肩而过。旅行者钻进车里，说去月岭。像个老主顾。车里窄得似鸟笼。弥漫劣质烟味。提箱子的男人走路轻灵，仿佛箱子是空的，进门前，回过头望一眼，似笑非笑，脸上飘着高原红。

"包车很贵，没两百块动不了。"司机随意弹掉烟灰，他说的是正常价的两倍。旅行者借了解行车时间及路况的机会，仔细观察司机。司机眉呈"一"字，配一双不太灵活的小眼睛，不狡猾，不贪婪；鼻梁端正，嘴厚多肉，诚然是心地实在；衣着粗简，言语温和，怎么看都不像坏人，甚至起歹心坏人性的可能都很小。心渐渐放宽。

旅行者笑着让司机起程。

司机自我介绍叫阿古，爷爷是汉人，奶奶是藏民，他是个"嘿嘿，不是纯的种"。旅行者明白这个"杂种"的自嘲，心里轻松。说话间，车已经慢条斯理地爬上了山脚的道路。河水奔腾。牢骚满腹。它并不宽阔。喧闹是寂寞难耐中唯一的抗议。河对岸是草地。黑的牛白的羊。有时变为灌木丛。结满苹果的树。光亮的果树林荫道，通向绿色的山丘，通向农家小院。山连山。顶峰的灌木丛与天接壤，落光了树叶的枝丫，鸟雀把那遥远的枝条弄得颤颤巍巍。一群穿过公路的黄牛，把屎拉在路中间。车轮从上面碾过。陌生的树。远远的一抹雪山。太阳从大块云彩边缘散射出来，河水和云下的地带阴影更重。

不要描绘，在描绘风景方面画家比你高明得多，他更懂得其中的奥妙。试想想一排槐树。女孩子十岁游过一条河，对面的景色让她终生失望。树丛中隐约人家。天蓝色的海子。那里面的鱼，据说是属于国家二级保护动物，吃价很高。初潮，受到姐姐嘲笑，她向母亲汇报："哇，杀猪一样。"睡觉直挺挺的，不敢翻身。三条裤子全部浸透。世界末日。弓起背，把胸收起来。喜欢班上无恶不作的男生。当众朗读女生的情书。讨厌她哭得楚楚可怜。

路引诱着车。深不可测，看不到一户人家。寂静的鸟声。北山阴冷。种种凶杀情景掠过旅行者的脑海。她甚至清晰地看见自己被杂种阿古推下悬崖。旅行者一只眼装风景，一只眼观察杂种阿古的神情变化，嘴里夸张地赞叹美景，借以释放不安，平息内心的骚乱。车到得半山腰，仰望苍苍，俯首茫茫，肥硕臃肿的是山，瘦骨嶙峋的是山，白了顶的是山，青春焕发的还是山。"一日看尽长安花。"渺小与伟大交替的感觉，使旅行者感慨万千，胸有诗情冲撞。阿古不失时机，说："漂亮吧，应该多拍些照片。"旅行者被提醒，拿出焐得发热的索尼数码相机，下了车，又转身把背囊背上。这个动作引起了杂种阿古的注意。"把包放下。"杂种阿古说，脸都歪了。旅行者不肯，想取包里的刀，杂种阿古伸手抢夺，狠力一拽，飞起一脚……

"算了，不上去了吧。" 旅行者的手插进包里握住刀柄，始终不敢光明正大地拿在手里。胆量由一只巨大的鹰，变成一只嗷嗷待哺的雏鸟。她的决定听起来像征求意见。"半途而返，太遗憾了，一定要到山顶。"阿古的建议倒像决定。如小时候梦中小解，在梦里一次一次起床解决放松那样，旅行者不断在心里说："掉头，立即下山，离开这里。"却被一股神秘力量控制牵引，始终一声不吭。如此，车又翻过一道屏障，只见山还是山，却又不是先前的景，连绵雪山，在云霞里隐约，仿佛海市蜃楼般，奇特壮观。

"想拍照吗？想拍我就停车。"阿古眯眯笑，表达一个"杂种"的友善。

旅行者取了相机，毫不犹豫地把包留在车上。对阿古信任，就是对他尊重。即便他心中有恶，这片刻的尊严获得，定能缓解他恶的发作。上帝也是有魔性的，何况人。上帝不发恶，因为人们相信他。旅行者心里混乱。

"你结婚了吗？"阿古突然在旅行者后面问道。

山顶太阳，立身处小雨夹雪。迷蒙。几步外，就是悬崖，山下那条来时的路，看上去就是一条灰色的线。人掉下去，就会是线上的一只死蚁。

"没结。"旅行者谨慎地远离悬崖，不动声色地往山壁那边闪，问道，"你多大，结婚没有。"

"你是不想结。我23岁，明年赚够钱就把女朋友娶回家。你有男朋友吧？"阿古只穿两件衣服，胸口袒露在外，说不冷，嘴唇乌紫，不断咳嗽。

"嗯。"旅行者含糊一声。手脚僵硬。

"你们干吗不结婚呢？"阿古问题很多。

"上车吧。太冷了。"旅行者不知怎么回答。包在车里，刀在包里，人没安全感，越发冷得哆嗦，上车就把包抱在怀里。

"城里人看起来真年轻。你是做什么的？"车半天打不着火，阿古还借机问话。

"我是记者。已经下雪了，离山顶不远了吧？"美景非良辰。旅行者彻底失去上山顶的勇气。她无法相信阿古。阿古既然拼命赚钱娶媳妇，为什么不乐意省下油钱和时间去做别的生意，反倒坚持要载自己到山顶。这里面有什么阴谋。他肯定知道她身上带了钱，而且不少。他要把她带到山顶去解决，那里更为保险。说不定那儿有他的同伙，一群盗贼，正在等待羊入虎口。

冷从脖子里灌，旅行者把外衣拉链使劲往上拉。再看阿古，只见他小眼发直，面无表情，嘴唇并不厚，鼻梁也有点塌陷，典型的丧心病狂的长相。衣服也不是简朴，而邋遢，凌乱，一层污腻，只有毫无原则、不受任何约束的人，才是这副德行。旅行者的心又跳得似蛙鸣。她不敢流露内心的想法，怕倒提醒了阿古，被他顺着她的思维提前动手。于是装得从容，和阿古说笑。慢慢地又觉得阿古鼻梁端正，嘴唇多肉，心地实在了。

"再走四十分钟就差不多了。山顶鹅毛大雪呢。"阿古把山顶风景描绘了一番，说可以看到冰川，云海，雪山，山上唯一的一户人家，拥有上百头牦牛，牛和人几乎不下山。"你看，看那座山头。"阿古手指左前方。旅行者看到满山坡的黑色牦牛。原来的山群矮了。天近了。空荡荡的四周，鸟雀也没有一个。所有的声音消失了，听到自己的呼吸，才相信听觉没有问题。去不去山顶？旅行者的内心又开始摇摆。眼下的处境，实际上与山顶没什么区别，甚至可以说，从进山那时候起，她的脖子已经伸进了阿古的绳套，就看阿古什么时候用力勒那么一下。唯一的区别在于，上山顶，可以享受死前的美景盛宴。

上帝和魔鬼只有一个。信徒成群。成群于餐桌上，于各种场合相互乱咬。"那个偏僻的地方，最好不要单独走，尤其你一个女人。"藏族老头身着汉服，一脸滴油熏肉，宠辱不惊。鬓角淫荡于老头与旅行者之间。一位做足修饰功夫的年轻诗人。鬓角的淫荡覆盖熏肉的警示。醉意熏人。酒的热度，比任何话语更令人迷糊。体态丰腴的香烟，在桌上转一圈，被踩躏瘦了，剩下空壳。嘴像刚射击完的枪，冒烟。声音夹着子弹呼啸，穿越烟雾。满屋子苍蝇乱撞。聒噪不断。

旅行者想到另一个鬓角。隐秘躁动，化成一株植物，植入生命，长在身体里，血肉相连。拔除它，有血从看不见的伤口往外淌，好比空寂无人的大山里，一脉不知源头的溪水日夜流动。一种缓慢的精神凌迟。旅行者不觉喝过头了，植物的根须，抵到身体的每一个地方，涌起迷蒙尿意，她起身上洗手间。

四

"上山顶看看。"旅行者暗下决心。事实上车一直在往前开，只是更慢。

一是雨雪使山路泥泞，车轮打滑；二是车好像出了毛病，走一段就抽搐几下，害起了痨病，吭哧吭哧爬得十分费劲，晃得如同醉汉，把旅行者心弄得活塞般上上下下、吞吞吐吐，差点蹦出嗓子眼。

雪越下越大。车前车后茫茫一片。昏暗的气势，从四面八方逼涌。可怜的小面包车，在稻梗上爬行的甲壳虫，要享受谷穗的芳香。禾叶沙沙作响，似万千只甲壳虫奔跑过来。腿再多，抓不住光滑的稻梗，爬三步，退两步，或者爬一步，退三步，摇摇欲坠。呼吸困难。鼻孔如有针扎。不说话。为什么非上山顶不可。理想变成机械的目标。

背姐姐的旧书包，穿哥哥的旧衣服。穷。一年四季，赤脚泥泞，走两里地，滑滑溜溜地上学。烂泥巴从脚趾缝里冒出来。恶心的蚯蚓。背下整个英语单词表。语文老师暧昧的关怀。戴假发的化学老师离过婚，专为难漂亮女生。一颗坏牙。父亲赞赏扯秧插秧的才华。两腿撑开八字，沉下屁股，手没入水中，贴近秧苗根部。三根。五根。盈握。课本用来擦屁股，作业本擦屁股用。屁股的阅读，就是家长检查。读书无用。一个人的监狱，改变全家人的命运。活人的价值在于成功地扮演稻草人。吭喝偷吃谷种的鸟，挥赶下田啄苗的鸡。十七岁，雪下得比这山头还深。改变了姓氏，与父亲较量。沉默中埋下的仇恨，在六年后父亲的痛哭流涕中化解。蚂蟥贴着伤疤，大半截身体进入肌肉。吸血。也不过是轻微的痒。掐断它，变成两条生命。每一种痒都与蚂蟥有关。一个村妇，成天挠头皮，痛苦处双手抱头挠。丈夫愤怒，揪住头发便扯。风掀茅屋似的，竟揭开了天灵盖，头皮窟窿下，惊现一窝蚂蟥。一个男人锯掉了一条腿。一位少年因被蚂蟥咬得斑驳的腿而奋发读书，考上了大学。更多的人选择在与蚂蟥争斗中和平共处。

比寒冷更冷的冷。痒。后背。双腿。心里。

"不用害怕，别的我不敢夸，我们山里人开这种路，绝对安全。"阿古见旅行者神情紧张，表示安慰，如农民夸自己懂庄稼。他的身体随着车子的节奏晃动，恰到好处。一直漫不经心地咳嗽，越往山顶开，咳得越诚实。旅行者捕捉到这诚实的、一具肉体的咳嗽声，觉得这个人还是可以把握的。

"给你，你穿得太少了。"旅行者拿出一件毛衣。假如山顶情况如自己猜测的一样，一件毛衣，或许可以改变整个结局；假使一切正常，司机阿古却病倒途中，也是同样的不妙。在高速公路上，她能以时速一百六十公里的速度飞驰，这种险象环生的山道，她连方向盘都不敢握。因此，为那不可预知的事，旅行者愿意牺牲这件四百多块钱的时尚毛衣。同时轻度后悔，应该趁手机有信号前，打个电话告诉朋友她所在的位置，车牌号以及司机的名字。尸体被食肉动物们分食，灵魂怎么能绕出山群。恍惚间旅行者把阿古当成灵魂的救赎者，他是她出生入死，患难与共的对象。心里忽暖忽寒，想起诗人植物对死亡的态度：

"如果有人杀了我，将我结果在荒无人烟的地方，那么在腐烂之前，我有足够的时间享受流云、星辰、荒漠和空旷。"

天人合一。刀子刺进身体。寒冷。脑袋撞击岩石。容毁。肉体摔下悬崖，模糊血肉。稀奇古怪的想法令旅行者表情复杂。

"我跟你说点死亡的事情。"旅行者对阿古说，"死在印度。如果火葬，灵魂将首先进入月亮，变成雨。雨落到地上变成食物。食物被吃后变成精子。精子进入母胎再次出生。这一过程叫作'五火'。'五火'通常与'二道'连在一起。'二道'指'祖道'和'神道'。祖道是人死后根据五火顺序回到原来生活的世界的道路。神道是人死后灵魂进入梵界，不再回到原来世界中的道路。"

"你会选择什么道？"旅行者问。

"啊，有意思，我选择'祖道'，回来继续看山里的风景，还有女人。"阿古热爱生活。

"挺冷，穿着吧。"旅行者把手中的毛衣又递了一次，对阿古的选择既羡慕又鄙视。她喜欢梵界的至高的精神境界，只是虚无中的虚无，双重虚无。

阿古说他不冷，咳嗽是因为抽烟。阿古的拒绝让旅行者失望。一个渴望死后灵魂进入梵界的人对选择祖道的人的失望。她又递给他一颗金嗓子喉宝。阿古不知道是什么东西，捏手里看看，伸舌头舔舔，含到嘴里，浮起难看的表情，像一只尝到怪味的猴子。旅行者道："有这么难吃？"阿古摇头："好奇怪的味道。"旅行者刚要笑，只听阿古"呀"了一声，突然刹车。

"怎么回事？"旅行者问。

"塌方。"阿古说。敏捷倒车。

旅行者没明白。眼见零星的石块在前面山坡飞速翻滚，石块越滚越多，越来越大，刹那间如飞流瀑布，气势磅礴，訇然一声巨响，炸出一团巨大的尘雾，瞬间耸起一座新的山头，挡住了去山顶的路。

旅行者傻了。

偶尔还有石块滑落，一路奔至悬崖，听不见落地的声响。巨大的坟头。车压瘪了，铁片刺进肋骨，血肉模糊。胸前挂着的手机在响，荧光屏忽明忽暗。今天是星期二。植物在上课，贴紧胯部的手机碰到了重拨键。他在讲波德莱尔：这位被认为不合人情的，带有无聊的贵族气的诗人，实际上是一位最温柔、最亲切、最有人情味、最具平民性的诗人。但丁的诗神梦见了地狱，《恶之花》的诗神则皱起眉头闻到了地狱，就像我们闻到火药味。一个从地狱归来，一个向地狱走去。波德莱尔把萨巴蒂埃夫人奉为诗神，寄托自己的向往与追求；惠特曼婉拒英国女作家的求婚，据说是个同性恋。八十二岁的知名人物要与二十八岁的女人结婚。有人认为这是一场世界最冠冕堂皇的情色交易。人一出生，就进入死亡倒计时。世界上跳得最高的动物居然是跳蚤。爱情是自己的事，婚姻是别人的事。任何方式都弥补不了，注定拥有那么一个有缺陷的人生。

"当"，一颗碎石崩到车身。犹如一次危险的警告。

塌方的瞬间，诗人杯中的水起微澜。颠倒了红绿灯的色彩。从假寐中顿醒。旅行者咬住眼泪，山在眼里退缩渺小。

"这样的情况，我遇过好几次了，亲眼见过流沙活埋两面包车人。救援的车辆最快也得三四小时才能到。"阿古将车退到稍宽的地方掉头。阿古说话就像严寒中的松柏，或者那些不知名的灌木，以及散落茫茫山头的牛马牲畜。几乎没有什么能惊动它们。偶尔抬起头，也是毫无目的。他说山里人靠山吃山，他信命。发生意外，一定是做了什么坏事受到的惩罚。

车往回开。奇怪的是，不抽搐了，不犯瘆病了，车速明显快了许多。天将黑。山色浓了一层。旅行者说："会不会有熊瞎子或者狼？"阿古回答："有，人在车里，不必害怕。"旅行者说："我倒想遇到。"塌方隔断了山顶可能的奇遇，那片未知的事件，永远消失，不能再现，若没有新的感官刺激，会遗憾更深。旅行者心里活泛起来，内心里萎缩的冒险之花，又探头探脑的了。

旅行者估计阿古身高不足一米七，体重不会超过六十公斤。她手中有刀，不该怕他。

在东北零下二十摄氏度的冬天，一个男人喉管被抹了一刀，睡在家门口，棉大衣吸干了所有的血。回到南方，旅行者仍经常在揣测那把刀的轻薄锋利与亮度。正义的、复仇的刃，穿越恶的、无耻的肉。在梦中使用刀子，无论

234

是被刺对象还是手中的刀，全无质感。梦中刀子捅进胸膛，除却冰凉，也无痛感。钢的硬失去具体，肉的软没有真实，血的红模糊艳丽，这类梦让旅行者体内压抑，它们似乎渴望在此刻散发出来。

阿古的肉体对旅行者的刀产生诱惑。

"你当记者工资很高吧？"阿古打探旅行者的收入状况。

旅行者的身体已经回暖，先前嗷嗷待哺的雏鸟般的胆，开始羽翼丰满，她不但没有压低工资金额，反倒抬涨了两千。数目之大，出乎阿古的意料。阿古表情夸张。旅行者得意，却不失谦卑地说："只能算中等收入。"过一会儿又补充道："这次出来，打算把两万块钱花掉。"阿古轻"哦"一声，说："要小心，前些天发生抢劫案，抢劫犯连人都杀了。"阿古还描述了血肉模糊的惨状，旅行者一听，羽翼丰满的胆儿又掉光了毛，近乎瑟瑟哀鸣了。

五

旅行者想到1989年的月亮。错乱纷杂的倒影。她自杀的初恋情人像棵树一样，死在月亮的核心。一股腥味顺着她的书信地址流淌过来。皮肤至今仍弥留那种气味，像钢片散发冷峻与简洁的光。没有让他拿走完整原初的自己，肉体也失去了意义。她到达他锈铁般的故城。一条清澈小河，将小城剖成两半。青砖瓦檐。滴雨。被学校开除。握一把水果刀。砸碎了校长的办公窗。无一只理解的眼。一只月亮的眼。他生长在月亮的核心。

高原的月亮，水浸洗过似的。阿古开得飞快，天将黑没多久，便回到花地。旅行者瞄一眼月亮，邀请阿古一起吃饭。阿古谢绝，问旅行者下站去哪里。

旅行者认真地摇头。阿古说："到了月岭就该去风口，在风口才能见到真实的藏民生活，没有像我这样穿着汉服的。"阿古说完就走了。旅行者进小餐馆坐稳，情绪缓和下来，只觉浑身酸痛，也顾不上活动筋骨，速速点菜，匆匆吃了，先前是打算在花地再住一宿，第二天早上起程，吃饱饭竟片刻也不想停留，急于赶到那个叫风口的地方。

夜已经亮了。初到小镇，它钢片一般的干净利索，让旅行者感觉自己像只甲壳虫，趴不住，总往下滑。或许是因走月岭的经历，这会儿，旅行者感觉花地灯火尚算繁华。人们并非暗藏心计，全埋着杀人劫财的想法，因而对这陌生城市与人心生歉疚。她微笑和餐馆服务员聊天。服务员脸色黝黑，腮部令人信任地红润，说风口是个好地方，草原雪山冰川海子森林，都与别处不同。服务员强调，如果要继续往前走，必得经过风口。

"阿古带我到这家餐馆，必定是相熟的。为什么连服务员也不动声色地煽动我去风口，莫不是串通一气？"旅行者谨慎思索。但她很快批评自己对阿古的不信任。没有到达山顶，阿古执意少收五十块钱，足以证明他是个不贪财的人——除非他玩欲擒故纵，放长线钓大鱼的把戏。旅行者坐别的车离开花地的可能性很大，到月岭山那一路都是机会，阿古都没有行动，绝不会拿五十块再买一个也许并不存在的机会和毫无意义的信任。

旅行者出了餐馆，身体在街心旋转一圈。小镇就那么大。去风口要三小时。明天早上动身，意味着要度过一个漫长无聊的夜晚。要干掉这种丧气的夜晚，唯有连夜出发。白天尚且那样危险，走夜路即使司机不坏，也还有被抢劫、强奸、塌方、翻车的可能。在一个漫长无聊的夜晚与危机四伏的夜行之间，哪一种更有意义，旅行者轻易地掂量出来。

旅行者掉光毛的胆量，长成一只雏鸟，扑扇翅膀，对着威胁嘴里发出自以为强大的声音。她迅速地四下搜索交通工具。她向一辆小面包招手。没想到还是阿古。旅行者有点激动。毕竟是个"熟人"。

阿古显然刚吃过羊肉汤包，葱味、蒜味和膻味混合，或者还喝了一盅酒，眼睛发红。

"我想现在去风口。"旅行者说。

"真巧了，正要送人去风口，顺带捎上你吧。"阿古说。

"是吗？"旅行者又怀疑上了。

"上来吧。"旅行者正犹豫上不上车，阿古已经打开驾驶侧座的门。

"我坐后排好睡觉。"旅行者想的是避免被后座的人勒住脖子。

车开到旅行者住过的宾馆旁边，阿古停下来，走进小餐馆。将近十分钟后，阿古才重新回到车里。又过了两分钟，一个穿黑风衣的男人热气腾腾走出来，手里提着一个大黑箱，行走轻捷，仿佛箱子是空的。

一个大黑箱子。两个陌生男人。三小时漆黑无人的山路。财与色。一桩命案要素齐备，只欠行动。旅行者大骇。

黑衣男人与阿古交谈，说的不是汉话，似乎商谈在哪个地段动手，并有轻微争执。与此同时，旅行者认出黑衣人，正是早上找宾馆的人。他为什么匆匆离开花地去风口。黑箱子装一具被肢解的尸体绰绰有余。不过，在漆黑的荒山野岭，那些悬崖沟壑树林，远比一只箱子更能掩藏罪证。否定箱子的用途，并不能排除凶杀的可能。旅行者心里忽紧忽松，问阿古路上是否安全，而阿古说"应该不会有事"。旅行者又说"那我明天再走吧"，虚弱中强作镇定。

车子毫不犹豫地前行。

"姑娘你放心，不会有事。如果碰到警察拦车，你就说我们是亲戚。"

黑衣人说话了。

"如果有警察拦车，很有可能是抢劫。不能停。再说，这么晚，山路上怎么会有警察拦车？为什么说是亲戚？"旅行者心里打鼓。

车还在小镇唯一的街道上行驶。

"风口不允许花地的面包车载客进城。抓到要罚款。姑娘你是什么地方的人？"黑衣男人扭转头问旅行者，有猥亵笑意。

旅行者确实怕了，正想下车，窗外的灯光忽地没了，车子沉入一片漆黑。似乎一盆冷水劈头浇下，旅行者脑海闪现一片空白。紧接着，她从包里摸出刀子，紧握在手，进入高度警备状态。

群星无光，月亮不知沉向何方，山成为黑夜的一部分，公路使人惊惧地延伸，探到黑夜的最深处。

旅行者睁大眼睛，目光从阿古和黑衣男人中间的缝隙穿过去，关注路况，捕捉两人的细微表情。车灯比手电筒光亮稍强，影子晃得厉害。裸露的山岩泛白。一侧浓密的漆黑中，星灯遥远。梦境。身体挂起来了。心脏如不断蹦跳的青蛙。手心渗汗，往裤腿一擦，再擦。

阿古神情肃穆，近乎瞌睡的眼神里透出残忍。黑衣人脸侧毛孔粗大，大如坑。满脸陷阱。鼻子空阔巨大，如一堵悬崖。车就要从鼻尖滚下去。

"阿古，你可别打瞌睡。"旅行者没话找话。

黑衣人歪头打起了轻鼾。

车在盘旋。一辆黑色桑塔纳停在路边，挡了大半条道路。

"遇车匪路霸了。"旅行者听见自己像堆积木，噼里啪啦坍塌。

三个男人站成一排，嘴里叼着烟，正把尿兑进漆黑里。

六

像眼睛一样闪光的乳房，被一场大火独吞。火的舌头舔红了天。曾经美丽的女人终日平躺在床，胸平如床。不能早起做饭，不能指桑骂槐。猪在圈里嚎叫，孩子们在房间里乱跑。做父亲的勒令一个孩子出去讨米。那个差点被父亲淹死的女孩，背了布袋子拄根讨米棍。三年后她嫁给一个木匠。第四年生下一个女儿。第五年特大洪水卷走了孩子，冲走房屋与猪，余下的生命是疯癫。平躺在床的女人，用一把剪刀剪断了自己的喉管，长眠于田边的泥堆里。

沉去的家事这时候浮起来，旅行者有如抓到救命稻草，对自己的胆怯感到鄙夷。毫无理由地认定车上的两个男人想谋财害命，自我恐吓，事后回想都会觉得荒诞。月岭那一趟，已经证明阿古是完全可以信赖的。至于黑衣男人，一上车就呼呼大睡，根本就看不出有不轨企图。黑箱子躺在黑夜里，在嘲笑关于肢解与碎尸的胡思乱想。不过是一段普通的旅程。在这无边无际的冷夜，她和他们原本可以互相温暖。她的冷漠戒备，使短短三小时的行程变得漫长沉闷。紧张使她全身肌肉紧缩，除了手心的冷热，衣背也湿了，皮肤发黏。

旅行者扭动腰身，暗自活络筋骨，突然打通关节般冒出一个印象：上月岭时，车内的手刹灯仿佛是红的。是阿古拉了手刹，车才犯癫病般抽搐。阿古故意造成车出毛病的假象，执意要送她上山，并且总是停下车来，劝她拍照，定是为了磨蹭到天黑。他这小个子，需要外部环境的协助，他要选择最佳时机。旅行者如结冰的池塘，刚刚融化，又被这一发现所冻结。她身体前倾，甚为仔细地观察车前的各种灯光。然而，记忆被紧张摧毁了似的，根本无法验证印象。

塌方的泥沙堆成山，堵住了道路。车艰难地翻过塌方，进入一段颠出五脏六腑的路。

"你有没有兄弟姐妹。"旅行者临阵磨枪套感情。阿古说有弟弟妹妹。光的阴影从他的脸上划过。旅行者又问黑衣人是不是阿古的朋友。阿古没有回答。因为车轮滚进坑里，车身剧烈一抖，他拼命打方向盘，踩油门，车从坑里挣扎出来。此时黑衣人也醒了，他抬起脑袋，胡乱张望两下，又耷拉下去。

走了多半行程了。随着终点的接近，仿佛黎明的亮光驱散了噩梦的惊吓，旅行者的胆量从昏迷中苏醒过来，又恢复对乏味的细致敏感，并迅速体会到"什么也没发生"的无聊。她才记起好长时间没吃话梅了。旅行者把一颗话梅放进嘴里之后，甚至对这黑夜产生了轻蔑，简直想眯眼打盹了。

车接二连三地绕弯。疯癫的姐姐消失于时间里。意识如瓶里的水，在旅行者脑海里晃荡，发出寂静的声音。一切舒服起来。火的舌头舔红了黑夜。母亲在火海里。嗓子嘶哑。四周无一人理会。翌日，漆黑砖墙，断壁颓垣，仍有青烟不绝。被一群没有面孔的人追逐。身体被挂起来。赤裸的身体似一头等待开膛破肚的猪。精瘦可见两排肋骨，下陷的肚皮。被剖开了，肚皮里面是空的。红白相间的肉，干净无一滴血。刀从脑袋中间压下来，骨软如泥，顺从地分开。一道亮光从两眼间下滑。于是意识也分成两半：一半清醒，一半迷糊；一半看着自己，一半看着他们。睡意如虫子，慢慢地从脚趾往小腿爬，爬上大腿，爬上小腹，爬到前胸……迷糊的一半更加混沌无知，左半脑袋清醒地意识到，大约这种睡意沉沉的感觉就是死，千万不能睡（死）去！

挣扎着保持清醒。咔嚓一声巨响，绳索断了，身体坠落在地。

旅行者猛地一晃，额头碰到前排座位，醒了。阿古停下车，并且熄了火，连车灯也关了。黑衣人不知什么时候醒的，他扭头看了一眼旅行者，眼睛比车内的微弱荧光还要阴森。

"停车干什么？"旅行者尖声问道。

"撒尿。"阿古回答旅行者，又与黑衣男人讲了几句当地话，似乎达成共识，各自打开了车门。

"完了！"旅行者心灵深处喊了一声，意志似群鸟散飞，只余光秃秃的枝干，动弹不得，感觉腾云驾雾般，全身瘫痪，只剩下眼珠子还能滚动。眼见两个男人分从两边下车，经过车座后门时，旅行者脑海里光秃秃的树干上群蝇乱舞，听觉陷入盲区，眼珠子滚动不了，似乎连呼吸都断了。

没有人拉车门。一只鸟飞了回来。两个男人走到车尾。数只鸟飞了回来。旅行者的眼珠子活转了，恢复听觉。尿水洒溅在路面的声音，比交响乐更雄壮，激动人心；比民间音乐更朴实，亲切温和，充满安全感。她希望他们的尿绵延不绝，直到天亮车繁，直到炊烟升起。

遗憾的是，尿声很快停止了。两个男人低声交谈，嗓子里滚出的笑粒溅到路面，发出金属质地的重音，然后四面八方散去，在漆黑的四周回荡。旅行者毛骨悚然。她这才费力地抽出刀（这个动作完全不是她平时想象的那么利索与凶狠，倒与梦里的绵软黏滞相似），后背紧贴车座，留下用武的空间。

两团黑影分别向左右两边的后视镜逼近，如水覆盖过来，再一次抹空旅行者的意识。直到两个男人回到各自的座位坐好，旅行者才收了刀，身体回到身体，再松散、流淌开来。脚下零星的乡村灯火，证实车在很高的山路行驶，证实周围除了灯火，仍是什么也看不见。

"你，不方便一下？"黑衣人很认真地提醒旅行者。

"不用。"旅行者答道。

七

旅行者回桌时，老头已经走了，空荡荡的椅子，一椅子谜。或许在行走中，植物会自己枯死。或许更为茁壮。旅行者无法确定自己通过旅行寻找什么，一如她不确定自己不是在旅行中找死，死在植物的疯狂生长时期。随身携带的刀，坚硬地讥讽了她。旅行者对于自我内心一片无知。销毁所有生活的确定性。幸福与苦难没有区别。任何事情，只为装饰过去所用。

桌面上进行一场诗歌争论。谈论诗歌，是美好生活背后的消遣，还是苦难生活中的援助？旅行者难以从人们的脸上找到答案。可以肯定的是，饭桌上得谈点什么，而诗歌无疑是另一种酒，它让人醉醺醺地随烟雾升腾，轻易获得知识分子的高贵。有人提高嗓门，开始批判某著名诗人。旅行者听出此人在以故意误读的方式，贬抑他人，来确立自己的诗人形象。许多人都采取这样的方式。旅行者掩嘴打了一个哈欠，乏味的争论，她更喜欢在不遵纪守法的人身上找到慈善。尽管她的内心比任何人更需要诗歌。

一生只呈现一个意象，胜于写出无数作品。感情也是一个道理。旅行者这一生的意象，就是那株叫作诗人的植物，或者说是那个名叫植物的诗人。他就是诗歌。这个意象的呈现，成了旅行者生活中的一道屏障。她幻想消失。消失是另一个意象。

精力集中在诗歌探讨上，没有人再提旅行的事。有人叫嚣，别以为诗歌的艺术比音乐简单，像练钢琴那样下苦功夫就成了。叫嚣者有颗屠夫的大脑袋，胸膛结实，里面诗心跳跃。这是个奇迹。诗歌无须叫嚣，正如诗歌语言不用修饰，或用好的修饰，诗人也无须叫嚣，应该像植物那样汁液饱满，根须遒劲，但保持沉默。这是诗人们的事。旅行者只想到明天早晨就要离开，深入旅行，手中连一张地图都没有。好几次她想告退，诗歌如梦魇压着她，她想离开，站不起来。

　　一阵轻微骚动过后，恢复温和理性，有人谈诗歌的节奏、象征符号，等等。旅行者心不在焉，脑海里依次浮现与植物纠缠的场景。那才是真正的节奏、象征、技巧和形式。由生命创造的真正完美的诗。旅行者又听到说什么"固体的"诗如树成形，"液体的"诗如水注瓶。她是一个瓶子，诗人如水，她日渐丰盈。

　　成年人明白活着是怎么回事。纵有不快与伤感的情绪，无非就是撒娇。"奸夫淫妇"更是深谙其意，心里清楚如何牵着自己的鼻子，绕出谜一样的深渊。懂得绕，与是否绕得出，属两码事。旅行者接连不断地梦见诗人植物，无一好梦，每醒必哭。因为梦魇，旅行者屡屡搬家。植物曾经待过的小屋里，开始生长植物。南方和北方，忽暖忽寒。在路上道晚安。晚安八点。晚安九点。晚安十点。

　　植物的一则短信："北方今夜大风，我们家吃饭不准时。"旅行者回复："情人是孤魂野鬼，此刻我就是你屋外咆哮的风。"植物一夜无信。翌日清晨，他说："你让我想到《简·爱》里的疯女人。可怕。"

　　平安夜，植物的电话："我不知道这是哪里，山里头，周围什么也看不见。大雪纷飞啊，真的大雪纷飞。我，只想给你唱一段京剧。"旅行者在南方的沙发里，感觉到植物四周所不能见的悲壮景致，以及植物异样的情绪，内心瞬间杂草丛生。植物唱至"大雪纷飞"，说声"我好想你"，放声大哭。一个世界因此形成。一种信仰因此建立。旅行者霎时宽恕了世上一切罪恶与苦难，植物这个夜晚的爱情，使她顿觉暗淡无光的一生，从此精彩。

"我已陷入深深的日常生活。是过去的生活将我改变成现在这样。我不能在你身边。多想在你身边。"

"不，植物，我不曾陪你度过你患难时期，现在有什么资格要求与你共享安宁。我只是嫉妒她们，羡慕她们。"

"魏尼，只有我自己知道我有多爱你。"

"我想去所有你去过的地方。印度、希腊……"

八

街上的路灯状如莲花。人少。井然有序。一条奔腾的河将风口城劈成两块，桥把两个板连成一体，訇然声响滔滔不绝，渗入宾馆昏黄的灯光中。墙纸泛黄，有污迹，到处是裂缝。老鼠在天花板上奔跑。一条白虫垂在半空中玩体操。旅行者洗澡上床，疲乏不堪，打算先在风口城里消磨调整一天，把精神与身体放松了再继续前行。入睡前，旅行者对整个旅程进行了温习，刚觉得自己死里逃生，又嘲弄自己庸人自扰，哪里有那么多歹徒。床单上一块硬币大小的旧血迹，刺激了旅行者。房间里充满冥界的隐约。她起床把窗帘拉得更严实，将所有的灯调到最亮，让电视继续乱七八糟的声音。

上午，旅行者刚尝到熟睡的滋味，就被敲门声弄醒了。

"什么事？""您不是说需要一个导游吗？""我说过？""是啊，昨晚您登记住宿时说的，您还说您要体验藏民的生活。""啊，是吗？""导游在大堂等你呢。""对不起，我洗个脸就下来。"

旅行者对请导游的事毫无印象。她确实考虑过，是否请一个当地人当导游。登记住宿时，问过服务员是否有地图，但根本没提导游的事情。服务员当时回答没有地图，还问有没有贵重物品需要保存。她说她的箱子有密码锁，取了房卡就走了。

旅行者十分纳闷，刚走进大堂，就有个男人迎上来，是昨晚的黑衣男人。彼此表现相当的惊讶与意外后，旅行者与黑衣男人谈有关费用。黑衣男人说随便。旅行者又问去哪些地方，黑衣男人说风口的喇嘛庙最有名，海拔5600米的雪山上有一个，那是真正的圣地。见旅行者犹豫不决，黑衣男人接着说道，玩完风口，稻田是非常值得一去的地方，明后天我有位朋友回稻田，稻田比风口漂亮，你可以坐他的车去。旅行者问风口离稻田有多远。黑衣人说三百七十多公里，早上出发，下午能到。阿古昨晚没回花地，今天你还可以请他当司机。

旅行者同意了。她把所有的行李都放在宾馆，随身仅带着相机与两百块现金。半小时后黑衣男人带着阿古在宾馆面前集合时，问道："你怎么不带行李？"旅行者说："用得着带吗？"黑衣男人便支吾不清，旅行者心里又添疙瘩，狐疑更重。再看阿古，换了个人似的，不说话，只是闷头开车。

一路上青山绿水。黑衣男人滔滔不绝，说自己叫吉荣格，是土生土长的风口人，当过兵，退伍后干过多种工作，间或做导游。

"那垒起来的黑饼是什么东西？"旅行者指着草地上的黑色小山塔。

吉荣格说是牛粪，晒干了当柴烧。

"山坡上为什么插那么多小旗子？"

"那是为亲人乞求健康与平安的，和你们看病求医一样。"

旅行者望望天，天空如擦净的玻璃，群山白雪覆顶。因苍天庇护，山脚下牛羊成群，水流从容。人人有张与大自然和谐的脸。一股神秘力量从天空倾泻，自地面喷发，在天空和大地之间弥漫。

"翻过这个山头，就快到我家了。先带你看看民居，然后去附近的天葬台。"吉荣格抽烟，左手无名指上的玉戒指，绿得像一堆痰，痰被镶了金边，与吉荣格的身体和身份很不谐调。

阿古还是咳嗽，抽烟，用手背擦鼻子，头发比先前更乱。

车拐进一条小路，几分钟后，在一个高墙与铁门包围的屋前停下来。吉荣格把铁门摇得哐当乱响，院子里传出老狗的狂吠声。屋里出来一个老男人。开门。两人叽里呱啦，声音不大。老男人看旅行者时，像一头看见饲养员的牛，恬静温和。吉荣格对旅行者说，男人是他大哥。

院子里到处是牲畜的粪便。一楼是马厩和牛圈。牛和马在昏暗中喘息。老狗吠得更凶。在门后面冲撞，铁链哗啦哗啦响。旅行者问是不是牧羊犬，想看，吉荣格说怕它咬人。旅行者说你哥家的狗不认识你吗？吉荣格说他就是怕狗。说话间顺着木梯子上了二楼。屋里像城堡，巴掌大的窗户透点微光，屋架很高，可看见室内空空荡荡，床上破毡败絮。吉荣格的大哥不知什么时候消失了，似乎压根就没有出现过，旅行者怀疑是自己的幻觉。她一面警惕地与吉荣格保持距离，一面暗自提防某些突然袭击。房子很多，一间又一间，一间比一间昏暗，到处是牲口的味道。吉荣格介绍每个房间的功能，以及村民的生活习惯。旅行者根本没听吉荣格说什么，她想到《福尔摩斯探案集》里的城堡，那里面的古怪事情，阴冷使她牙齿上下磕碰，她后悔进来这里。老男人躲在哪个角落，手里拿着绳索，或者一个布团。这么多房间，一个人也没有。仿若进了迷宫。吉荣格的身影虚幻摇摆，似乎正在蜕变，马上就会面目狰狞地扑过来。

行走如猫。寂静的声音灌满旅行者的耳朵。昏暗在流动。一种剑拔弩张的气氛。旅行者逃跑的双腿，如箭在弦，一触即发。

小天窗里投下的光亮，照在木梯上。旅行者欣喜。她知道绕到了开始的地方，二话不说就要下楼。

"三楼是经房，念经的地方，藏有经书，一般不许女人进去，你要不要看一下？"吉荣格不急不缓，指着楼梯上边一扇紧闭的小门。门上五颜六色的图案，充满浓烈的宗教意味。

旅行者顿了一下，尾随吉荣格上了三楼。她相信经房是个安全的地方，恶不可能在佛像面前发生。

吉荣格推开小门，里面淌出一片金光。抬腿进门，先前的老男人正在擦拭灰尘。屋子里亮着数支蜡烛，没有一扇窗户，能听见蜡烛在燃烧。里面的陈设十分古怪。两张有靠背的床（或者是长椅），同样涂满彩色图案，床单花纹色调一致，毛毯折叠整齐，无法判断是睡觉还是念经所用。房子四周刷得金黄，地面上过红漆，一尘不染。靠门的那堵墙边，一排涂满彩色图案的柜子，正中间四尊金色佛像十分耀眼，吉荣格说全是黄金的。旅行者迅速看了一眼佛像，退到离门很近的地方，假装欣赏室内的整体效果。

老男人仍在擦拭，十分虔诚，眼神如吃饱草料的牛。

"你看，这里有几十种经书，差不多收齐了。很难得。"吉荣格指着里墙角落的柜子。

吉荣格与老男人在几步开外，他们细声交谈。旅行者凑近柜子细看。柜子分成几十个小方格子，每格里放有一本经书，用红布遮盖。其中有个格子，堆着一条铁链与大锁。旅行者一愣，同时感觉玻璃上有个模糊身影，正慢慢扩大，她立即判断有人正从她后背靠近。眼看就要被人掐脖子堵嘴巴，旅行者脊梁骨一寒，拔腿冲出经房，一溜烟跑下楼梯，钻进阿古的车里，连声说："快，快走，快开车。"

阿古扫一眼神色慌张的旅行者，麻利地将车开上大道，一路往风口城里开去。

"到底发生什么事了？"把吉荣格和村庄甩下，阿古问道。

"你认识吉荣格吗？你不觉得他们有问题吗？"旅行者惊魂未定。

"我根本不认识他。出了什么事？"阿古皱起了眉头。

"太奇怪了。我根本没有要请导游，是黑衣人找到我。还说用你的车。我以为他和你很熟。早上出来，他又问我怎么不带行李。我干吗要带行李呢？还有，他居然怕他大哥家的狗，那肯定不是他大哥家。在三楼经房里，我感觉到吉荣格有点紧张。说话打战，我听得见他的喘息声。"旅行者唠叨一堆。

"他对你做什么了？"

"幸亏我跑了，要是在三楼的经房里喊，外面谁也听不见。"

"你太敏感了吧。不过，以前还真的发生过一件事，有个城里女人被当地男人锁起来，当了五年老婆，生了一个孩子。后来女人假装一心一意生活，骗取了信任，瞅准机会跑了。"

"真的？"

"我也是听别人说的。"

"那老男人看我时，就像看自己的女人。放经书的柜子里，一副大锁链。"

"也许是你多疑了。他们难得看见你这样的女人。"

"我总感觉吉荣格刚洗掉身上的血。他还戴那种绿痰一样的戒指，像人贩子。"

"你就不怕我把你卖了？"

"你老实说，在月岭你的车子犯毛病，是不是你故意把手刹拉起来磨时间？"

"这你都想象得出来？你应该改行去当侦探。"

"我坐你的车回花地。再去别的地方。"

车进入风口，经过一座拱桥，桥边围了一些人。阿古把车靠边停了，伸出脑袋和别人搭讪一句，然后对旅行者说："杀人了，要不要看看？"

旅行者摇头。摇完头，又跟着阿古下了车。站在人群背后，不知进退。阿古已经看完了，问旅行者看到尸体没有，刚杀没一会儿，110的警察都没到呢。旅行者又摇头，阿古就牵着旅行者钻到桥边，给旅行者辟出一个十分有利的地形，以便她观看。旅行者只看见桥底不深，几汪污水，垃圾和杂草丛生。阿古问看见没有。旅行者说没有。阿古手指前方，说看到那摊鲜血没有？旅行者点点头。阿古手指再放低几寸，旅行者便看到一个饱满的大黑塑料袋，遮挡不住肉体的弹性与柔韧。尸体是上半截肉身，包括脑袋在内的身体曲线清晰可见，似乎仍有呼吸，使黑塑料袋微微颤动。

旅行者倒抽一口冷气，掉头便跑。

"我要回家。"旅行者在车里瑟瑟发抖。

"结束旅行吗？"

"我不该看。"

"你应该看。"

"我不知道。"

"你的死亡那么浪漫，被腰斩的，该走神道还是祖道呢？"

2005 年 3 月 18 日完稿

如果我是一片稻田，
就绝不允许稗草生长其间

编辑嘱咐为《私人岛屿》的出版写个后记，仔细一琢磨，的确是有几句话想向读者交代。一是这本集子，都是早年旧作，曾选入《在告别式上》。

《成人之美》是 2003 年写的，当时叫《二手男人》，已经是半部长篇的字数，发给一个搞影视的朋友，他想找影视机会。那时候脑子里的想法很多，很快就放下了这半部长篇，开始另写。再后来就彻底忘了。直到几年前这个搞影视的朋友说起这部作品，我才发现电脑里都找不着它了。

感谢这位朋友一直存着原稿。相隔十余年，再读被自己彻底遗忘的作品，觉得还是有可取之处，于是砍掉一大截，略作增改，变成了《成人之美》，发在《上海文学》。在这部小说里，那个年轻的作家对两性的思考让我陌生，尖锐而不颓唐，不抱怨、不悲观、也不消极，充满活力。

这本集子里的作品，写的多是两性问题、女性问题，这也是我早年写作中关注、探讨的主题。女性命运的悲剧与无力感，有个人原因，但很大程度上是社会原因，所以在整罐小说中，哀其不幸，怒其不争只是一小勺表达。

后来野心勃勃地想写一部光彩灼目的情色小说，但其间逢家族多事之秋，第一次经历亲人死亡。面对生死，很多想法难以为继，所以搁置下来。这就是为什么在 2016 年底出版的《福地》中，思考的多是死亡主题。

写作十五年，题材和风格产生了很大变化。时间剥夺，同时也赋予，所以没什么遗憾的。

我热爱作品语言的诙谐有趣。趣味性是我对文学严肃之中的一大追求。我着迷趣味就像蜜蜂着迷花朵，它嗡嗡嗡嗡忙碌着，就是为了制造出那点甜蜜。

厌倦了过去的书写形式。当我看见叙述黏在生活的蜜糖里无法展翅，当我看见艺术陷在现实的泥沼里无法自拔，当我对自己越来越暮年的精力感到沮丧，对文本形式的努力探索与创造便成了写作中最重要的乐趣。我着迷于打造寓言，如果可能，我想连标点符号都赋予它寓意。

无论如何，只要一想到这些年我是怎么纯粹地对待文学，心里就很快乐。如果我是一片稻田，就决不允许稗草生长其间。

写得好不好另说吧。

悄然回首，惊觉已有十五年的创作史。既成长，老去。但因写作，不惧老。

在漫长的文学旅途之中，时差混乱，脑子混沌，希望此番文字清晰。

是为后记。

盛可以

2017 年 11 月 29 日 写于卡塔尔 多哈